Schlossteichleich

Veronika A. Grager wurde in Wien geboren, lebt aber seit vielen Jahren in einem kleinen Dorf in Niederösterreich, wo sie auch ihre Krimis ansiedelt. Hier, inmitten von friedlichen Wiesen, Feldern und Wäldern, ist die Welt noch in Ordnung. Grund genug, ein paar Leichen in die Gegend zu werfen.

Dieses Buch ist ein Roman. Handlungen und Personen sind frei erfunden. Ähnlichkeiten mit lebenden oder toten Personen sind nicht gewollt und rein zufällig.

VERONIKA A. GRAGER

Schlossteichleich

KRIMINALROMAN

emons:

Bibliografische Information der Deutschen Nationalbibliothek
Die Deutsche Nationalbibliothek verzeichnet diese Publikation
in der Deutschen Nationalbibliografie; detaillierte bibliografische
Daten sind im Internet über http://dnb.d-nb.de abrufbar.

© Emons Verlag GmbH
Alle Rechte vorbehalten
Umschlagmotiv: photocase.com/Trojana1712
Umschlaggestaltung: Tobias Doetsch
Gestaltung Innenteil: César Satz & Grafik GmbH, Köln
Lektorat: Carlos Westerkamp
Druck und Bindung: CPI – Clausen & Bosse, Leck
Printed in Germany 2015
ISBN 978-3-95451-682-7
Originalausgabe

Unser Newsletter informiert Sie
regelmäßig über Neues von emons:
Kostenlos bestellen unter
www.emons-verlag.de

Wichtiger Hinweis für Leserinnen und Leser, die des
niederösterreichischen Idioms nur bedingt mächtig sind:
Im Glossar gibt es Hilfe, ab Seite 232.

*Durch Unterlassen kann man genauso
schuldig werden wie durch Handeln.*

Konrad Adenauer

Prolog

Als er aufbrach, war es seit Stunden dunkel. Das Thermometer zeigte zwei Grad unter Null, Tendenz fallend. Eisregen machte die Fahrbahn zur Rutschbahn. Die Straßen waren wie ausgestorben. Doch das bekümmerte ihn nicht. Er war ein guter Fahrer, und er fuhr vorsichtig. Der Termin jetzt würde ein positiver Abschluss des Tages werden. Er traf sich mit seinem Sohn. Besonders in der ersten Zeit nach der Scheidung von seiner Frau war ihr Verhältnis zueinander schwer belastet gewesen. Doch in den letzten Jahren verstanden sie sich immer besser. Und jetzt war der Bursche erwachsen und wollte selbst heiraten. Wie doch die Zeit verging! Er freute sich auf ihr Treffen. Heute würde er Markus mit der Ankündigung überraschen, dass er ihm zur Hochzeit ein Grundstück überschreiben würde. Und dazu gab es noch einen Bausparvertrag mit einer erklecklichen Summe drauf. Das junge Paar sollte sich ein gemütliches Heim errichten können.

Plötzlich stand vor ihm ein Wagen fast quer. Die Fahrertür weit offen, ein Mann neben dem Auto auf dem Boden. Himmel, was war denn da passiert?

Kurz überlegte er, ob er überhaupt anhalten sollte. Es war hier unwirtlich, einsam, die Straße eisig und weit und breit niemand zu sehen. Andererseits konnte der arme Mensch, der hier einen Unfall erlitten hatte, nicht mit rascher Hilfe rechnen, wenn er einfach weiterfuhr. Er musste etwas tun, wenn es noch möglich war. Sonst würde ihn dieses Bild bis in alle Ewigkeit verfolgen.

Er hielt hinter dem verunfallten Wagen, stellte die Warnblinkanlage an und stieg aus. Der nahe Wald lag stumm und drohend hinter dem Schleier aus Schneeregen. Kein Laut zu hören, nur das Knistern des erkaltenden Motors. Richtig unheimlich! Im tiefsten Inneren regte sich ein ausgeprägter Fluchtreflex. Es kostete ihn Überwindung, die paar Schritte zu dem Mann auf der Straße zurückzulegen.

Als er sich zu dem Unfallopfer hinabbeugen wollte, erkannte er, dass hier kein Mensch, sondern eine Attrappe lag.

»Zum Teufel, was soll denn —«

Ein Schlag in den Rücken holte ihn von den Beinen. Gleichzeitig hörte er einen Knall. War das ein Überfall? Schoss jemand auf ihn? Er sollte in die Deckung seines Wagens kriechen. Doch seine Beine bewegten sich nicht. Aber er musste doch zu der Verabredung mit seinem Sohn! Wenn er an sein Handy kommen würde, könnte er um Hilfe rufen. Oder seinem Sohn sagen, dass … Seine Gedanken drifteten weg. Er musste sich konzentrieren! Unter ihm entstand eine schwarze Lache. Im Licht der Warnblinker erschien sie rot. Blut. Sein Blut! Langsam wurde sein Gesichtsfeld dunkel. Den Einschlag der zweiten Kugel spürte er nicht mehr.

1

Das Schloss lag im sanften Abendlicht wie hingemalt vor der Kulisse des steil ansteigenden Felshanges, der mit seinem Bewuchs aus Föhren und Fichten dunkel drohend dahinter lauerte. Doch das warme Licht, das aus allen Fenstern von Schloss Hernstein fiel, die Weihnachtsbeleuchtung, die Marktstände davor mit dem Gewirr aus Menschen, die durcheinanderwuselten, strahlten festlichen Glanz und Frohsinn aus.

Dorli, Lupo, ihre Schwägerin Lore und deren Kinder Lilly und Peter schritten am Teich entlang auf den Weihnachtsmarkt zu. Der Teich war von einer dicken Eisschicht bedeckt, und darüber wallten zarte Nebelschleier. Am Ufer, das Richtung Schloss an den Christkindlmarkt angrenzte, hatten die Männer von der Feuerwehr dicke Baumstämme aufgestellt, die oben eingeschnitten waren, und drinnen Feuer entzündet. Das sah halb furchterregend, halb heimelig aus und trug auf jeden Fall zur einmaligen Atmosphäre dieses Adventsmarktes bei. Dementsprechend war hier aus einem kleinen lokalen Event mit den Jahren etwas Besonderes geworden, das auch Großstädter aus Wien, Wiener Neustadt und sogar von noch weiter weg anzog.

Es roch nach Zimt und heißem Punsch. Nach Knoblauch und süßem Karamell. Nach Bratwurst und Schokolade. Und über allem lag der Duft des frischen Holzrauches aus den brennenden Baumstämmen.

»Wollt ihr gleich reingehen?«, fragte Dorli.

»Nein, erst Langos!«, schrien die Kinder.

»Erst einen Punsch!«, riefen Lore und Lupo.

»Verfressene Bande«, kommentierte Dorli die diversen Wünsche ihrer Begleiter. Doch sie ergab sich nicht ungern ihrem Schicksal. Die Verkaufsstände im Schloss, die von Kunsthandwerk über Schmuck und Bücher bis zu dem üblichen Krimskrams alles Mögliche feilboten, würden ihnen nicht davonlaufen. Und falls sie es heute nicht schaffte, sämtliche Stände zu besuchen, hätten sie noch Samstag und Sonntag Zeit, den Rest abzugrasen.

Lore wandte sich mit den Kindern dem Langosstand zu.

»Nimmst für mich einen Orangenpunsch mit?«, rief sie Lupo zu.

»Und was willst du, Dorli?«, fragte Lupo.

»Auch einen mit Orange, bitte, das wäre fein.«

Lupo steuerte den nächsten Stand an. Dorli blickte ihm sinnend hinterher. Oft hatte sie Lupo seit dem Fall mit dem toten Segler nicht gesehen. Sie hätte nicht einmal sagen können, ob er derzeit in seinem Beruf als Detektiv einen Auftrag bearbeitete oder ob er wieder mal irgendwelche Hilfsdienste verrichtete, etwa als Rausschmeißer in einer Bar, oder als Paketbote für einen Zustelldienst jobbte.

Immerhin dürfte er nach wie vor Lauftraining betreiben, denn er sah gut aus. Mit seiner Größe und dem dunklen Wuschelkopf war er an sich schon ein Typ, den man nicht unbedingt von der Bettkante stoßen würde. Doch im Frühling, bei ihrem ersten gemeinsamen Fall, war das Bild durch ein gut gepolstertes Bäuchlein getrübt gewesen. Nun wirkte er durchtrainiert. Als er die Ärmel nach oben geschoben hatte, wie er es oft tat, wenn ihm zu warm war, hatte sie blaue Flecken auf seinen Unterarmen bemerkt. Betrieb er etwa auch Kampfsport?

Irgendwie wurde sie aus dem Burschen nicht schlau. Erst dachte sie, er wäre verliebt in sie. Er benahm sich zeitweilig ja auch wie ein eifersüchtiger Ehemann. Sie musste lächeln, als sie daran dachte, wie er sich im Spätsommer mit Leo Bergler wegen ihr angelegt hatte. Bei der Geburtstagsfeier des Bürgermeisters im Herbst, nach Aufklärung des Mordes an dem Segler, hatte er sie sogar geküsst. Und danach war Funkstille und er mehr und mehr verschollen. Wenn sie ihn anrief, um zu fragen, ob er am Wochenende etwas mit ihr unternehmen wollte, hatte er keine Zeit. Sofern sie ihn überhaupt erreichte. Und wenn er nach Buchau kam, so wie heute, dann hing er meist mit Bär und den Devils herum. Was immer die miteinander aushecken mochten – was Gescheites würde dabei wohl kaum herauskommen.

Dorli verscheuchte die mieselsüchtigen Gedanken. Heute war Lupo hier, ihre Familie war auch dabei, und diesen Abend würde sie genießen. Und aus.

Lupo balancierte drei heiße Becher hoch über seinem Kopf und hatte in dem Gedränge Mühe, den Inhalt nicht zu verschütten. Dorli ging ihm entgegen und nahm ihm einen ab.

Lore und die Kinder hatten mittlerweile einen der Stehtische ergattert und winkten ihnen zu.

»Tante Dorli, weißt du, wann das Feuerwerk ist?« Lilly blickte aufgeregt zu Dorli auf, wobei sie zappelig von einem Bein aufs andere hüpfte und dabei mit vollen Backen ihr Langos mampfte.

»Ich glaub, um neun. Bin nicht sicher, vielleicht früher. Aber mit Sicherheit erst dann, wenn es ganz dunkel ist.«

»Müssen wir eigentlich auch mit rein?«, fragte Peter.

»Willst du nicht?«, antwortete seine Mutter mit einer Gegenfrage.

»Na ja, da drüben sind Micha und Lucky. Und wo die sind …«

»Ist der Rest eurer Klasse nicht weit entfernt. Na, hau schon ab.« Lore kramte kurz in ihrer Tasche. »Da hast noch ein bisserl Geld. Vielleicht willst du dir später noch was zum Trinken kaufen, oder a Schnitzelsemmel.«

»Oder beides. Danke.« Peter steckte den Schein mit breitem Grinsen ein und verschwand im Gewühl.

»Wenn ich dich am Abend abholen soll, ruf mich an«, rief Lore ihm noch nach. Doch das war vermutlich nicht mehr an seine Ohren gedrungen, so schnell war er abgezischt.

»So, seid ihr endlich fertig mit Essen und Trinken? Ich will jetzt da rein und schauen, was es heuer Neues gibt.«

Dorli schritt auf den Eingang des Schlosses zu und gab im Vorbeigehen ihren Becher am Punschstand ab. Immer wieder musste sie stehen bleiben und mit Leuten aus der Gemeinde ein paar Worte wechseln.

Als sie schließlich den Herrn Pfarrer traf, der sich auf zwei Krücken mühsam seinen Weg durch das Gedränge suchte, rief Dorli ihrer Schwägerin zu, sie möge mit Lupo schon vorausgehen, sie komme gleich nach.

Der Pfarrer hatte sich von seinem Unfall leidlich erholt. Aber laufen konnte er immer noch nicht ohne Gehhilfen, und die Schmerzen machten ihm sichtlich zu schaffen.

»Waren Sie schon auf Reha, Herr Pfarrer?«, fragte Dorli.

»Nein. Aber nächste Woche kommt der Aushilfspfarrer, dann kann ich endlich was für meine alten Knochen tun.«

»Woher kommt denn der Neue?«

»Aus Ghana. Und er ist ein schwarzer Murl. Da werd'n unsere Schäflein schön schaun.«

»Ui jegerl. Ich hör schon, wie sie sich alle die Mäuler zerreißen.«

»Wird wohl so sein. Aber wen anderen konnte der Bischof nicht auftreiben. Und es is ja eh nur für ein paar Wochen.«

»Na i bin g'spannt!«

»Ich auch. Er bringt seine Schwester mit, als Köchin. Denn die Petra, die mir sonst den Haushalt führt, meint, meine Reha wär für sie einmal eine gute Gelegenheit, einen richtigen Urlaub zu machen. Die fliegt in die Karibik.«

»Ma, braucht die Petra da nicht eine Reisebegleiterin?«

»Geh Dorli, du tätest die Dauerquasseltante doch keine zwei Tage aushalten.«

»Haben S' recht, Herr Pfarrer.«

»Bin ich froh, dass ich nicht hören muss, was meine Schäflein zum Ersatzpfarrer sagen werden.«

Dorli grinste. »I könnt ja täglich berichten!«

»Untersteh dich! Und jetzt behüt dich Gott, ich muss noch zum Bürgermeister, und dann ist's genug für heut.«

»Auf Wiedersehen, Herr Pfarrer, und gute Erholung.«

Ein Schwarzer als Pfarrer in ihrer kleinen Gemeinde. Wenn das nur gut ging! In einer Gegend, wo alljährlich Führers Geburtstag in den Wirtshäusern gefeiert wurde. Wo schon Menschen aus dem Nachbarort *Fremde* waren. Die Alten von *Umvolkung* sprachen, wenn in einem Ort drei Leute zuzogen, die nicht in Österreich geboren waren. Die nähere Zukunft der Pfarre würde spannend werden.

Später tranken Dorli und Lore noch einen Punsch am Stand der Familie Weber, bevor sich jede wieder allein in das Getümmel stürzte. Marianne Weber war mit Lore in die Volksschule gegangen.

Eben ereiferte sich Marianne über das neueste Geschehen im Ort.

»Hast scho g'hört? Wir kriag'n an Neger als Priester!«

»Ja, erst hab i unsern Pfarrer getroffen. Is ja eh nur für a paar Wochen.«

»Die Liesi tauft ma der aber auf kan Fall! Da wart ma liaba, bis unser Pfarrer wieder da is.«

Jetzt erinnerte sich Dorli. Marianne war vor einigen Wochen Großmutter geworden. Ganz schön zeitig. Das Fräulein Tochter, recht hübsch, aber nicht sehr helle, hatte sich von einem ihrer häufig wechselnden Partner ein Kind anhängen lassen. Der sie damit prompt sitzen ließ. Jetzt hockte sie mit kaum achtzehn Jahren zu Hause und stillte ein Baby, während ihre Freundinnen Schule oder Lehre abgeschlossen hatten, studierten oder Geld verdienten und an freien Tagen und Abenden das Leben genossen. Es würde wohl nicht lange dauern, bis das Kind Vollzeit bei Marianne landen würde und die junge Dame auf Lepschi ging.

»Meine Herren, Marianne, was is denn da dabei? Denkst, seine Händ färben ab, wenn er die Kleine angreift?«

»I mag die Scheiß-Ausländer net. Scho gar kane Neger. Net amoi, wann's a Pfarrer is.«

Auch ein Standpunkt. Dorli ersparte sich jede Antwort und ging ohne Abschied weiter. Leute wie Marianne Weber waren nicht gerade selten auf dem Land, und meist war jedes Wort verschwendet. Vorurteile und Selbstgerechtigkeit schienen bei ihnen in unheiliger Allianz fröhlich vereint. Vermutlich würden sie sogar eine lebensrettende Bluttransfusion ablehnen, käme das Blut von einem Ausländer mit dunklem Teint. Der Mann konnte ein Heiliger sein, aber mit seiner Hautfarbe würde er es in Buchau nicht leicht haben.

Während sie diese Gedanken wälzte, war Dorli durch die Ausstellungsräume geschlendert. Ein paar schöne Dinge hatte sie geistig vorgemerkt. Sie würde an einem der nächsten Tage nochmals vorbeikommen und für ihre Lieben nette Kleinigkeiten erstehen.

Im letzten Saal traf sie wieder auf ihre Schwägerin.

»Komm, Lore, suchen wir deine Sprösslinge. Ich glaub, wir sollten geh'n. Schau mal aus dem Fenster. Der Wind hat ganz schön zuag'legt, und es hat wieder ang'fangen zu schneien. I muass no mit dem Hund raus. Auf Schneesturm hab i da null Bock.«

»Wo is denn eigentlich Lupo?«, fragte Lore.

»Der hat si scho vor ana Stund verabschiedet und is mit Bär weg.«

»Jetzt kenn i mi nimmer aus mit dem Kerl.«

»Do samma zwa!«

2

Am Samstagmorgen wurde Dorli davon wach, dass jemand mit den Fäusten an ihre Tür hämmerte und Idefix das mit wütendem Gebell quittierte.

»Ja, i komm ja schon!«

Dorli schlüpfte in ihren Bademantel und warf einen Blick auf den Wecker. Himmel, es war noch nicht mal sieben Uhr. Wer riss sie denn um diese unchristliche Zeit aus dem Schlaf?

»Komm, Idefix, geh weg von der Tür. Ich kann ja nicht einmal aufmachen.«

Widerwillig gab der große Berner Sennenhund den Weg frei.

Draußen stand Marianne-Scheiß-Ausländer. Ihr Gesicht war weiß wie der frisch gefallene Schnee, das Haar hing ihr strähnig ins Gesicht. Die Augen waren rot verquollen.

»Marianne! Was ist denn los?«

»Hinter mein Standel liegt a Toter!«, presste Marianne hervor, bevor sie in Tränen ausbrach.

»Wo?«, fragte Dorli nicht sehr geistreich nach, bevor ihr einfiel, dass Marianne am Weihnachtsmarkt einen Verkaufsstand hatte.

»Kannst bitte mitkommen und ma helfen?«

»Ruaf lieber die Polizei an«, erwiderte Dorli. »Oder willst die Leich wegschaffen?« Sie schmunzelte.

»Die Idee warat gar net so bled. Was glaubst, wer bei mir no an Punsch kauft, wenn se des herumspricht mit der Leich.«

»Na ja, sie wird ja net im Punschbottich liegen, oder?«

»Na, aber waßt eh, wia die Leit san.«

Oja. Besonders die, die ebensolchen Geistes Kinder waren wie Marianne selbst.

»Und was genau soll ich jetzt tun?«, fragte Dorli.

»Schaun, an was der Kerl verreckt is. Net, dass dann haßt, der is an mein Punsch eingangen.«

Ach, du Herzerl. Der Tote ist dir vollkommen Blunzen. Es soll nur ja nicht der kleinste Makel auf dich fallen!

Dorli zog sich in Windeseile an. Duschen musste einfach

warten, denn mit feuchtem Haar wollte sie nicht ins Freie. Das Thermometer zeigte fünf Grad unter null, und dazu blies ein strammer Wind aus Norden. *Oh Mann, was für ein Sauwetter!*

Hinter Mariannes Stand lag ein Mann in einer Schneewechte. In Seitenlage, seltsam zusammengekrümmt, als hätte er vor dem Tod Koliken gehabt und sich den Leib gehalten. Volles dunkles Haar, das Gesicht vom Schnee halb verdeckt – die Leiche wirkte seltsam friedlich. Eingepackt in eine dicke Jacke. Unmöglich zu sagen, wer das sein könnte. Entweder durch die Totenstarre oder weil er schon tiefgefroren war, konnte Dorli ihn nicht bewegen. Lediglich eine rötliche Verfärbung des Schnees deutete darauf hin, dass hier vermutlich kein natürlicher Tod vorlag.

»Na, was sagst? An was is der g'storben?«

»Marianne, ohne Obduktion kann dir das vermutlich net amoi der Gerichtsmediziner sagen. Keine Ahnung, ruf jetzt endlich die Polizei.«

»Waun ma di amoi braucht, bist a ka Hüf!«

Na großartig! Dorli ärgerte sich. Warum war sie mit der blöden Kuh überhaupt mitgekommen? Sie könnte jetzt gemütlich in der warmen Küche sitzen, Idefix zu ihren Füßen, und das Frühstück genießen. Stattdessen ließ sie sich von Marianne breitschlagen, auf nüchternen Magen ihren Toten hinter dem Punschstand zu begutachten, stand frierend im eiskalten Wind herum und jetzt das.

»Schatzerl, i bin ka Hellseher. Und jetzt baba. I geh heim und mach ma an starken Kaffee.«

Marianne bedachte sie mit einem giftigen Blick. Dorli erwartete eigentlich, dazu den gestreckten Mittelfinger zu sehen. Aber das verkniff sich Marianne dann doch.

Zwei Stunden später schlenderte Dorli mit Idefix am Schlossteich entlang. Die Polizei hatte den Bereich hinter Mariannes Stand mit rot-weißem Flatterband abgesperrt. Ein junger Polizist daneben wachte vermutlich darüber, dass keiner der Handvoll Neugierigen näher trat als erlaubt und Spuren vernichtete – so denn welche vorhanden waren. *Gut, dass es so saukalt und windig ist.* Bei dem Wetter wagten sich nur wenige vor die Tür.

Als der Uniformierte Dorli erkannte, machte er zwei Schritte in ihre Richtung.

»Frau Wiltzing. Der Herr Gruppeninspektor ist drinnen, und ich hab den Auftrag, Sie reinzuschicken, falls Sie auftauchen.«

»Ich würde der Aufforderung gerne Folge leisten, aber der Hund darf net ins Schloss. Was soll i mit ihm machen?«

Der Polizeibeamte wirkte verlegen. Er zuckte mit den Schultern. »Anbinden vor der Tür?«

»Sicher ned, bei dem Schei… grauslichen Wetter.«

Der Junge lachte. »I muass ja a do stehen. Und i hab ka dickes Fell.«

»Hast recht. I schau auf an Sprung rein. Idefix, mach Platz!«

Im großen Foyer des Schlosses befanden sich ein Tisch und ein paar Stühle. Hinter dem schmalen Tischchen saß Bertl Wagner und unterhielt sich eben mit einer älteren Frau, die Dorli nur von hinten sehen konnte. Vermummt wie ein Terrorist mit Strickhaube und den dicken Mantelkragen hochgeschlagen, konnte Dorli nicht sagen, wer das war.

»Sie behaupten also, Sie haben da wen g'sehen.«

»Ja?«

Dorli lächelte in sich hinein. Sie erkannte die Stimme. Außerdem gab es nur eine im Dorf, die jede Antwort wie eine Frage klingen ließ. Die Kräuterwaberl! Vulgo Holzinger Anni, Naturheilerin, Wahrsagerin und von vielen im Ort öffentlich belächelt und heimlich aufgesucht, damit sie ihnen mit ihren Wässerchen und Kräuterauszügen helfen sollte. Oder ihnen die Zukunft aus der Hand las und Liebestränke zubereitete, wenn der Mann fremdging.

»Was ja? Wen haben S' g'sehen? So lassen S' sich do net jedes Wort aus der Nasen ziehen.«

»Den Toten hab i g'sehn?«

»Der lag ja auch unübersehbar hinter dem Weber-Stand.«

Anni ließ sich durch den Einwand Bertl Wagners nicht stören. »Er liegt im Teich?«

Bertl seufzte hörbar. Er sprach zur Kräuterwaberl wie zu einem kleinen Kind. »Frau Holzinger, der Tote lag an Land und hinter einem Punschstandl. Der Teich is zuag'froren. Da is ka Leich.«

»Wenn Sie des sagen?« Die Holzinger Anni erhob sich. »Sie glauben ma eh net? Warten S', bis es taut? Dann schau ma weiter?«

Sie zog ihren Mantel noch enger um sich und schloss die Knöpfe. Wandte sich mit grimmigen Gesichtsausdruck Richtung Ausgang.

»Griaß di, Dorli. Unser Gendarmerie, so bled wie eh und je?« Anni schüttelte den Kopf.

»Die haßen jetzt alle Polizei«, verbesserte Dorli die Kräuterwaberl. »Aber sonst geb i dir scho recht.«

Anni verließ das Schloss, und Bertl Wagner wandte sich an Dorli.

»Eh kloa, du unterstützt die spinnerte Gretl no. A Wasserleich will's g'sehn haben. Dabei is der Schlossteich seit guat ana Wochen fest zuag'froren.«

»Du weißt aber schon, dass die Anni so was wie des Zweite Gesicht hat. Erinner di an den Fall mit der klanen Sophie. Da hat die Anni euch genau dorthin g'schickt, wohin si des Mäderl verirrt hat.«

»Scho guat. Aber es is halt a Unterschied, ob sie klane Kinder findt oder was von ana nicht existenten Wasserleich faselt.«

»Na, wie du glaubst.«

»Geh bitte! Die spinnt doch. Wenn da a Wasserleich drinliegt, dann fress i an Besen!«

»Falls nötig, werd i drauf zurückkommen. Was willst eigentlich von mir? I muass mi tummeln, weil der Hund is draußen in der Kälten ang'hängt.«

»Die Marianne hat erzählt, dass du die Erste am Tatort warst.«

»Na, die is net schlecht! Des war scho sie. Sie hat mi mit der Nachricht vom Leichenfund um sieben aus dem Bett g'holt. Und weil i ihr net hab sagen können, woran der Tote gestorben is, hat's mi a no beschimpft.«

»Aha. Und, hast an Verdacht?«

»I hab nur g'sehen, dass er in ana Schneewechten liegt und dass Bluat dabei war. Aber er war steif wia a Brettl, daher kann i net sagen, ob es a Stichwunden oder a Schussverletzung war. Nach Lage der Leich und des g'färbten Schnees vermutlich im Bauchraum.«

»Des hat Dornröschen a g'mant.«

»Sag bloß, i hab den Einsatz von Dornröschen verpasst!«

Dornross war der Leiter der Spurensicherung Niederösterreich-Süd. Ein androgyner Typ und eine rechte Dramaqueen, was ihm den Spitznamen »Dornröschen« eingetragen hatte. Seine Auftritte waren bei Zuschauern wegen ihres hohen Unterhaltungswertes beliebt, von seinen Untergebenen aber gefürchtet wie die Pest.

»Na, wenn du solche Sehnsucht nach ihm hast, er is eh no drüben hinterm Standl.«

Dorli winkte ab. »Ich hatte früher schon mal das Vergnügen. Wie is er denn heut drauf?«

»Na, wie wohl, Dorli. Es is Samstagfrüh. Er is saugrantig, und wenn der Mann dort drüben net schon tot wär, würd er ihm vermutlich persönlich den Hals umdrehen, weil er ihm das freie Wochenende versaut hat.«

Als Dorli sich auf den Heimweg machte, riskierte sie einen Blick hinüber zu Dornröschen. Der kleine, drahtige Kerl baute sich eben vor einem seiner Mitarbeiter auf, der gut einen Kopf größer war als er und fast doppelt so breit. Dabei schaukelte er von den Zehenspitzen zur Ferse und wieder zurück. Seine Stimme überschlug sich. Was er schrie, war auf die Distanz nicht zu verstehen. Seine Hände an den dürren Armen fuhren auf den Mann zu wie die giftigen Zähne einer gereizten Mamba. Eigentlich wäre »Zornröschen« der passendere Spitzname gewesen. Wer unter ihm arbeiten musste, konnte einem leidtun. Denn obwohl ihn seine Leute fürchteten, mussten sie sich bei seinem Gehabe oft das Lachen verbeißen.

3

»Dorli, hast scho g'hört?«

Lore kam grußlos in die Amtsstube gestürmt.

»Dir auch einen schönen guten Morgen, Lore. Was soll i g'hört haben?«

»Die Leich! Des war a Promi!«

»Mir is er net bekannt vorkommen.«

»Des is der Livio Moretti.«

»Aha. Sagt ma nix. Woher willst denn du des wissen?«

»Steht heut in der Zeitung. Der is ein total bekannter Maler und Bildhauer. Hat scho in New York und Tokio seine Werke ausg'stellt.«

»I hab gar net g'wusst, dass du so a Kunstkennerin bist.«

»Jeder is halt net so a Banausen wia du«, entgegnete Lore schnippisch.

Während sich Dorli und Lore unterhielten, hatte sich Barbara Schöne, Dorlis Kollegin und des Bürgermeisters schlampiges Verhältnis, die Zeitung gefischt. Barbara Schöne, blondes Gift mit viel Busen und wenig Hirn, brachte mit ihrer kreativen Rechtschreibung und dem eigenwilligen Ablagesystem Dorli regelmäßig zur Verzweiflung.

»Mei is der fesch, der Maler!«

»War, Frau Schöne, war. Der is jetzt tot.«

»Schad. Der warat a Sünd wert g'wesen.«

»Wohl kaum«, entgegnete Lore. »In dem Artikel steht nämlich a, dass er mit an Mann z'sammg'lebt hat.«

»Is des net traurig? De feschesten Männer san immer de Warmen.«

»Frau Schöne, i glaub, der Bürgermeister hat nach Ihnen gerufen.«

Die Schöne sprang auf und rauschte ins Büro von Willi Kofler.

»I hab nix g'hört«, meinte Lore.

»I a net. Aber i wollt die Gurken anbringen.«

»Apropos anbringen. Wollt der Kofler die Tussi net stanzen?«

20

»Wollte er, ja. Aber wahrscheinlich war's ihm zu mühsam. Wie du siehst, is sie no immer da.«

»Übrigens, dem Moretti sein Lebensgefährte is verschwunden. Daher suacht ihn die Polizei. Vielleicht war der der Mörder.«

»Schau, schau. Jetzt bist du diejenige von uns, die Miss Marple spielt.«

»Na, na, des überlass i schon dir. I hab nur Zeitung g'lesen. Aber wieso sitzt du no so ruhig herum, wenn's da an Toten gibt?«

»Vielleicht, weil es mi nix angeht?«

»Als ob des für di a Grund wär!« Lore lachte. »I muass wieder weiter. Meine Senioren warten auf mi.«

»Dann mach ihnen weiche Fußerln, damit s' wieder laufen können wia die Wieseln.«

Lore war Fußpflegerin und seit Kurzem nicht nur selbstständig tätig, sondern halbtags auch fix im Seniorenheim angestellt.

Als die Tür hinter Lore ins Schloss fiel, stützte Dorli das Kinn in die Hand und dachte über Lores Frage nach. Ja, seltsam. Aber bis jetzt war sie an dem Mordfall eigenartig uninteressiert gewesen. Weil es ohne Lupo nur halb so viel Spaß machte? Blödsinn! Wer brauchte denn den Kerl?

Dorli fischte sich die Zeitung vom Schreibtisch der Schöne und begann den Bericht über den toten Maler zu studieren. Livio Moretti war Italiener, lebte aber schon seit gut zehn Jahren mit seinem Lebensgefährten Peter B. in Berndorf.

Dorli ließ die Zeitung auf den Tisch fallen. Peter B. Ob damit der Pianist Peter Bernauer gemeint war? Konnte gut sein. Es würde nicht so viele Peter B.s geben, die mit einem Mann in einer Lebensgemeinschaft in Berndorf wohnten.

Den Pianisten Bernauer kannte sie von einem Benefizkonzert, das er vor einem Jahr in der Margarethenkirche gegeben hatte. Ein exzellenter Musiker, sehr gepflegt, groß, schlank, laut Programmheft damals schon fünfzig Jahre alt, sah aber mindestens zehn Jahre jünger aus.

Der war jetzt verschwunden und wurde wegen Mordes an seinem Freund gesucht? Dorli konnte sich das nicht vorstellen. Ihr Interesse war jedoch geweckt. Denn immerhin war sie mit Bernauer über mehrere Ecken verwandt. Die Urgroßmütter mütterlicherseits waren Schwestern gewesen. Sie würde sich ein wenig umhören. Denn ein Mörder in der eigenen entfernten Verwandtschaft? Das ging ja gar nicht.

4

Es kam Dorli sehr entgegen, dass an diesem Abend die Dunkelheit schon recht früh einsetzte, weil schwarze Wolken den Himmel verdüsterten. Es war kalt und windig, sodass die Straßen wie leer gefegt waren. Sie hatte sich im Büro die Adresse des Pianisten Peter Bernauer herausgesucht und war nun unterwegs dorthin. Er wohnte im Villenviertel, in einem kleinen Häuschen in der Kurzen Gasse.

Die Kurze Gasse bestand im Wesentlichen nur aus vier Häusern. Das war einerseits gut, weil damit alles recht übersichtlich war. Schlecht war, dass Dorli weiter entfernt parken musste, denn hier in dieser menschenleeren Gegend standen die Autos fast ausnahmslos in Garagen. Die Straßen waren verwaist, kein Mensch zu sehen. Blöderweise konnte sie hier auch nicht beobachtend herumlungern. Auf verlassenen Straßen fiel jemand auf, der einfach so in der Kälte herumstand. Das Haus besaß zwei Eingänge, einen in der Kurzen Gasse, einen um die Ecke, wo sich auch die breite Einfahrt und dahinter ein überdachter Abstellplatz für zwei Fahrzeuge befand. Es war jedoch kein Auto dort. Das Haus lag dunkel hingeduckt. Auch bei den Häusern daneben und gegenüber drang nur bei einem einzigen ein schwaches Licht aus einem Fenster.

Dorli drückte die Klinke des Gartentores. Es war nicht abgeschlossen. Nach einem kurzen Rundblick öffnete sie das Tor und erschrak, als die verrosteten Scharniere ihr Eindringen mit einem lauten Quietschen quittierten. Dorli sprintete hinter die nächste Mauerecke und lauschte. Nichts rührte sich. Weder in diesem Haus noch bei einem der Nachbarn. Sie riskierte einen Blick um die Ecke. Alles ruhig, kein Mensch zu sehen.

Dorli huschte durch den Garten, vorbei an einer großen Terrassentür. Die Vorhänge waren zugezogen. Da es drinnen stockdunkel war, konnte Dorli nicht erkennen, welcher Raum sich dahinter verbarg. Sie ging weiter. Unter dem großen Flugdach, das das Hauptgebäude mit einem lang gestreckten Nebengebäude verband, befand sich die Eingangstür. Die lag für Dorlis Zwecke äußerst günstig. Diese Ecke war nur vom eigenen Garten einsehbar. Und der war leer. Lediglich ein alter Holzpavillon mit leeren Fensteröffnungen lag nahe an der Grundstücksgrenze. Er besaß keine Tür, und Dorli konnte ins Innere sehen. Einzelheiten waren ob der Dunkelheit nicht wahrzunehmen. Aber mit Sicherheit befand sich dort kein Mensch.

Dorli musterte das Türschloss. Ein ziemlich einfaches Ding. Sie zog den Satz Dietriche aus ihrem Mantelsack. Den hatte der schlampige Lupo nach dem Einsatz im letzten Fall bei ihr vergessen. Sie hatte Gelegenheit gehabt, zu beobachten, wie das Ding funktionierte. Und dann hatte sie *vergessen*, ihn zurückzugeben. Wer weiß, wofür man so etwas noch brauchen konnte. Und jetzt war es so weit. Der dritte passte, das Schloss ergab sich mit leisem Klicken, Dorli öffnete die Eingangstür und betrat das Haus. Es hatte sich also doch gelohnt, dass sie zu Hause und im Amtshaus geübt hatte, wie welches Schloss zu knacken war!

Es roch muffig, als ob längere Zeit nicht gelüftet worden war. Die Heizung funktionierte, es war kuschelig warm. Dorli nahm ihre kleine Taschenlampe und leuchtete den Raum aus. Es war ein breiter Flur, von dem einige Türen wegführten. Linker Hand die Doppeltür in den Garten auf die Terrasse. Daran schlossen sich Bad und Toilette an. Dann folgte ein geräumiges Schlafzimmer. An der gegenüberliegenden Wand führte dort eine weitere Tür in einen großen Raum, der aussah, als handelte es sich um das Arbeitszimmer des Pianisten. Mitten im Raum stand ein riesiger Flügel. Am mächtigen Schreibtisch vor dem Fenster stapelten sich Noten und ein Berg ungeöffneter Briefe. Dorli schob den Posthaufen mit ihrem Einbruchswerkzeug ein wenig auseinander. Die Datumsangaben der Poststempel lagen zum Teil schon mehr als zwei Wochen zurück. Seltsam. Denn wenn Peter Bernauer seinen Lebensgefährten ermordet haben sollte, der ja erst vor drei Tagen den Tod gefunden hatte, wieso lag dann hier ein ungeöffneter Postberg von mehr als einer Woche, adressiert an Bernauer?

Dorli ging durch eine hohe doppelflügelige Tür ins nächste Zimmer. Das sah so aus, als wäre es ein kleines Büro. Vermutlich vom Maler. Ein kleiner Schreibtisch, ein paar Regale an den Wänden und einige Ordner darin. Allerdings kein einziges Bild, keine Skulptur, nichts. Befand sich das Atelier in dem lang gestreckten Nebengebäude?

Der nächste Raum war ein großes Wohnzimmer mit riesigen Fenstern bis zum Boden. In einer Ecke stand ein gemütlicher Kamin. Davor eine kuschelig aussehende Sitzgruppe. Üppige Grünpflanzen dienten als optischer Raumteiler zu einer Essecke. Die Pflanzen steckten nicht in Erde, sondern in Tonkügelchen. Ein Wasserstandsanzeiger teilte Dorli mit, dass sie noch genügend Flüssigkeit für die nächsten Tage haben würden.

Aus dem Wohnraum gelangte sie in einen Flur. Rechts ging es durch einen offenen Durchgang in die Küche. Gegenüber führte eine Tür in den Keller, was Dorli am Geruch feststellen konnte, sobald sie die Tür öffnete. Als sie den etwas antiquierten Drehschalter benutzte, schälten sich steile Stufen in die Unterwelt aus dem Halbdunkel. Dorli nahm all ihren Mut zusammen und schlich hinab. Keller flößten ihr immer gewaltiges Unbehagen ein. Schon gar ein fremder.

Der Raum war nicht sehr groß. Es schien, dass nur ein Teil des Hauses unterkellert war. Hier befand sich ein Heizkessel, allem Anschein nach mit Gas betrieben, ersichtlich am gelben Absperrhahn an der Leitung, die aus der Wand kam. Ansonsten standen ein paar Regale mit Einweckgläsern an einer Wand. Gurken, Rote Rüben, Kompotte und Marmeladen. Nicht viel anders sah es in Dorlis eigenem Keller aus. Wenngleich ihrer nicht so sauber war wie dieser hier.

Dorli kletterte die steile Treppe wieder hinauf. Es gab nur noch eine Tür, die sie nicht geöffnet hatte. Dort führte eine ebenso steile Holztreppe nach oben. Obwohl die Stufen ächzten, als Dorli sie erklomm, wollte sie auch dort Nachschau halten. Sie landete auf einem riesigen Dachboden, der nicht ausgebaut war. Hier fand sie zum ersten Mal ein wenig Staub und Kotspuren irgendwelcher Tiere. Mäuse? Eher nicht. Die Kötel sahen anders aus, und Mäuse-Urin stank mehr. Vielleicht Siebenschläfer. Die suchten sich gerne solche lauschigen Plätzchen als Winterquartiere.

Dorli stieg wieder hinab und ging über den Flur zurück in den Vorraum. Gab es hier irgendwo einen Schlüsselkasten? Sie würde zu gerne noch einen Blick ins Nebengebäude werfen. In einem Schränkchen unter dem Spiegel wurde sie fündig. Hier lag neben anderen ein großer Schlüssel mit einer kleinen Skulptur als Anhänger. Sah vielversprechend aus. Dorli verließ das Haupthaus und schloss die Eingangstür. Sie überquerte den Autoabstellplatz und gelangte an ein Tor, das an die Scheunentore von früher erinnerte. Hoch, breit, doppelflügelig. Der Schlüssel passte, doch sie konnte ihn nicht drehen. Kein Wunder, stellte sie gleich darauf fest, die Tür war gar nicht verschlossen.

Dorli betrat den Raum und schrie entsetzt auf. Gleich hinter dem Eingang stand jemand mit zum Schlag erhobenen Armen. Erst als sie merkte, dass sich der Kerl nicht bewegte, ging ihr auf, dass dies eine Statue sein musste. Dorli schritt weiter. Sie wagte nicht, Licht zu machen, denn das könnte man vom Haus gegenüber der Straße sehen. Ein wenig Beleuchtung gab es durch die Straßenlaterne und den Schnee im Garten, der das Licht reflektierte. Zudem schien der Mond zeitweilig durch die zerfransten Wolken, die über den Himmel rasten. Zwei Bilder standen auf Staffeleien, eine ganze Menge anderer lehnten an der Wand. Etliche Skulpturen schienen in verschiedenen Stadien der Fertigstellung auf ihre Vollendung zu warten, die jetzt nie mehr stattfinden würde.

Dorli war enttäuscht. Alles war so stinknormal. Kein Hinweis auf irgendwelche Absonderlichkeiten. Das Haus war zwar verlassen, aber aufgeräumt. Keine Kampfspuren, keine durchwühlten Kästen, nichts. Als sie eben den Schlüssel ins Schloss der Ateliertür steckte, um abzuschließen, hörte sie ein Auto halten. Gleich darauf bemerkte sie blaues Blinklicht. Verdammt! Die Polizei. War vermutlich nicht super, wenn man sie hier erwischte, als sie in das Haus eines Mordopfers einbrach.

In leichter Panik streiften ihre Augen die Umgebung und suchten eine Fluchtmöglichkeit. Es gab nur einen Weg des Entkommens. Und selbst der war nicht sonderlich toll. Dorli schoss durch den Garten. Zum Glück hatte hier der Wind den Schnee weggeblasen und auf der Terrasse vor dem Haus zusammengetragen. Der Boden war gefroren. Dadurch würde man hoffentlich ihre Schuhabdrücke nicht finden. Dorli presste sich hinter die Büsche und überkletterte den Zaun zum Nachbargrundstück. Leise stapfte sie am Zaun entlang hinter dem Nachbarhaus vorbei, überwand eine niedrige Hecke und stand in der Parallelstraße.

Hektisch blickte sie in die Runde. Ihr keuchender Atem war vermutlich drei Straßen weiter noch zu hören. Niemand zu sehen. Dorli setzte sich in Bewegung. Am liebsten wäre sie gerannt. Doch das wäre das Blödeste, was sie in ihrer Situation tun könnte. Langsam ging sie die Straße hoch und dann über einen kleinen Umweg zu ihrem Auto.

Als sie sich in den Sitz ihres Skoda Octavia fallen ließ, schloss sie erschöpft die Augen. *Meine Herren, gerade noch gut gegangen!*

Ob jemand die Polizei gerufen hatte, weil er das Licht ihrer Taschenlampe gesehen hatte? Gut möglich. Sobald ihre Hände nicht mehr zitterten, startete Dorli den Wagen und fuhr nach Hause. Um den Häuserblock, in dem Bernauers Haus lag, schlug sie einen großen Bogen. Sie musste Lupo anrufen. Sie war doch noch nicht so weit, dass sie allein Detektiv spielen konnte.

5

Lupo enttäuschte Dorli einmal mehr.

»Ich hab keine Zeit. Ich bin so im Stress bis Weihnachten, ich hab kaum Zeit zum Essen. Da kann ich nicht mit dir auf Schatzsuche gehen.«

Schatzsuche! So ein blöder Heini.

»Die Schatzsuche ist ein Mordfall, der ein paar seltsame Elemente beinhaltet. Ich dachte, so etwas interessiert dich.«

»Nicht bis Weihnachten. Und, so leid es mir tut, auch nachher nur dann, wenn es dafür einen Auftrag und ein Honorar gibt.«

Das wenigstens leuchtete Dorli ein.

»Na, schade. Aber kann man nix machen. Wieso bist du eigentlich so im Stress?«

»Ich fahr wieder für einen Paketdienst. Und so, wie's aussieht, kaufen die Leute heuer alle Weihnachtsgeschenke im Internet und lassen sie sich schicken. Ich arbeite in diesem Job jetzt zum siebenten Mal, aber so arg wie heuer war's noch nie.«

»Und was machst am Wochenende?«

»Wenn ich nicht für weitere Zustellungen eingeteilt bin, dann will ich einfach nur schlafen, essen, ausruhen.«

Okay, sie war dann wohl bis auf Weiteres abgemeldet.

»Wenn du wieder einmal Zeit hast, kannst dich ja melden.«

Dorli versuchte, ihre Stimme neutral zu halten, doch es beschlich sie der leise Verdacht, dass es ihr nicht ganz gelungen war.

»Spätestens eine Woche nach Neujahr ist der Zauber vorbei. Dann haben alle alles umgetauscht, und ich stehe wieder zur Verfügung.«

Mit deiner Verfügung kannst du mich mal! Dorli beschloss, sich an ihren alten Freund Oberleutnant Leo Bergler vom LKA St. Pölten zu wenden. Der würde ihr zwar verbieten, wieder mal privat herumzuschnüffeln. Aber ab und zu lieferte er ihr trotzdem brauchbare Tipps.

Doch im Moment schien sich alles gegen Dorli verschworen zu haben. Eine unfreundliche Frau teilte ihr am Telefon mit, dass

Leo Bergler derzeit auf Urlaub weilte und danach nicht mehr ins LKA St. Pölten zurückkehren würde. Er war versetzt worden.

»Wohin denn?«, fragte Dorli.

»Das darf ich Ihnen leider nicht sagen.«

Na supi! Und was jetzt?

Einen gab es noch, den Dorli fragen konnte: Bär, den Leithammel der Devils, einer Motorradgang aus der Gegend. Er war seit vielen Jahren ihr Freund und ihr auch immer mit Rat und Tat zur Seite gestanden, wenn sie mit ihrer Kawasaki Probleme gehabt hatte. Außerdem arbeitete er am Bau und hatte daher im Winter meist nichts zu tun.

Doch Bär winkte ab. »Dei Hawara Lupo hat mi einteilt, mit ihm Packeln auszuliefern. Unter uns: Des is a Scheißjob, und verdienen tuast a an Dreck. Aber besser als daham herumkugeln und fernschaun.«

Schöne Freunde! Wenn man mal einen brauchte, hatte keiner Zeit.

Dorli tat jetzt genau das, was Bär nicht mehr mochte. Sie klotzte sich mit einer großen Tasse Tee mit Rum vor das Fernsehgerät und ließ sich berieseln. Idefix sprang zu ihr auf die Sitzbank und wärmte ihre Füße. Dorli war kühl, und der Hals kratzte. Hoffentlich hatte sie sich bei der Leichenbesichtigung im eiskalten Wind nicht erkältet. Das würde ihr gerade noch fehlen.

6

Als Dorli am nächsten Morgen aus dem Bett steigen wollte, schnitt ein scharfer Schmerz in ihren Rücken. Na super, ein Hexenschuss! Sie konnte kaum aufrecht gehen.

Damit war klar, dass sie heute ihr erster Weg nach dem Frühstück nicht ins Amtshaus, sondern zum Arzt führen würde, um ihn um eine Spritze zu bitten. Die Schmerzen waren kaum auszuhalten.

Das Wartezimmer von Dr. Breitschädel war, wie oft um diese Jahreszeit, voll mit schnupfenden und hustenden Patienten. Der Mann war ein eher seltsamer Zeitgenosse. Eigentlich hatte er Tierarzt werden wollen. Weil er aber Angst vor Hunden, Katzen und jeder Art von großen Tieren hatte, wurde er Humanmediziner. Und hoffte vermutlich inständig, dass ihn kein Patient biss.

Als Dorli endlich in die Ordination vordrang, fragte der mürrische Doktor sie, was sie zu ihm führe.

»Mich hat die Hex g'schossen. I kann mi kaum rühren. Außerdem tun mir Rippen weh.«

»Haben S' des scho amoi g'habt?«, fragte der Humanveterinär.

»Ja.«

»Dann ham S' es jetzt wieder.«

Besten Dank für die tolle Diagnose, die könnte glatt von mir stammen.

»Und was mach i dagegen?«, fragte Dorli.

»Was haben S' denn damals g'nommen?«

»Brufen.«

»Dann nehmen S' das jetzt wieder.«

»Aber das hat do net g'holfen«, protestierte Dorli.

»Muass aber doch. Sonst hätten S' es jetzt net wieder, sondern no immer.«

Ach herrje. Der hätte doch lieber Viecher behandeln sollen. Der gute Mann war echt mühsam.

»I hätt aber gern a Spritzen. So kann i net arbeiten.«

»Sollen S' eh net. I schreib Sie krank.«

»Ich will kan Krankenstand!«

»Sie san aber schon bockig. Wie wollen S' denn dann g'sund werden?«

»Indem Sie mir was Gescheites spritzen.«

»Unter einer Bedingung. Sie bleiben wenigstens heut zu Haus und halten sich warm.«

Na ja, das wäre ja gerade noch auszuhalten. Hieß immerhin, einen Tag ohne Kollegin Barbara Schöne zu verbringen. Das war fast wie Urlaub.

Dorli bekam ihre Spritze und ein Rezept, und dann war sie schon wieder zur Tür raus. Jedes Mal, wenn sie die Ordination verließ, schwor sie sich, einen anderen Arzt zu suchen. Was, wenn ihr wirklich einmal etwas Ernstes fehlte? Da sie aber mit einer ziemlich stabilen Gesundheit gesegnet war, vergaß sie diese Pläne sofort wieder, sobald es ihr besser ging.

Dorli fuhr zur Apotheke, dann kaufte sie noch ein paar Lebensmittel ein, falls es ihr in den nächsten Tagen doch noch nicht so gut gehen sollte, und kehrte nach Hause zurück.

Die ganze Zeit hatte sie etwas irritiert, obwohl sie nicht sagen konnte, was das war. Doch als sie ihren Einkauf ins Haus trug und sah, dass es vom Dach tropfte, wurde ihr bewusst, was so anders als sonst gewesen war: Der Schnee hatte nicht geknirscht. Ganz im Gegenteil, es taute. Sie musste an Anni und die angebliche Wasserleiche denken.

7

Am Nachmittag ging es Dorli schon viel besser. Sie war auf dem Sofa eingeschlafen und hatte drei Stunden durchgepennt. Jetzt war sie frisch und munter und nach einem kräftigen Kaffee voller Tatendrang. Sie nahm das Telefon zur Hand und telefonierte alle Freunde und Schulkollegen durch, ob einer Livio Moretti oder Peter Bernauer näher kannte. Sie bekam den Tipp, dass eine gewisse Johanna Karner, die im Haus gegenüber wohnte, den beiden Herren gelegentlich die Wäsche gebügelt habe. Sie sei eine von der redseligen Sorte. Wenn Dorli vielleicht noch erwähnte, dass sie für die Regionalzeitung Beiträge schrieb, dann hätte sie vermutlich Mühe, den Redefluss der Dame wieder anzuhalten. Kurz entschlossen packte sich Dorli warm ein und fuhr zu dieser Nachbarin.

Die Frau war noch relativ jung, ungefähr in Dorlis Alter, sehr freundlich und echt redefreudig. Als Dorli die Lügengeschichte über die Zeitung auspackte und Johanna Karner behutsam über ihr Gegenüber auszufragen begann, strahlte diese übers ganze Gesicht.

»Steht dann mein Namen in der Zeitung?«

»Wie Sie wollen, Frau Karner. Es kann auch nur Johanna K. oder Frau K. stehen. Aber dafür haben wir noch Zeit. Erst muss immer noch der Chefredakteur die Story absegnen.«

»Verstehe. Sie sind übrigens schneller als die Polizei. Die will heute auch noch mit mir sprechen.«

Dorli grinste innerlich. War ja nix Neues, dass die Kieberer gelegentlich in der Pendeluhr schliefen!

Johanna Karner sprach weiter: »Also: Die Burschen da drüben sind sehr nett. Angenehme Nachbarn. Nie Streit oder Lärm. Na ja, im Sommer hörte man schon mal Klaviergeklimper. Aber sonst? Ganz friedlich. Und richtige Gentlemen. Machen einer Frau die Tür auf, helfen ihr in den Mantel. Wo gibt's denn das heut noch?«

Johanna Karner sprach in der Gegenwart. Hatte sie am Ende noch gar nicht mitgekriegt, dass einer tot war und der andere vermisst? Dorli sah es nicht als ihre Pflicht an, sie aufzuklären. Sie wollte ihren Redefluss erhalten.

»Und sonst? Wie waren sie im Umgang miteinander?«

»Ach, was soll ich sagen? Richtig romantisch! Livio war einmal verreist. Eines Tages hat Peter im Garten entlang des Weges Fackeln aufgestellt. Aus Kerzen ein Herz am Ende des Weges geformt und in das Innere des Herzens Rosenblätter gestreut. Weitere Blumen arrangiert, die Tür mit einem Banner geschmückt, auf dem ›Herzlich willkommen‹ stand. Dann hörte man ihn in der Küche rumoren, und es roch köstlich über die Straße. Er hat im Wohnzimmer den Tisch gedeckt. Kerzen und Servietten in Rot und Gold. Wissen Sie, ich schaue sonst nie stundenlang aus dem Fenster, um Leute zu beobachten. Aber das war so faszinierend.«

Das kannst du der Frau Blaschke erzählen, dachte Dorli. Vermutlich hing sie in jeder freien Minute auf Beobachtungsposten. Aber egal. »Und wie ging es weiter?«, fragte sie.

»Am späteren Abend, die Dämmerung brach gerade herein, hat Peter im Garten alle Lichter angezündet. Das Kerzenherz hat geflackert und das Innere in dunklem Rot geschimmert. Dann erschien sein Freund Livio in seinem kleinen Flitzer. Er lief ihm entgegen, umarmte und küsste ihn, nahm ihm das Gepäck ab und bat ihn, zu warten. Er trug die Koffer ins Haus. Dann kam er zurück, nahm seinen Freund an der Hand, und gemeinsam schritten sie zur Eingangstür. Dort umarmte er Livio nochmals, nahm ihn auf seine Arme und trug ihn über die Schwelle. Ich hab Pipi in den Augen g'habt. Hat Ihnen schon einmal ein Mann so einen Empfang bereitet? Mir nicht. Ich habe den jungen Mann um seinen Freund und dessen Liebe heiß beneidet.«

Dorli schluckte. So war sie auch noch nie geliebt worden. Wobei sie sicher kein Maßstab für tätige Liebe war. Ihre Erfahrungen auf dem Gebiet wurden heute vermutlich von jeder Unterstufengöre überboten. Überraschend war die Einstellung der Frau gegenüber ihren homosexuellen Nachbarn. Die meisten in der Gegend würden mit Hass und Ablehnung reagieren.

»Ach, war Livio denn noch so jung?«, fragte Dorli.

»Aber ja, mindestens zehn Jahre jünger als Peter Bernauer. Und ein fescher Kerl!«

»Dann war Livio kaum älter als Markus Bernauer. Gab das nicht ein Problem?«

»Das war vermutlich das geringste Problem, das Vater und Sohn miteinander hatten. Zumindest in den ersten Jahren nach dem Eklat mit der Scheidung und so.«

Johanna Karners Schilderung war jedenfalls höchst interessant. Wo so innig geliebt wurde, gab es oft auch namenlose Eifersucht. Vielleicht sogar Hass, wenn die Liebe nicht mehr erwidert wurde. Könnte Eifersucht ein Motiv gewesen sein? Falls Peter Bernauer überhaupt der Mörder von Livio Moretti gewesen war. Es wäre vermutlich auch kein Fehler, dem Sohnemann auf den Zahn zu fühlen.

»Sehr beeindruckend. Können Sie mir noch sagen, was die beiden für Autos fuhren? Welche Marke ist Livios kleiner Flitzer?«

»Livio fährt einen weißen Sportwagen mit wegklappbarem Dach. Die Ledersitze sind rot. Und Peter einen großen Mercedes.«

»Welche Marke der Sportwagen ist, wissen Sie nicht?«

»Nein, leider.«

»Aber welche Farbe der Mercedes hat schon, oder?«

»Ja. Schwarz wie die Nacht.« Johanna Karner lächelte verträumt. Ob sie ein Auto besaß oder nicht, die Blechkutschen der Männer von gegenüber schienen ein Traum für sie zu sein.

»Hatten die Künstler oft Besuch?«

»Aber ja. Fast jedes Wochenende waren da Kollegen, mal vom einen, mal vom anderen, hin und wieder von beiden. Aber die waren nie so durchgeknallte Typen, wie man das oft im Fernsehen sieht. Die waren alle angenehme, normale Menschen.«

Als ob man Menschen ansehen würde, ob sie richtig tickten!

Dorli kletterte nach der Unterredung mit Johanna Karner vorsichtig in ihr Auto, da machte sich ihr schmerzender Ischias wieder bemerkbar. Zeit, den Hund kurz rauszulassen, und dann wieder mit der Wärmflasche auf die Couch.

8

Am Morgen musste Dorli mit Idefix eine längere Runde gehen. Nach dem faulen Tag seines Frauchens war er ein wenig unruhig. Sie spazierten langsam durch den Schlosspark, denn dort waren die Wege schon schneefrei, und man versank nicht im Matsch.

Plötzlich ertönte ein markerschütternder Schrei. Dorli und Hund liefen in die Richtung, aus der er gekommen war. Am Teich war keine Menschenseele zu sehen. Wer hatte so gebrüllt? Idefix schien etwas zu wittern. Er zog Dorli mit sich zum Wasser. Die dicke Eisschicht war im Tauwetter teilweise geschmolzen. Und halb im Eis, halb im Wasser lag ein Mensch. Oder besser gesagt ein Toter. Die Kräuterwaberl hatte also doch recht gehabt. Es gab eine Wasserleiche.

Dorli griff zum Handy, rief bei der Inspektion Buchau an und hatte gleich ihren ehemaligen Schulkollegen Bertl Wagner dran.

Als Bertl mit einem Kollegen anrauschte, konnte sich Dorli nicht beherrschen und fragte ihn: »Na, was sagst jetzt?«

»Verdammt, Dorli, was machst du da? Immer, wenn es irgendwo an Toten gibt, bist du net weit.«

»A Wasserleich deponieren?«

»Jetzt sei net komisch.«

»Was fragst denn dann so blöd? I war mit dem Hund unterwegs. Plötzlich hat irgendwer unheimlich geschrien. Da bin i mit Idefix dem Schrei nachgangen. Da war aber weit und breit niemand, dafür die Wasserleich.«

»Na, die Leich wird ja net g'schrien haben.«

»Sehr witzig. Hast wieder bei de lustigen Scherzeln übernachtet?« Dorli konnte es nicht leiden, wenn man sie nicht ernst nahm. Schon gar nicht, wenn es sich um einen Toten handelte.

»He, jetzt sei do net glei eing'schnappt.«

»Es war ziemlich sicher a Frau, die g'schrian hat. Aber bis wir dort waren, war sie weg. Fragt's vielleicht im Schloss.«

»Danke für die guten Ratschläge, Frau Kriminalrat. Aber des hätt ma sowieso g'macht. Hast a Ahnung, wer der is?«

»I hab ihn g'fragt, wia er heißt, aber der Muli hat ka Antwort geben.«

»Herrgott, Dorli! Manchmal treibst mi in den Wahnsinn.«

»Herzerl, dort wärst schon lang ohne mi.«

Bertl schüttelte den Kopf, holte sein Handy aus der Brusttasche und rief die Feuerwehr und Dornröschen an.

»Na, der hat wieder eine Laune! Seine Leut tun ma jetzt schon leid.«

In diesem Punkt stimmte Dorli mit Bertl hundert Prozent überein.

»Erinnerst di, was die Kräuterwaberl g'sagt hat? Dass da a Toter im See liegt. Übrigens: Wie darf ich dir den Besen servieren?«

»Was meinst jetzt nachher damit?«

»Du hast g'sagt, du frisst an Besen, wenn die Kräuterwaberl recht hat und im Teich a Leich liegt.«

»Jessas. Glaub mir, i hab jetzt andere Sorgen.«

»Scheint so. Aber die Kräuterwaberl hat recht g'habt.«

»Ja. Des macht mi aber net grad happy. Denn woher hat sie des wissen können? Entweder sie hat wen gesehen, wie er die Leich entsorgt hat, oder sie war's.«

»Geh, des glaubst ja selber net!« Wie konnte Bertl Wagner so etwas auch nur denken? Sie beide kannten die Kräuterwaberl, seit sie auf der Welt waren. Sie mochte ein wenig eigen sein. Aber sicher keine Mörderin. Ganz im Gegenteil. Sie verwendete all ihr Wissen über Kräuter, Steine und Mondphasen und was weiß der Teufel noch, um Menschen zu helfen.

»Du kannst in kan Menschen eineschauen. Sie wird jedenfalls a Menge zum Erklären haben«, entgegnete Bertl trotzig.

Viel Spaß! In der Holzinger Anni würde Bertl eine würdige Gegnerin gegenüberstehen.

»Wenn du von mir no a Aussage brauchst, schau bitte bei mir in der Amtsstuben vorbei. I muass gehen, sonst is mei Ischias no beleidigter.«

Bertl verzog spöttisch den Mund. »Altweiberleiden! Jo mei, Dorli, und i hab immer denkt, du bist unverwüstlich.«

»Ja, die Realität is widerlich. I hab a immer glaubt, du wärst intelligent.«

Sicherheitshalber brachte Dorli nach diesem Satz einen größeren Abstand zwischen Bertl und sich.

Bertl drohte ihr mit der geballten Faust. »Na wart nur, bis i amoi net im Dienst bin. Dann verhau ihr dir wieder den Hintern.«

»Das hätt'st gern. Aber das hat das letzte Mal geklappt, als ich zwölf war.«

»Mentscherl, hau ab. Du behinderst die Polizeiarbeit.« Er wachelte mit der Hand, winkte sie weg.

Dorli grinste in sich hinein und machte sich mit Idefix auf den Heimweg. Manchmal, wenn sie mit Bertl so blödelte, fühlte sie sich kurzzeitig wieder in die Jugendzeit zurückversetzt.

Zwei Stunden später trat Willi Kofler ins Sekretariat. Barbara Schöne blickte ihm lächelnd und erwartungsvoll entgegen. Dorli hob kurz die Augen vom Bildschirm ihres Computers.

»Habt's es scho g'hört?«, fragte der Bürgermeister.

»Was denn?«, säuselte die schöne Babsi.

»Die Wasserleich is der Klavierklimperer. Also der Bernauer. Den die Heh verdächtigt hat, dass er sein Gschamsterer umbracht hat.«

Deswegen der Posthaufen auf seinem Schreibtisch, der schon zwei Wochen alt war! Dorli atmete tief durch. »Da der Schlossteich schon a Wochen zug'froren war, als der Livio Moretti ermordet worden is, kann er's schwerlich gewesen sein.«

Kofler nickte. »Ja, da wird si die Polizei was einfallen lassen müssen.«

Und Dorli würde auch auf Mörderjagd gehen, sobald ihr blöder Ischias endlich Ruhe gab. Ohne Lupo diesmal, wie es schien. Aber ein Toter in der Familie – das war eine Verpflichtung.

9

Nach dem Tauwetter folgte Regen, und nun hielt sich beständiger Nebel. Dorli war sauer. Denn bei Kälte und Nässe fühlte sich ihr beleidigter Ischias so richtig wohl in ihrem verlängerten Rücken und machte ihr das Leben zur Hölle. *Wennst jetzt schon endlich einen g'scheiteren Arzt hättest, dann könntest dir einfach eine weitere Spritze holen,* schimpfte sie mit sich selbst. Aber auf eine Stunde Wartezimmer mit Grippekranken und endlose Diskussionen über Krankenstand oder nicht, und als Lohn der Mühe eine Handvoll unwirksamer Pillen, hatte Dorli null Bock.

Sie hämmerte verbissen in die Tasten ihres Computers. Das Protokoll der letzten Gemeinderatssitzung. Diesmal gab es wenigstens keine offensichtlichen Schweinereien.

Willi Kofler rief nach der Gesprächsnotiz mit Werner Steinmeier von vorgestern.

»Die hat Frau Schöne verfasst.«

»Na, und wo is sie jetzt?«

»I hab's abg'legt«, gab Barbara Schöne zurück.

»Und wo?«, fragte Dorli, die Böses ahnte, denn unter S oder St wie Steinmeier fand sich nichts. Sicherheitshalber schaute Dorli auch noch unter W wie Werner. Nichts.

»Na unter H.«

»Bitte? Wieso denn unter H?«, fragte Dorli völlig perplex.

»Na, des Gespräch war um halba zehne.«

Urrrrgh! Dorli verdrehte die Augen. *Aber wenigstens hat die Hirnamputierte ein gutes Gedächtnis.* Dorli fand den Akt und brachte ihn dem Bürgermeister. Ohne jeden Kommentar. Das fiel ihr nicht eben leicht.

Eine Weile blieb es ruhig im Sekretariat. Bis Barbara Schöne die Unterschriftenmappe aus Koflers Zimmer ins Sekretariat brachte.

»Frau Wiltzing!«

Der empörte Schrei ihres Gegenübers riss Dorli aus ihrer Arbeit. Sie sah auf. Doch der Platz der Schöne war leer. Die Rupftussi stand mit hochroten Backen vor ihr.

»Ja bitte?«

»Der Briaf!«

Barbara Schöne schwenkte einen Brief vor ihrer Nase.

»Was is mit dem?«

»Den hab i net g'schrieben.«

Das war gewissermaßen richtig. Denn in ihrer Fassung hatten sich so viele Rechtschreibfehler befunden, dass Dorli ihn einfach noch einmal getippt hatte, bevor sie ihn dem Bürgermeister zur Unterschrift vorlegte.

»Ach *der* Brief.« Dorli lächelte müde. »I hab ihn no amoi tippt.«

Die Schöne stemmte die Arme in ihre Hüften. »Und warum, wenn i fragen derf?«

»Weil ungefähr siebenundzwanzig Rechtschreibfehler in den paar Zeilen waren.«

»Des glaub i net!«

Dorli bückte sich und fischte das Original aus dem Mistkübel.

»Na dann schaun S' amoi her. Statt *Burgermasda* heißt es wohl Bürgermeister, die *Huadweidna* sind die Hutweiden, der *Kohlasteig* ist in Wirklichkeit der Kollersteig und so weiter. Abgesehen davon, dass ma *Brotokohl* auch a bisserl anders schreibt.«

»Ah ja? Und wia?

»Protokoll.«

»Und wer sagt des?«

»Zum Beispiel der Duden.«

Die Schöne stampfte erregt mit dem Fuß auf. »Wer, zum Kuckuck, is des wieder?«

Dorli drehte sich mit dem Sessel eine halbe Drehung und wies mit der Hand in ein Regal. »Das Deutsch-Wörterbuch.«

»Des is do piefkinesisch!«

Oh Mann. Dorli war heute absolut nicht in der Stimmung, sich mit der unterbelichteten Tussi über Sinn und Zweck einer Rechtschreibhilfe zu unterhalten. Doch die Schöne erwartete gar keine Antwort.

»Da drin steht *Tüte* fia a Sackl. Und *Treppe* fia a Stiagen. Lauter so a Dreck.«

»Immerhin steht a drin, wia se der Dreck schreibt.« Dorli wandte sich wieder ihrer Arbeit zu.

»Außerdem: Wär's Ihnen lieber g'wesen, der Kofler hätt Ihnen den Brief z'ruckg'schmissen?«

»Des tät der Willi nie!«

»Eh net. Weil er es immer mir zum Neu-Schreiben gibt.«

»Des is net wahr!« Die Schöne wurde blass. »Des tuat der Willi ganz sicher ned.«

»Wenn S' es ned glauben, dann fragen S' ihn halt.«

Die Schöne stampfte wie eine Dampflok Richtung Bürgermeisterbüro. Dorli hätte bei der Unterhaltung gerne Mäuschen gespielt. Wie sagt man seinem Betthasen, dass er zu blöd für alles andere ist?

Gleich darauf kehrte das Trutscherl zurück und setzte sich ohne ein weiteres Wort an seinen Platz. Dorli linste unter gesenkten Lidern zu ihr hinüber. Und schon bedauerte sie, dass sie Barbara Schöne die Wahrheit gesagt hatte. Denn über deren Wangen liefen dicke Tränen. *Ach was, sie braucht mir wirklich nicht leidzutun. Was die mich schon anschauen hat lassen!* Und dennoch. Sie konnte ja nichts dafür, dass sie in der Hauptschule nur gerade noch so durchgerutscht war. Und dass sie keinen Beruf erlernen durfte, ging auf das Konto der ehrgeizigen Mutter, die meinte, ihre Tochter sollte Model werden, und befand, dass ein hübsches Gesicht und ein großer Busen dafür als Kapital reichten. Und das mit dem hatscherten Gang!

»Sie könnten ja einen Deutschkurs von der Arbeiterkammer besuchen«, regte Dorli an.

»I brauch kan Kurs. I geh!«

»Wohin denn?«

»Wurscht. Nur weg.«

Hatte die Schöne gekündigt? Das wäre ja zu schön, um wahr zu sein.

In dem Moment flog die Eingangstür mit einem Knall auf.

»Dorothea Wiltzing!«

Inspektor Bertl Wagner in voller Größe. Was ritt denn den, dass er auftrat wie Superman?

»Servus Bertl. Was schreist denn da so umadum?«

»Weil i mit dir a Hühnchen zu rupfen hab. Wo warst du am 9. Dezember am Abend?«

40

»Im Bett mit mein Ischias«, log Dorli, ohne rot zu werden. Verdammt, das war der Tag, als sie in Bernauers Haus eingebrochen war. Und beim Arzt war sie erst am nächsten Tag gewesen. Aber das konnte Bertl ja nicht ahnen. »Warum willst denn des wissen?«

»Weil jemand ins Haus von an Toten marschiert ist, der kan Schlüssel und dort absolut nix verloren g'habt hat. Und die Nachbarin war sich relativ sicher, dass du des warst.«

Zum Teufel mit der neugierigen Johanna Karner. Und sie selbst war noch bei ihr gewesen, damit sie sie auch richtig identifizieren konnte. Dorli hätte sich am liebsten selbst in den Hintern gebissen.

»Da hat die alte Dame aber a blühende Phantasie. I war im Krankenstand und daham im Bett.«

Dorli wusste sehr gut, dass Johanna Karner alles andere als alt war. Aber üblicherweise waren es die alten Weiber, die den ganzen Tag aus dem Fenster guckten und so ihr ereignisloses Leben zu bereichern versuchten. Und da sie vorgab, nicht dort gewesen zu sein, konnte sie sich ruhig dumm stellen.

»Pass jo auf, Dorli.« Bertl fuchtelte mit der Hand vor ihren Augen herum. »Wenn i di bei an Gesetzesbruch erwisch, dann gehst in Häfen, wia jeder andere a. Da nutzt da nix, dass ma miteinander in die Schul gangen san.«

»Schon klar. Reg di net auf.«

Bertls Blick lag auf ihr, als wollte er prüfen, ob sie wohl die Wahrheit gesagt hatte.

»Oder hast du nur so a schlechte Laune, weil euch jetzt euer Verdächtiger abhandenkommen ist?«, setzte Dorli provokant nach.

»Bei dem Sauwetter«, meinte Bertl und wies mit der Hand auf den dichten Nebel vor den Fenstern, »hab i immer a Saulaune. Besonders wenn i dann hör, dass a gewisse Gemeindesekretärin a neue Karriere als Einbrecherin anstrebt.«

»I hab dir doch g'sagt …«

Bertl unterbrach sie mit einer Handbewegung. »I wü gar nix mehr hören. I wü nur, dass es ka nächstes Mal gibt. Klar?«

Dorli nickte und versuchte verzweifelt, dabei nicht schuldbewusst auszusehen. Bertl legte kurz die Hand an die Mütze, drehte sich auf dem Absatz um und schmiss beim Hinausgehen die Tür genauso zu, wie er sie beim Hereinkommen gegen die Wand geknallt hatte: laut!

Die Schöne stand neben Dorlis Schreibtisch und hielt ihr den Hörer des Telefons hin. »Für Sie.«

Sie hatte es nicht einmal klingeln gehört. »Ja bitte?«

»Holzinger da.«

»Hallo, Anni. Was kann i für dich tun?«

»Bei mir sitzt a Herr aus Italien, der Vater von Livio Moretti. Er hat g'fragt, ob i net jemand kenn? An Detektiv?«

»Liebe Anni, soll i bei dir vorbeikommen?«

»Des warat gscheit?«

»In zehn Minuten bin i bei dir.«

10

Die Holzinger Anni wohnte etwas außerhalb des Ortes, direkt am Waldrand. Im Sommer sah man, dass sie einen wunderbaren Kräutergarten rund ums Haus angelegt hatte. Hier zog Anni einen Teil ihrer Heilpflanzen. Das war nicht nur dekorativ, es roch auch unheimlich gut beim Vorbeigehen. Jetzt erahnte man nur, dass sich hier Beete befanden. Zum Teil waren Boden und Stauden immer noch mit Schnee bedeckt.

Das kleine Häuschen der Kräuterwaberl sah so aus, wie man sich das Hexenhaus in »Hänsel und Gretel« vorstellte: alles aus Holz mit vielen Winkeln, Erkern und Türmchen. Sobald man die Haustür öffnete, schlug einem würziger Kräuterduft entgegen. In der Vorweihnachtszeit ließ die Anni außerdem auf einem kleinen Stövchen in einer Schale Wasser mit ein paar Tropfen eines ätherischen Öles verdunsten. Heute roch es eindeutig nach Lavendel.

Im Wohnzimmer gab es einige Schränke mit Glasfenstern. Darin Tiegel, Fläschchen und Gläser mit Annis Tinkturen, Salben und Auszügen. Außerdem Waldhonig, wunderschöne selbst gemachte Kerzen und eine Menge Krimskrams, von dem Dorli sich nicht einmal vorstellen konnte, was das war und wozu man es brauchen könnte.

Die Kräuterwaberl selbst war bestimmt schon siebzig, wenn nicht älter. Denn Dorli war siebenunddreißig und konnte sich an die Holzinger Anni nur als ältere Frau erinnern. Sie war in Dorlis Größe, also eher klein, aber schlank und gelenkig. Dorli hatte im Herbst gesehen, wie die Anni mir nichts, dir nichts auf einen Baum geklettert war und mit einem langen Astschneider Mispelzweige abgeschnitten hatte. Das hätte sie sich nicht einmal als junges Mädchen getraut!

Als Dorli die Wohnstube der Kräuterwaberl betrat, sprang Livio Morettis Vater schwungvoll aus dem Lehnstuhl auf und führte Dorlis Hand an seine Lippen. Er war ein ausnehmend gut aussehender Mann. Nicht allzu groß, aber schlank und drahtig. Das gelockte Haar schwarz, an den Schläfen grau meliert.

»Der Herr Moretti is ganz unzufrieden mit unserer Polizei?« Die Holzinger Anni konnte einem mit ihrer Art zu reden ganz schön auf die Nerven gehen. Aber das Gespräch versprach interessant zu werden.

»Verstehe. Was kann ich dagegen tun?«

»Signora, Sie haben eine Freund, der iste Detektiv?«

»Oh, Sie sprechen Deutsch, Herr Moretti.« Dorli war von dem Mann fasziniert. Er sah nicht nur gut aus und hatte Manieren, er war auch noch gebildet. Zumindest was Sprachen anging.

»Das tue ich, aber leider nicht sehr gute. Entschuldigen Sie meine Eile, aber ich brauche eine Mann, der die Mörder von meine Sohn findet. Ihre Polizei sehr dumm, wenn verdächtigt Peter.«

»Mittlerweile nicht mehr. Peter Bernauers Leiche wurde gefunden. Er wurde schon vor Ihrem Sohn ermordet.«

»Von meine Sohn ermordet?«, rief er, und sein Gesicht verzerrte sich.

»Nein! *Vor* Ihrem Sohn ermordet.«

Signore Moretti sank in den Sessel zurück. »Ah! Capisco.«

Einen Moment war es still. Dann sprach Moretti weiter: »Dio mio. Was isse hier los?«

Die Holzinger Anni lächelte verhalten. »Im Teich«, sagte sie. Und diesmal war es keine Frage. Dorli nickte.

»Beide wunderbare Männer tot.« Herr Moretti wischte sich über die Augen. »Und Polizei hat keine Spur. Ich brauche Detektiv. Musse finden die Mörder von meine Sohn und Peter.«

»Mein Bekannter ist Detektiv. Er heißt Wolfgang Schatz. Ich rufe ihn sofort an.«

Dorli wählte, aber sie erreichte nur Lupos Mailbox. *Verdammt, wenn man den Kerl einmal braucht, hebt er nicht ab!* Sie sprach ihre dringende Bitte um Rückruf aufs Band. Mit dem Zusatz, dass es um einen Auftrag für ihn ging. *Und nicht um meine Schatzsuche, du Heini!* Aber das sprach sie ihm lieber nicht drauf.

»Im Moment kann ich den Mann nicht erreichen. Sicher ist er dienstlich unterwegs.« Genau. Packeln austragen für UPS oder die Post oder weiß der Teufel, für wen. Aber das konnte sie Livios

44

Vater wohl kaum auf die Nase binden. Sonst war der Auftrag futsch, bevor er erteilt wurde.

»Wenn er meldet sich, Sie kontaktieren mich, bitte.«

Er reichte Dorli eine Karte. »Andrea Moretti, Import – Export« stand drauf. Eine Anschrift in Florenz mit Handynummer. Und mit der Hand dazugeschriebene die Telefonnummer eines Festnetzanschlusses.

»Das isse meine Hotel. Hotel Schloss Weikersdorf in Baden. Sie wissen, wo das ist?«

»Ja, in der Schlossgasse.«

»Ich dort habe eine Suite. Bitte Sie besuche mich mit Ihre Freund so bald wie mögliche.«

»Das verspreche ich Ihnen.« Und wenn sie Lupo mit dem Lasso einfangen, narkotisieren und an den Haaren zu ihm zerren musste. Der Mann schien Geld wie Heu zu haben, wenn er im Schlosshotel Weikersdorf absteigen konnte. Endlich ein Auftrag für Lupo in Sicht, bei dem auch ein anständiges Honorar herausspringen würde. Und er ging nicht ans Telefon!

Andrea Moretti erhob sich, wünschte ihnen »noch eine schöne Tag« und empfahl sich.

»Der Trottel von der Polizei hat mi vorgeladen?« Die Holzinger Anni war richtig sauer.

»Der Bertl Wagner? Warum denn des?«

»Fragt mi do glatt, ob i den umbracht hab. Weil wie könntert i sonst wissen, dass do a Wasserleich im Teich war.«

»Spinnt der jetzt total?«

»Sicher? Aber jetzt, wo der einzige Verdächtige tot is, und des scho länger als der andere Tote, da geht eahna da Arsch auf Grundeis?«

»Da kannst recht haben, Anni. Aber wieso hast du wirklich g'wusst, dass da a Leich im Schlossteich is?«

»I bin beim Schloss vorbeigangen und hab eigenartige Schwingungen g'spürt. Und des war komisch. Da hab i mei Oma g'fragt. Des klingt jetzt vielleicht blöd, aber i konnt mit meiner Oma immer scho guat reden. Und das hat net aufg'hört, wie's g'storben ist. Die Oma hat ma g'sagt, i soll zum Wasser gehen. Es war aber ka Wasser, sondern Eis im Schlossteich. Und wie i do draufstarr, hab i a Vision g'habt. Da war a G'sicht. Und das G'fühl, dass dem Menschen jemand sehr wehtan hat. Es war schrecklich.«

»Ka Angst, Anni. Lupo wird schon rausfinden, was da los war.«

»Drum hab i glei an di denkt, wia der Italiener da auftaucht is und g'fragt hat, ob i an Detektiv kenn?«

»Du wirst es nicht bereuen, Anni, das versprech i dir.«

Hoffentlich versprach sie nicht zu viel. Bisher hatte Lupo nicht einmal zurückgerufen.

»Wieso ist der Moretti eigentlich zu dir kommen?«, fragte Dorli.

»Er war bei der Polizei? Und die haben g'sagt, dass i vielleicht mehr waß, als i den Wapplern g'sagt hab?«

»Na, die san guat! Immerhin haben s' ihn zu dir geschickt. So a feiner Herr, der Andrea Moretti.«

»Der tuat nur so?« Anni presste die Augen zu schmalen Schlitzen und legte theatralisch ihre Hände an die Schläfen. »Waßt eh, was Export–Import haßt in Italien.«

»Ach, Anni. Übertreibst jetzt ned a bisserl?«

»Wär guat, wenn dei Habschi den Mörda schnell finden tät? Denn sonst regelt der alte Moretti des selber?«

»Weißt du des oder siehst du des, Anni? Des will i jetzt wissen.«

»Glaub ma, es is besser, du waßt ned, was i seh?«

Irgendetwas lief im Moment völlig falsch. Egal, was Dorli anpackte, wo sie hinfasste, sie bekam keine oder eher seltsame Antworten. Ihr Rücken quälte sie schon seit Tagen, und ihre Lieblingsmänner, Lupo, Leo Bergler und Bär, waren nicht greifbar. Weihnachten stand vor der Tür, und es sah so aus, als würde sie das Fest einmal mehr allein mit Idefix verbringen. Schmarrn! Alles miteinander. *Hoffentlich fängt das neue Jahr besser an, als das alte endet!*

11

Lupo starrte auf sein Handy. Sollte er Dorli zurückrufen? War das mit dem Auftrag wahr, oder wollte sie ihn nur wieder dazu überreden, mit ihr Räuber und Gendarm zu spielen? Er warf das Telefon auf den Beifahrersitz. Was immer es sein mochte, das konnte warten. Erst mussten die heutigen Pakete fertig ausgeliefert werden. In der nächsten Kurve machte sein Handy einen Satz und verschwand irgendwo im Nirwana zwischen Autotür, Fußraum und Sitz. Verdammter Mist! Er durfte nicht vergessen, das Ding dort wieder rauszuholen. Langsam nervte ihn der dauernde Stress. Er war nicht der Typ dafür.

Dazu kam, dass er sich im Herbst vorgenommen hatte, mit Hilfe von Bär und den Devils Motorradfahren zu lernen. Die Burschen wollten ihm auch dabei helfen, aus geschrotteten Bikes eine fahrtüchtige Maschine zusammenzuschrauben, die keine extra Typisierung brauchte. Hätte er damals gewusst, was da auf ihn zukam!

Dabei hatte alles so harmlos begonnen …

Als Lupo zum ersten Mal in dem Stadl aufgekreuzt war, in dem die Devils ihren aktiven und passiven Fuhrpark untergebracht hatten, waren ihm fast die Augen aus dem Kopf gefallen. Einerseits standen hier Motorräder, die man ohne weitere Behübschung sofort in Dubai in jeden Ausstellungsraum hätte stellen können. Auf der anderen Seite lagerten da Schrotthaufen, bei denen sich Lupo lieber nicht vorstellte, welche Unfälle der Entstehung vorausgegangen sein mussten.

»Wir ham uns eh schon den Kopf zerbrochen, was ma da zum Fahren herrichten können.« Bär begrüßte ihn mit einem Schlag auf die Schulter, der Lupo fast von den Beinen riss.

»Do schau!« Bär zeigte auf einen verbeulten Blechhaufen, der achtlos in einer Ecke lehnte. »Des is a sechzehn Jahr oide Yamaha SR 500. Des is a Modifikation von der Enduro XT 500, aber besser für die Straßen geeignet.«

Lupo verstand in der Hauptsache Bahnhof. Was er sich beim

besten Willen nicht vorstellen konnte, war, dass dieses Ding jemals wieder einen Meter auf einer Straße zurücklegen würde.

»Die g'hört dem Edi. Aber er fahrt scho lang nimmer damit. Er sagt, de kannst haben. Er verkauft da's um an Hunderter. Mit Kaufvertrag und allem Drum und Dran. Und a paar Sachen brauch ma neu. Der Tank ist eing'haut, da is da Lenker einepurrt, wie's den Edi g'sternt hat. Da Krümmer is im Oasch und detto da Auspuff. Aber des kost alles ka Lawine. Z'erscht schau ma beim Dolf vorbei. Der hat a riesiges Ersatzteillager von ausbanlte Mopeds. Des kost praktisch nix.«

Lupo wollte Bär nicht beleidigen. Er glaubte nicht daran, dass der Blechhaufen zu irgendwas gut war, außer in der Schrottpresse zu landen. Andererseits: Hundert Euro in den Sand zu setzen, war nicht die Welt. Und vielleicht – ganz zart hielt sich wider jede Vernunft ein Funken Hoffnung in seinem Unterbewusstsein –, vielleicht brachten sie ja doch einen fahrbaren Untersatz zustande.

Zwei Wochen später war Lupo stolzer Besitzer einer fahrbereiten Maschine. Am ersten Samstag waren sie bei dem Ersatzteilheini gewesen und hatten doch wirklich die benötigten Teile gefunden. Was an ein Wunder grenzte. Denn der Dolf hatte ein Lager in einem Gebäude, das an einen Flugzeughangar erinnerte. Und da lagen, Reihe an Reihe, Teile, Räder, Auspuffe, Gabeln, Bremsen und was weiß der Teufel noch am Boden. Darüber, in einem genauso langen Regal, schien das entsprechende Zubehör untergebracht. Wobei das Ersatzteillager für Motorräder höchstens ein Viertel der Lagerfläche einnahm. Der Rest war Autoteilen aller Marken und Typen vorbehalten. Es stank nach Öl, Benzin und irgendetwas Undefinierbarem. Wie man in diesem Depot etwas finden konnte, blieb Lupo ein Rätsel. Noch dazu ohne Computer. Bär sagte, was sie brauchten, der Mann zog los und fand die Trümmer auf Anhieb.

Am Wochenende drauf arbeitete Lupo mit Bär und wechselnden anderen Devils, die je nach Lust und Laune eine Zeit lang mitbastelten und dann wieder verschwanden. Sie schraubten die beschädigten Teile des Motorrades ab und ersetzten sie durch die neuen Altteile.

Am Montag meldete Lupo das Motorrad an. Einen Tag später stand er mit Bär vor dem Schuppen.

»Hast überhaupt an Schein, Oida?«, begann Bär das Gespräch.

»Na sicher. Glaubst, i leg mir a Maschin zu, wenn i kan Führerschein dafür hab?«

»Na guat. I frag ja nur. Dann kriagst jetzt den ersten Einführungsunterricht.« Bär schlenderte lässig zu Lupos Bike. »Du hast da natürlich net grad die beste Jahreszeit zum Lernen ausg'suacht. Aber mir packen des scho.«

Lupos Herz, das ohnehin nur mehr knapp über dem Hosenbund parkte, rutschte noch einen Stock tiefer.

»Z'erscht brauchst amoi a Gwand. I hab da a oide Lederkombi, aus der i ausseg'wachsen bin. Fürn Anfang wird s'as tuan.«

Sie kehrten in den Stadl zurück, und Lupo probierte das Ding an. Bär konnte es bestenfalls vor seinem achtzehnten Geburtstag gepasst haben. Es war schwer, für Lupo ein wenig zu weit und zu lang, aber es ging wohl fürs Erste. Irgendwie roch es, als hätte darin schon längere Zeit eine Mäusefamilie gehaust. Er würde sich überlegen müssen, wie man die Kombi innen säuberte.

»Dann brauchst an Helm. Da hamma jede Menge übrig. Such dir an aus.«

Auf einem Bord lagen fünf Helme und in der Reihe darüber noch einmal mindestens so viele.

»Probierst es halt. Ana wird schon passen.«

»Wem gehören denn die?«, fragte Lupo besorgt.

»Uns allen. Wenn ma mal wen mitnehmen.«

Als das erledigt war, kamen die Handschuhe dran.

»Die san ganz wichtig. Und zwar a im Sommer.«

»Warum? Da ist es doch eh warm genug.«

»Sicher. Aber dann fahrst mit an Hunderter oder mehr durch die Gegend, und dann klescht da a Biene auf die Hand. Das tut höllisch weh, wenn's di sticht, und selbst wenn net, spürt si des an, als hätt dir ana an Stan auffeg'haut.«

Gut, das klang logisch.

»Außerdem wirst im Sommer immer an Schal nehmen.«

»Du lieber Himmel! I bin doch ka alte Oma.«

»Dann frag den Vinz, wia des is, wenn da a Wepsen in die

Kombi fliagt. Glaub ma, wer des amoi erlebt hat, nimmt gern a Tiachel.«

Fertig adjustiert kehrten sie zur Maschine zurück.

»So. Jetzt start de Reiben amoi.«

Lupo suchte den Zündschlüssel. Bär schlug sich vergnügt auf die Schenkel und lachte. »Freunderl, de hat an Kickstarter.«

Er zeigte Lupo, wie man startete. Dann stellte er die Maschine wieder ab. »Jetzt du.«

Lupo trat und trat. Das blöde Ding machte kaum einen Mucks.

»I hab glaubt, du bist a Mann und ka Mäderl«, ätzte Bär. »Du muasst richtig treten.«

Leichter gesagt als getan. Lupo plagte sich, sprang zuletzt schon fast mit Anlauf auf den Starthebel, aber mehr als ein leises Hüsteln brachte er nicht zustande. Zudem war ihm der blöde Kickstarter schon das eine oder andere Mal beim Zurückschnellen auf die Waden geknallt. Das würde einen ordentlichen blauen Fleck geben.

»Geh daune.« Bär startete die Yamaha. »Okay, des üb ma morgen weiter. Sonst is es vorher finster, und du bist kan Meter g'fahren.«

Bär startete sein Moped, natürlich mit Startschlüssel, und dann rollte er sanft an. Lupo gab ebenfalls Gas. Vermutlich etwas zu viel des Guten. Die Yamaha stellte sich auf das Hinterrad, und Lupo fiel vom Sattel. Die Maschine machte einen Satz und landete im Feld.

»Die Fahrschul is wohl doch schon zu lang her, hm?« Bär konnte ein belustigtes Kichern nicht unterdrücken. »Wannst Gas gibst, dann stehst mit dem rechten Fuaß immer auf dem Fuaßraster, damit du die hintere Bremsen erwischst. Kapiert? Dann kannst dort eingreifen, wenn da die Gurken allan davonreiten will.«

Lupo nickte. Seine Begeisterung fürs Motorradfahren hatte sich soeben von »ein wenig« auf »null Komma nix« reduziert.

»Und wenn'sd scho über hinten absteigst, dann hau vorher aufn Notaus. Dann stirbt die Kraxen ab und fahrt net ohne di weiter.« Bär zeigte auf einen Schalter. »No amoi von vorn.«

Kurz darauf waren sie rauf nach Buchau gefahren. Weiter nach Leobersdorf über eine schmale Straße mit einer Menge Kurven. Dann über die Bundesstraße nach Wiener Neustadt und von dort über Piesting wieder rauf aufs Hart. Von dort nach Hernstein und zurück zum Stadl.

Die kurvenreichen Strecken war Lupo noch ziemlich ängstlich und langsam gefahren. Aber auf der Bundesstraße hatte er schon einmal ordentlich Gas gegeben. Die Ein-Zylinder-Maschine mit dem Viertakter wummerte unter ihm. Es fühlte sich an, als säße er auf einem Rüttelsieb. Aber er spürte die Kraft. Bekam einen Eindruck, was Biker dazu trieb, alle möglichen Strapazen auf sich zu nehmen, um dieses Gefühl der Freude und der Freiheit immer wieder zu erfahren.

Lupo schmunzelte, als er an seine erste Fahrstunde mit Bär dachte.

Nachdem das letzte Paket ausgeliefert war, musste er fünfmal um den Block kreisen, bis er einen Parkplatz fand. Er stellte den Lieferwagen in einer Seitengasse ab. Kaum zu Hause, fiel er völlig erschöpft aufs Bett. An Dorlis Nachricht verschwendete er keinen Gedanken mehr. Und dass sein Mobiltelefon im Auto irgendwo im Fußraum verschwunden war, hatte er auch erfolgreich verdrängt. Er freute sich nur über die heilige Ruhe. Doch die währte sehr kurz, nämlich bis seine schwerhörige Nachbarin den »Musikantenstadl« auf höchste Lautstärke stellte. Irgendwann würde er der tauben Nuss den Hals umdrehen.

12

Dorli wartete stundenlang auf Lupos Rückruf. Gegen zweiundzwanzig Uhr begann sie sich Sorgen zu machen. Sie versuchte,
Bär zu erreichen. Wenigstens hier hatte sie Glück.

»Sag, Bär, hast du a Ahnung, was mit Lupo los is? Ich versuch scho
den ganzen Tag, ihn zu erreichen. Und es is wirklich dringend.«

»Tut ma leid, aber i hab ihn heut net g'sehn. I probier's no mal
auf seinem Handy. I meld mi gleich wieder.«

Doch auch Bär konnte Lupo nicht erreichen, und nun waren
beide verunsichert. War Lupo etwas passiert? Es war noch nie
vorgekommen, dass er an sein Handy, das gleichzeitig sein Dienst-
telefon war, nicht ranging.

»Hast du es am Festnetz probiert?«

»Ach, Bär, das hat er schon seit fast an Jahr abgemeldet. Zu teuer.«

»Hm. Weißt du, wo er wohnt?«, fragte Bär.

»Sicher. Aber i kann do net einfach dort aufkreuzen.«

Bär schwieg kurz. »Und wenn ihm was passiert ist?«

»Er ist Detektiv. Was soll ihm denn schon passieren? Vielleicht
wü er net mit mir reden.«

»Dorli, des is absoluter Quatsch. Denn erstens glaub i des net.
Und zweitens hätt er dann abg'hoben, wie i ang'rufen hab.«

»Hm, das is allerdings a Argument. Meinst, i soll zu ihm fahren?«

»I begleit di. Hol mi afoch ab.«

Während Dorli mit Bär auf dem Beifahrersitz Richtung Wien
bretterte, nagte nun doch die Sorge um Lupo an ihrem Herzen.
Was, wenn er nicht abheben konnte, weil er gekidnappt worden
war? Gleich darauf schalt sie sich selbst eine blöde Trutschen. *Klar,
heute werden ja Paketboten reihenweise rund um die Uhr entführt, weil
sie das falsche Paar Schuhe geliefert haben. Mein Gott, Dorli!*

Zum Glück war um diese späte Abendstunde auf der Autobahn nicht mehr allzu viel Verkehr, und auch in Wien kamen
sie verhältnismäßig zügig voran. Vor allem, wenn man bedachte,
dass Vorweihnachtszeit war. Lupo wohnte im 14. Bezirk in einem
Zinshaus, das vermutlich noch vor dem Ersten Weltkrieg gebaut

worden war. Irgendwann in den sechziger Jahren war es renoviert worden. Eigentlich sollte man glauben, dass diese alten Häuser dicke Wände hätten. Doch in Lupos Haus hörte man noch im Erdgeschoss, wenn im vierten Stock einer die Klospülung zog.

Glücklicherweise fuhr gerade ein Auto weg, als Dorli einen Parkplatz suchte.

Das Haus besaß eine Gegensprechanlage. Bär klingelte bei »Schatz«. Stille. Auch beim zweiten Versuch erzielte er kein besseres Ergebnis. Dorli riss der Geduldsfaden, und sie fuhr mit beiden Händen über alle Klingelknöpfe.

»Bist narrisch?«, fragte Bär. »Die werden die Polizei rufen!«

»Glaub i net. Oder denkst du, dass die Kinder von heut net a hin und wieder a Klingelpartie machen?«

Bär zuckte mit den Schultern. »Die hocken do alle vor ihre Computer oder starren stundenlang in ihre Handys.«

Wie auch immer – Dorlis Kalkül war aufgegangen, denn das Schloss schnarrte, und als Bär gegen die Haustür drückte, ging sie auf. Hinter ihnen hörten sie mehrere Stimmen in der Sprechanlage krächzen.

»Welcher Stock?«, fragte Bär.

»Dritter, ohne Aufzug. Und dann die zweite Tür links.«

Sie keuchten die Treppe hinauf.

Im dritten Stock empfing sie ohrenbetäubender Krach eines Fernsehgerätes.

»Das muss Lupos Nachbarin sein. Mit der lebt er im Dauer-clinch, weil sie immer so laut fernsieht«, erklärte Dorli.

»Das is aber wirklich a Frechheit. Die soll si Kopfhörer zualegen. Da wird ma ja deppert!«

Bei Lupos Tür suchten sie vergeblich einen Klingelknopf. Dorli klopfte. Stille.

Bär, ein friedlicher Riese und dreiteiliger Kasten in Men-schengestalt, rammte seine Fäuste gegen die Tür. »So wie du die gestreichelt hast, hört er ja net amoi was, wenn er direkt dahinter steht«, lautete sein bissiger Kommentar.

Doch es rührte sich noch immer nichts.

»I probier's noch mal am Handy.« Dorli kramte ihr Telefon aus der Tasche.

Kein Mucks drang aus der Wohnung.

»Bist sicher, dass des die richtige Tür is?«, fragte Bär.

»Na klar! I hab Lupo doch schon a paarmal von da abg'holt.«

»Dann tritt i jetzt die Tür ein. Wer weiß, vielleicht hat er an Herzinfarkt und liegt da drin und kann se net rühren. Und es geht um Sekunden.«

»Bär, könnt net sein, dass er afoch net daham is?«, fragte Dorli. Das ungute Gefühl, das sie bei der Fahrt im Auto beschlichen hatte, hatte sich noch verstärkt. Trotzdem hielt sie es für keine besonders tolle Idee, Lupos Tür aufzubrechen. Er war doch ohnehin dauernd pleite. Wovon sollte er eine Reparatur bezahlen? Blöd, dass die Dietriche zu Hause lagen! Jetzt wäre der richtige Moment, sie sinnvoll einzusetzen.

»Des glaub i net. Er is jeden Tag fix und fertig nach der Packel-auslieferei. Seit er des macht, hat er net amoi Zeit fürs Training.«

»Welches Training?« Was, zum Teufel, wusste Bär über Lupos Training?

»Äh … na ja, sei Rennerei.«

Bär wand sich. Er war ein miserabler Lügner. Sollte sie jetzt nachfragen? Dorli war nicht sicher, ob sie überhaupt wissen wollte, was die beiden an Geheimnissen vor ihr verbargen. »Und was mach ma jetzt?«

»I hau no amoi kräftig gegen die Tür. Wann er dann net auf-macht, tritt i's ein.«

Bär wummerte gegen die Tür, dass es sogar das Geplärre des nachbarlichen Fernsehgerätes übertönte. Auf der anderen Seite trat jemand aus einer Wohnung. Ein dicker Mann in vorne offenem Bademantel, darunter etwas angegraute Feinrippunterwäsche, stemmte die Arme in die Seite und brüllte in ihre Richtung: »Seid's ihr deppert? Was macht's denn da fia an Bahöö?«

»Wir können Herrn Schatz nicht erreichen. Und beim Klopfen meldet sich auch keiner«, entgegnete Dorli diplomatisch.

»Vielleicht schlaft er halt. Des is do ka Grund, dass ma des ganze Haus niederreißt.«

»Bei dem Wirbel?«, schaltete sich Bär ein. »Da is' ja lauter als am Rummelplatz!« Er wies mit der Hand in Richtung Nachbars-wohnung auf der anderen Seite.

»Ja, ja, die Stemberger, die oide Schebbern, die is terrisch«, versetzte der Mann nun einen Deut freundlicher.

»Wurscht, i tritt jetzt die Tür ein. Vielleicht is eam was passiert.«

Bär ging einen Schritt zurück, hob das rechte Bein und trat mit Effet gegen die Tür – die sich in dem Moment öffnete. Bär, vom eigenen Schwung getragen, fiel nach vorne. So lange, bis er auf Lupo traf, der schlaftrunken, mit verwuscheltem Haar und nur mit T-Shirt und Unterhose bekleidet, in die geöffnete Tür getreten war und unwirsch »Was is denn da los?« murmelte. In dem Moment krachte Bärs ausgestrecktes Bein in seinen Bauch, und die beiden gingen zu Boden.

Die Folge war eine wilde Balgerei, bis jeder seine Arme und Beine unter Kontrolle hatte. Lupo blickte entgeistert erst auf Bär, dann zu Dorli.

»Und was wird des, wann's fertig is?«, knurrte er.

»Wir haben geglaubt, dass dir was passiert is. Warum meldest di denn net am Telefon?«

Lupo schüttelte den Kopf. Er schien absolut nichts zu verstehen. Stand er unter Drogen? War er besoffen?

Doch die Erklärung folgte, als Lupo rosagelbe Wachsklumpen aus seinen Ohren zog. »Ohropax«, erklärte er. »Wegen der Stemberger.« Er rieb sich über den Magen, wo Bärs Stiefel ihn getroffen hatte. »Des gibt an mordsblauen Fleck. Und jetzt sagt's ma bitte, was der Überfall soll.«

Dorli erklärte. Sie berichtete von ihrem Anruf, weil Andrea Moretti ihn engagieren wollte, um den Mord an seinem Sohn aufzuklären. Dass er nicht zurückgerufen hatte. Dass sie sich Sorgen gemacht hatte. Und weil Bär auch nicht gewusst hatte, was los war, seien sie eben nach Wien gefahren und wollten nachschauen, ob alles in Ordnung war.

»Ach, Scheibenkleister, das Handy. Das hab i total vergessen. Das is im Auto vom Sitz g'flogen und irgendwo verschwunden. Und dort liegt's immer no.«

Lupo warf einen Blick auf den neugierig lauschenden Nachbarn. »Kommt's rein. Und du, Dorli, erzähl, was es mit dem Auftrag auf sich hat.«

13

In der Wohnung war es saukalt.

»Sag, Lupo, funktioniert deine Heizung nicht?«, fragte Dorli.

»Äh, nein ... das heißt, sie tät vermutlich schon. Aber i hab die letzte Rechnung von der Fernwärme net zahlt. Einfach vergessen.«

Vergessen, soso. Vermutlich kein Geld mehr dafür gehabt. Dorli war sich auch ziemlich sicher, dass die Fernwärme nicht gleich wegen *einer* nicht bezahlten Rechnung abgestellt wurde.

»I bin ja eh den ganzen Tag auf Achs. Und in der Nacht brauch ich's net so warm.«

Ein schlechter Lügner war er obendrein. Dorli holte tief Luft.

»Wie machen wir das morgen? Du solltest so bald wie möglich bei Andrea Moretti auftauchen. Sonst find't er sich einen anderen, der den Auftrag übernimmt. Aber als Erstes sollten wir vielleicht dein Handy suchen.«

»Macht Sinn. Aber bevor ich zu dem Moretti fahr, muss ich in die Zentrale vom Paketdienst und sagen, dass ich nicht mehr kommen kann. Das is nur fair. Und außerdem: Wenn in der Saison Not am Mann ist, hab i dort immer an sicheren Job. So was lasst ma net einfach sausen.«

Das war Dorli gar nicht recht. Denn ihr Plan wäre gewesen, Lupo sofort zu ihr mitzunehmen und gleich am Morgen im Schlosshotel Weikersdorf aufzukreuzen, um den lukrativen Auftrag mit Moretti fix zu machen. Andererseits konnte sie dem ja Bescheid geben, wann Lupo auftauchen würde. Und sie konnte vielleicht noch Bertl Wagner Details zu dem Fall entlocken.

»Na gut, dann holen wir jetzt nur dein Telefon aus dem Auto, und dann erzählst mir, was ich dem Moretti sagen soll, wann du kommst. Und i hör mi in der Umgebung noch ein bisserl um. Was die Leut so reden. Ist nie verkehrt.«

Lupo bedachte sie mit einem seltsamen Blick. So in der Art, wie Mütter ihre herumtobenden Kinder beobachteten. Das gefiel ihr gar nicht. Aber sie schrieb es seiner Müdigkeit und dem unerwarteten Überfall zu, der seine Nachtruhe jäh unterbrochen hatte.

»Dorli, eines wollen wir mal vorab festhalten. Der Auftrag wird an mich ergehen. Und du mischst di net ein. I hab ka Lust, dir wieder hinterherzuhecheln, wenn'st di noch einmal selber in a saudepperte Situation manövriert hast. Wenn di des Metier wirklich interessiert, dann mach erst mal die Grundausbildung. Und dann schau ma weiter.«

Nicht, dass Dorli etwas gegen die Grundausbildung als Detektivin gehabt hätte. Aber was fiel dem Kerl plötzlich ein? Ohne sie hätte er die letzten Fälle überhaupt nicht lösen können! Und jetzt schob er sie einfach aufs Abstellgleis? *Nicht mit mir, Herzchen!* Sie würde sich etwas überlegen müssen.

14

Lupo verbrachte eine unruhige Nacht. Er musste nicht nur feststellen, dass sein Handy bei dem Sturz in den Fußraum des Kleinbusses ernsthaft Schaden genommen hatte – ihm ging auch sein Verhältnis zu Dorli durch den Kopf. Wie konnte er ihr nur verständlich machen, dass er sie nicht aus seinem Leben ausschließen wollte, sondern in steter Sorge um sie war? Sie war zu draufgängerisch. Handelte impulsiv und dachte erst nach, wenn es oft schon zu spät war. Sie war ihm zu wertvoll als Mensch, um sie durch ihre eigene Unbekümmertheit zu verlieren. Andererseits würde er sie mit Sicherheit verlieren, wenn er ihr das alles nicht so erklären konnte, dass sie nicht beleidigt reagierte und ihn aus ihrem Leben ausschloss. Das war das Allerletzte, was er wollte. Ganz im Gegenteil, er hätte sie am liebsten immer um sich gehabt. Tag und Nacht. Würde sie gern in die Arme nehmen, ihr übers Haar streichen, sie küssen. Und nie mehr loslassen.

Das nächste Problem war ja seine Zeitnot. Und alles nur, weil er für Dorli Motorradfahren lernte. Weil er wollte, dass sie ihn ebenso liebte wie er sie. Na ja, wenn er ehrlich war, fahren lernte er nicht nur für sie. Seit er mit den Devils und Bär an den alten Mopeds herumschraubte und mit ihnen die ersten Runden gezogen hatte, hatte ihm das zunehmend Spaß gemacht …

Der ersten Ausfahrt war eine umfangreiche Manöverkritik durch Bär gefolgt.

»In die Kurven bist ganz sche umananderg'schwanzelt«, stellte er trocken fest.

»Na ja, ich fahr halt noch vorsichtig.«

»Blödsinn. Du lenkst falsch.«

»Hä?«

»Du ziagst mit'n Lenker in die Kurven eine. Dann geigelst daher, weil du ka G'fühl fürn Kurvenradius hast. Du muasst drucken.«

Er zeigte Lupo, was er meinte. »Da kannst ohne Probleme und ohne Kraftanstrengung regulieren.«

Lupo versuchte es und lief zur Sicherheit mit den Beinen mit.

»Geh bitte! Hör auf zum Mitdackeln. Do bringst des Greibel grad nur dazua, dass da irgendwann umfallt. Du sollst fahren, net rennen. Sonst kriagst a Tretauto.«

Lupo seufzte. Er war ja eigentlich schon ganz zufrieden mit seiner Leistung gewesen. Aber Bär holte ihn recht schnell auf den Boden der Realität. Er würde wohl noch ein wenig üben müssen.

»Und was ma no aufg'fallen is: Du visierst jedes Schlagloch an und nimmst es dann mittschiffs.«

»Ich hab ja eh versucht auszuweichen.«

»Nix versuachen, tuan! Merk da: Man fahrt dorthin, wo ma hinschaut. Oiso visierst net des Schlagloch an, sondern suchst dir an anderen Bezugspunkt. De Schlaglöcher, durch die du g'fahren bist, waren ja net so schlimm. Aber es werden andere kumman. Oder Kanaldeckeln. Und wennst da einerauschst, dann gute Nacht, Osternest.«

Lupo blickte Bär verunsichert an.

»Mein Gott, dann kriagst ane in die Eier, de se g'waschen hat! I wollt's halt a bisserl dezenter sagen.«

»Oh!« Lupo nickte. »Verstehe. Aber eins würd ich noch gern wissen. Wieso kannst du die Maschine so locker starten und bei mir geht des überhaupt net?«

»De Frag hättest ma scho vor zwa Stund stellen sollen. Wer net fragt, geht weit irr. War aber sicher a guates Training für di. So, und jetzt pass auf.« Bär schritt zur Yamaha, bückte sich und zeigte auf ein kleines Teil. »Da is a Fenster oben im rechten Nockenwellengehäuse. Jetzt schau auf de weiße Markierung. Des is de richtige Stellung vom Kolben knapp hinterm oberen Totpunkt. Wenn du dann richtig einsteigst, dann springt da des Eisen meist auf den ersten ordentlichen Tritt an.«

Lupo ärgerte sich über seine Dummheit. Das Hinterfragen von Dingen war auch in seinem Beruf das Um und Auf.

Als er nach Bärs Erläuterung zu starten versuchte, sprang der Motor nach dem zweiten Tritt an und röhrte. Lupo fiel ein Stein vom Herzen. Denn er hatte sich schon den Kopf zerbrochen, was er machen sollte, wenn Bär mal nicht in Reichweite war.

Mit Bärs Kritik, seinen Ratschlägen, den eigenen Erfahrungen durch Irrtum oder Unaufmerksamkeit und dem einen oder anderen Sturz – zum Glück ohne besondere Folgen für Maschine und Pilot – hatte Lupo sich ein gewisses Grundkönnen angeeignet. Bär befand, nun könne er vermutlich so viel wie kurz nach der Fahrschule.

»Jetzt kannst a allan die Gegend unsicher machen. Aber pass auf. Bei der Kälten rutschen die Rafen. Wenn's di irgendwo aufsteckt und de Gurken springt net an, dann ruaf an. Und jetzt hau ab!«

»I hab no a Frage. I hab immer Angst vor dem Splitt auf der Straßen. Nach dem ersten Schnee ist es dann vermutlich aus mit dem Fahren bis im Frühjahr.«

»Net bei uns. Da gibt's kann Splitt auf der Straßen. Nur in den klanan Gasserln in de Dörfln. Auf Landes- und Bundesstraßen wird seit Jahren nur mehr Salz g'streut. Aber pass auf. A wenn ka Schnee mehr liegt, reicht's, wenn es nur feucht is. Dann rutschen die Rafen auf dem Schmierzeug. Du fahrst am besten nur, wenn's absolut trocken is.«

Damit war Lupo in die Freiheit entlassen. Je mehr er durch die Gegend zog, desto mehr Spaß bereitete ihm die Sache. Er war sogar schon nach Wien gefahren. Es war unendlich viel leichter, einen Parkplatz für das Motorrad zu finden als für sein Auto.

Die Lederkombi war ein Hit. So lange, bis es zum ersten Mal regnete. Dann wurde das Ding gefühlte dreißig Kilo schwerer. Außerdem brauchte es Tage zum Trocknen. Lupo schwor sich, er würde sich mit dem ersten überschüssigen Geld eine Goretexkombi oder irgendwas in der Güteklasse kaufen.

Widerwillig kehrten Lupos Gedanken in die Gegenwart zurück. Sollte er Dorli reinen Wein einschenken? Dann war der Überraschungsfaktor dahin. Tat er es nicht, war vielleicht bis zum Tag X Dorli weg. Verdammt! Was sollte er nur tun? Bei seinem Glück war es genau das Falsche, egal, wozu er sich entschloss.

In den frühen Morgenstunden sank Lupo in einen kurzen, unruhigen Schlaf. Als der Wecker ihn gnadenlos aus dem Bett riss, fühlte er sich wie nach einer durchzechten Nacht: gerädert.

Aber es nützte weder Jammern noch Selbstmitleid. Er musste

los. Seinen Job bei der Paketfirma beenden. Ein neues Handy kaufen. Zu dem Italiener in Baden eilen. Den Auftrag ergattern und – schlimmster Punkt auf der Tagesordnung – mit Dorli Klartext reden.

15

Dorli erwachte mit Brummschädel und immer noch schmerzendem Rücken. Ein Blick aus dem Fenster bestätigte, was ihr Körper ihr bereits signalisierte: Es war ein Tag, den man am besten mit heißem Kakao und einem guten Buch im Bett verbrachte. Kalt, neblig, mit leichtem Schneegrieseln aus dem grauen Gemansche, das vor den Fenstern waberte.

»Idefix, heute musst du dich mit dem Garten zufriedengeben. Mit Gassi wird's nix.«

Der Hund blickte sie mit schief gelegtem Kopf an, als überlegte er, wie er sie umstimmen könnte. Doch als Dorli ihm die Eingangstür aufhielt und keine Anstalten machte, sich anzukleiden und ihn zu begleiten, trottete er gottergeben in den Nebel und verschwand nach wenigen Metern aus Dorlis Sichtbereich. *Sauwetter, elendigliches.*

Dorli brühte sich einen Kaffee, so stark, dass der Löffel in der Tasse stecken blieb. Dazu taute sie ein Stück Topfenstrudel in der Mikrowelle auf. Das war für die Lebensgeister. Und gegen den Brummschädel und den Schmerz in ihrem Hintern schluckte sie zwei Tabletten. Der verdammte Doktor! *Wenn sie nicht gewirkt hätten, dann hätten S' die Schmerzen immer no und net schon wieder.* Der hatte leicht reden.

Ein leises Kratzen an der Tür signalisierte ihr, dass der Hund auch genug hatte von dem Schmuddelwetter. Aber warum bellte er nicht wie sonst? Dorli öffnete, und Idefix fiel ihr mehr oder minder entgegen. Gott, was war mit dem Hund los? Er torkelte ins Haus und brach unmittelbar hinter der Eingangstür zusammen. Er versuchte aufzustehen und erbrach sich gurgelnd. Es kam ein Stück Wurst mit einem unverdauten Schwall Trockenfutter und einer Menge Schaum. Woher war die Wurst? Hatte jemand Idefix etwas zu fressen gegeben, was er nicht vertrug? Oder versuchte etwa jemand, ihren Hund zu vergiften? Hatte er irgendwo Rattengift erwischt?

Dorli zog sich in fliegender Hast an und schlüpfte in ihre Stiefel.

Sie öffnete die Gartentür und fuhr das Auto so nah wie möglich zum Haus. Dann versuchte sie, Idefix dazu zu bringen, zum Auto zu gehen. Das klappte noch irgendwie. Aber in den Wagen konnte er nicht springen. Dorli trat neben ihn und hob seine Vorderpfoten ins Auto. Dann schob sie nach, bis nur mehr die Hinterbeine draußen standen, und hievte auch den hinteren Teil des kranken Tieres ins Auto. Ihr Ischias vergalt ihr diese Anstrengung mit einem scharfen Stich und ließ sie stöhnen. Egal. Nur schnell in die Tierklinik.

Während sie die Haustür versperrte, rief Dorli dort an und meldete einen Notfall. »Möglicherweise eine Vergiftung.«

»Kommen Sie so schnell wie möglich. Da zählt jede Minute.«

»Ich weiß. Bin schon unterwegs.«

Dorli fuhr wie der Teufel. Zum Glück hatte sich der Nebel etwas gelichtet. Doch die Serpentinen hinunter nach Piesting musste sie langsam fahren, denn sie merkte, dass Idefix von einer Seite zur anderen rutschte. Der arme Kerl konnte sich nicht einmal irgendwo abstützen. Kaum auf der Geraden, gab Dorli ordentlich Gas. Schimpfte wie ein Rohrspatz, wenn vor ihr jemand dahinschlich. Überholte, selbst wenn es verdammt knapp war. Idefix stöhnte.

»Burschi, halt durch. Gleich sind wir da.«

Bei der Tierklinik in Wiener Neustadt fuhr Dorli mit dem Heck zum Eingang. Dann lief sie hinein zur Anmeldung und bat um Hilfe. Ein Tierpfleger rannte mit ihr zum Auto, und zu zweit zerrten sie Idefix heraus. Rund um seine schwarze Schnauze blubberte weißlicher Schaum.

Die Tierärztin stand schon bereit, und der Pfleger legte Idefix auf einen Behandlungstisch, der dann hydraulisch nach oben fuhr.

»Haben Sie etwas vom Erbrochenen mitgebracht?«, fragte die Ärztin.

Dorli verneinte.

»Schade. Das hätte uns schon viel helfen können. Wir machen erst ein Röntgenbild, um festzustellen, ob er irgendetwas verschluckt hat, was ihm den Magen aufschneidet. Wenn das nicht der Fall ist und er auch keine Magendrehung hat, bekommt er Vitamin K1 intravenös für den Fall, dass es Rattengift war. Das hat nämlich die unangenehme Eigenschaft, die Blutgerinnung zu verhindern, sodass die Tiere innerlich verbluten. K1 hebt die Wirkung auf. Außerdem nehmen wir ihm Blut ab, damit wir die Laborwerte erhalten.«

Was auch immer, macht es einfach und auf jeden Fall schnell. Idefix rang um Atem und sah aus, als würde er es nicht mehr lange schaffen.

»Ich glaub, er hat das erst heute Früh im Garten gefressen. Da war Wurst im Erbrochenen. Aber in seinem Fressen war keine Wurst.«

»Wenn es Rattengift ist, dann hat er das entweder gestern oder noch früher aufgenommen. Es wirkt erst vierundzwanzig bis achtundvierzig Stunden nach der Aufnahme. Oft liegt so Zeug auf Autobahnrastplätzen.«

Dorli war seit dem Sommer mit dem Hund auf keinem Rastplatz gewesen.

»Sie nehmen am besten draußen Platz. Wir müssen den Hund leicht sedieren. Denn wenn er sich wehrt, dauert alles nur länger. Und wir haben vielleicht nicht mehr viel Zeit.«

Die Ärztin wirkte kompetent. Dorli schlich geknickt in das Wartezimmer. Jetzt hieß es warten. Sie nahm in einer Ecke Platz, und nun fiel ihr ein, dass es ein paar Leute gab, denen sie eine Erklärung schuldete. Ihrem Chef, dem Bürgermeister, warum sie nicht zur Arbeit gekommen war. Lupo, der vermutlich schon auf dem Weg zu ihr war. Ihrer Schwägerin, der sie versprochen hatte, sich am Nachmittag um die Kinder zu kümmern. Sie zog ihr Handy hervor.

Willi Kofler schnauzte sie an, bevor sie noch etwas sagen konnte: »Was ist denn heut los? Die Babsi net da, Sie net da, die ganze Amtsstuben voll Leut! Wie stellt's ihr euch des vor?«

»Ich bin in der Tierklinik in Wiener Neustadt. Mein Hund wurde vergiftet. Solang i net weiß, ob er durchkommt, bin i bis auf Weiteres auf Urlaub.«

»Na super! Und die Babsi?«, fragte Kofler.

»Ja, woher soll denn i des wissen? Sie leben ja mit ihr z'samm!«

Und wenn nicht, ist mir das auch wurscht!

Und damit legte sie auf. Sollte der aufgeblasene Popanz sie doch rauswerfen und sich mit seiner Babsi allein durchkämpfen. Jetzt ging Idefix vor.

Lupo meldete sich nicht. Wie immer in letzter Zeit. Sie sprach ihm auf die Mailbox. Nochmals die Adresse des Hotels Schloss Weikersdorf und den Namen des Kunden. Und dass sie nicht dabei sein konnte. Warum, sagte sie ihm nicht. Falls es ihn interessieren sollte, würde er nachfragen. Wenn nicht, wusste sie auch, woran sie war.

Als sie Lore an der Strippe und kaum zwei Sätze mit ihr gesprochen hatte, piepste das Telefon drei Mal, und dann war Funkstille. Auch das noch! Akku leer.

16

Lupo rechnete fest damit, dass sich Dorli schon vor ihm bei dem Italiener, dessen Namen er natürlich vergessen hatte, eingefunden hätte. Wenigstens erinnerte er sich so in etwa an den Namen des Hotels. Weikersdorf. Oder war das ein Ort im Burgenland? Schlosshof? Gutenbrunn? Verdammt. Er fischte sein neues Handy aus der Sakkotasche. Sah, dass Dorli angerufen und eine Nachricht hinterlassen hatte. Er hörte sie ab. Die Gute! Sie wusste, dass er sich keine Namen merken konnte, und hatte ihm alles noch einmal aufgesprochen. Aber warum war sie nicht dabei? War sie wirklich beleidigt?

Was auch immer es war, sie musste warten. Andrea Moretti ging jetzt vor. Um Dorli konnte er sich später kümmern.

Der Italiener erwartete ihn schon in seiner Suite.

»Schön, dasse Sie heute kommen konnten.«

Sein Blick sagte: Warum bist du gestern nicht mehr aufgetaucht, du Heini? War dir wohl nicht wichtig genug?

»Tut mir leid, dass ich es gestern nicht mehr geschafft habe. Mein Telefon war kaputt. Ich habe es erst am Abend bemerkt und musste mir heute ein neues besorgen. Nun stehe ich aber sofort und hundert Prozent zu Ihrer Verfügung.«

Der Mann musterte ihn mit kaltem Blick.

»Möchten Sie Referenzen? Ich habe …«

Moretti winkte ab. »Habe ich mich natürlich erkundigt über Sie.«

Oha. Und trotzdem ging der Auftrag an ihn?

»Gut.« Der Italiener nickte. »Ich Ihnen zahle doppelte Satz von Ihre sonstige Gebühr. Sie finden Mörder von Livio und Peter.«

»Sie denken, sie wurden vom selben Täter umgebracht?«

»Sie nicht? Zufällig hat ein Mörder meine Sohn und zufällig zur gleichen Zeit ein anderer seine Freund ermördert?«

Lupos Mundwinkel zuckte kurz verräterisch nach oben. *Ermördert!*

»Nein. Nicht wirklich. Aber aus welchem Grund sollte der Mörder oder die Mörderin beide Männer exekutieren? Könnte es um Geld gehen? Wer erbt von wem? Ging es um Liebe oder Eifersucht?«

Andrea Moretti schüttelte zu jedem seiner Sätze den Kopf. »Ich weiß es nichte. Sie finden heraus. Livios Testament liegt bei einem Notar in Berndorf. Vielleicht auch das von Peter.« Er seufzte. »Livio hat vielleicht seine Vermögen an Peter ver... Wie sagt man?«

»Vererbt«, ergänzte Lupo.

»Ja. Aber Peter hat eine Sohn aus Ehe mit Exfrau. Sicher Sohn hat vererbt.«

Lupo lächelte. »Hier heißt es geerbt.«

»Deutsche Sprache wirklich iste schwierig.« Andrea Moretti stand auf, ging zu einem Sideboard und klappte eine kleine Bar auf. »Sie möchten etwas trinken?«

»Nein, danke.« Schon gar nicht morgens um halb elf. »Wissen Sie über die finanziellen Verhältnisse Ihres Sohnes Bescheid?«

»Sicher. Er war nie mittellos. Wir sind eine Familie mit alte Vermögen. Er hätte nicht müssen verdienen eigene Geld. Aber seine Bilder und Skulpturen sind sehr wertevoll geworden in die letzten Jahre. Er und Peter haben bescheiden gelebt. Keine großen Partys. Nicht extravagante Autos. Keine Weltereisen. Es muss viele Geld sein auf seine Konto.«

»Gut. Ich nehme an, dass Sie bei der Testamentseröffnung dabei sein werden. Wissen Sie schon, wann sie ist?«

Moretti nickte. »Morgen um zehn Uhr. Bei Dottore Pirmin Podiwinski. In Berndorf.«

»Möchten Sie, dass ich Sie begleite?«

»Auf jede Fälle!«

Zum Abschied überreichte Andrea Moretti Lupo ein Kuvert. »Iste eine Anzahlung von fünftausend Euro in Ordnung?«

Fünftausend Euro! In bar. Lupo konnte es kaum fassen.

»Sie mir berichten jede Abend. Außer Sie finden die Mörder, dann sofort.«

»Geht klar«, stotterte Lupo, immer noch völlig erschlagen von dem plötzlichen Geldsegen. Da konnte er endlich den Mietrückstand und die Rechnung für die Fernwärme bezahlen! Und vielleicht ging sich noch eine neue Kombi fürs Motorradfahren aus. Dorli war ein echter Schatz, ihm diesen Auftrag zu besorgen. Apropos Dorli. Was war mit ihr los? Es war völlig untypisch für sie, dass sie sich nicht einmal telefonisch meldete. Sie musste doch vor Neugierde fast platzen.

Lupo marschierte zu seinem Auto und beschloss, bei Dorli vorbeizufahren.

17

Zu Hause war Dorli nicht, also fuhr Lupo weiter zur Amtsstube. Weder Dorli noch Barbara Schöne saßen auf ihren Plätzen. Willi Kofler hockte mit Saulaune hinter Dorlis Computer und schimpfte wie ein Rohrspatz.

»Diese verdammten Weiber! Nix is fertig und kane da!«

Lupo verschwand, bevor ihn der Bürgermeister anjammern konnte. Er wusste ja selbst kaum, wo ihm der Kopf stand.

Wo war Dorli? Nicht im Amt und nicht zu Hause? War sie wirklich so sauer? Lupo lenkte seine Rostschüssel zurück zu Dorlis Haus. Kein Hund, der bellte. Dorli nicht erreichbar, immer nur die Mailbox. Irgendwas stimmte hier ganz und gar nicht. Er stieg aus und registrierte, dass das Gartentor sperrangelweit offen stand. Völlig untypisch! Die Haustür war abgesperrt, drinnen war es dunkel und totenstill.

Als Lupo zu seinem Auto zurückstapfte, bemerkte er einen dunkelgrauen Mercedes auf der anderen Straßenseite. Hinter dem Lenkrad saß jemand, der ihn beobachtete. Die Scheiben waren beschlagen, er konnte den Mann daher nicht genau erkennen. Die Kontur erschien ihm allerdings vage vertraut. Wer war das? Die Autotür öffnete sich, und aus dem Wagen stieg Leo Bergler. Oh Mann, der geschniegelte Heini hatte ihm zu seinem Glück noch gefehlt. Was wollte der blonde Bubi, der immer aussah, als wäre er eben einem Modemagazin entstiegen, schon wieder von Dorli?

»Sie hier?«, fragte Lupo pikiert.

»Schon länger. Aber Dorli ist nicht zu Hause.«

»Hab ich eben bemerkt. Und das gefällt mir gar nicht.«

»Waren Sie verabredet?«

»Nicht direkt«, entgegnete Lupo. »Aber Dorli hat mir einen sehr lukrativen Auftrag vermittelt. Nicht nur, dass sie mich nicht begleitet hat, was ich eigentlich erwartet hätte, sie hat sich nicht gemeldet und ist am Handy auch nicht erreichbar. Ich mach mir Sorgen.«

»Und im Amt ist sie auch nicht?«

»Nein, von dort komm ich gerade. Hat Dorli Sie erwartet?«

»Nein. Sie hat in den letzten Tagen mal im Büro angerufen. Ich war auf Urlaub. Und weil ich versetzt werde und die unfreundliche alte Schachtel Dorli am Telefon nicht einmal verraten wollte, wohin, dachte ich, ich schau im Vorbeifahren kurz bei ihr rein.«

»Ach, wohin sind Sie denn versetzt worden?«, fragte Lupo. *Hoffentlich auf die Äußeren Hebriden! Wo immer die sein mochten.*

»Ins Bundeskriminalamt nach Wien.«

Viel zu nah! »Herzlichen Glückwunsch.« Der Satz kam Lupo nicht leicht über die Lippen.

»Danke. Aber das bringt uns keinen Millimeter der Frage näher, was mit Dorli los ist.« Leo Bergler zog fragend seine Augenbrauen in die Höhe. »Ist sie schon wieder hinter irgendwas her?«

Lupo schüttelte den Kopf. »Den Auftrag hab ich doch eben erst bekommen.« Aber was wusste man bei Dorli schon. Vielleicht wollte sie vorab auf eigene Faust Nachforschungen anstellen und war dabei wieder in irgendein kapitales Fettnäpfchen getreten.

Während die Männer einander ratlos gegenüberstanden, näherte sich ein Fahrzeug.

»Da ist sie ja!«, rief Lupo.

»Das ist doch nicht Dorlis Auto«, entgegnete Leo Bergler.

»Doch, doch. Das alte ist ja bei ihrer Entführung im Herbst gestohlen worden und nie wieder aufgetaucht. Sie hat jetzt dasselbe Modell, aber in Grau statt in Rot.«

Dorli rollte heran. Sah die Männer, reagierte aber nicht. Parkte rückwärts ein, sodass die Heckklappe vor ihrer Haustür platziert war. Dann kletterte sie mühsam aus dem Wagen. Sie sah furchtbar aus. Das schulterlange braune Haar stand wirr um ihren Kopf. Unter den Augen hatte sie fast schwarze Ringe. Ihr Gesicht war von scharfen Sorgenfalten zerfurcht. Ihre Hände zitterten.

»Dorli, was ist denn los?«, rief Lupo.

»Was ist passiert?«, ergänzte Leo Bergler. Und dann rannten beide zu ihr hin.

»Idefix«, knurrte sie. »Jemand hat Idefix vergiftet.«

»Ist er tot?«, fragte Bergler.

»Nein. Mit ein bisserl Glück wird er's schaffen. Kann mir einer von euch helfen, den armen Hund aus dem Auto zu heben?«

Beide Männer stürzten herbei, und unendlich sanft hoben sie das schwere Tier samt Decke, auf der es lag, aus dem Auto und trugen es mit vereinten Kräften ins Haus.

Kurz darauf war Idefix in seinem Korb untergebracht und zugedeckt. Lupo verzog sich in die Küche und brühte frischen Kaffee auf. Dorli schnappte sich ein Glas Wasser, schüttete aus einer Packung zwei Schmerztabletten in ihre Hand und spülte sie mit einem großen Schluck hinunter.

Lupo brachte ein Tablett mit Kaffee, Tassen, Milch und Zucker und stellte alles im Wohnzimmer auf den Tisch. Er nötigte Dorli, sich zu setzen.

»Und jetzt erzähl. Was ist passiert?«

»Ich weiß es doch auch nicht. Aber irgendwie hat er Rattengift erwischt. Zum Glück war ich noch zu Haus. Wären wir nur eine Stunde später in die Tierklinik gekommen, wäre vielleicht nichts mehr zu machen gewesen.«

»Glaubst du, jemand wollte ihn vergiften?«

Dorli ließ den Kopf sinken. »Wenn ich das wüsste.«

Lupo bemerkte, dass Dorlis Hände immer noch zitterten. »Sag, wann hast du denn zum letzten Mal was gegessen?«

»Heute Früh. Aber ich habe keinen Hunger.«

»Egal.« Lupo marschierte nochmals in die Küche und kam mit einer Schnitte Brot, Butter und Marmelade zurück. »Du bist wahrscheinlich unterzuckert. Versuch wenigstens ein paar Bissen.«

Dorli nahm einen Schluck Kaffee. Vorsichtig probierte sie ein kleines Stück vom Marmeladenbrot. »Mmm, das tut gut. Vielleicht hab ich doch Hunger.« Sie biss herzhafter zu und lächelte Lupo an. Dann straffte sie sich und blickte die beiden Männer abwechselnd an. »Aber was macht ihr zwei eigentlich da?«

18

Leo Bergler berichtete von seiner Beförderung ins Bundeskriminalamt mit Sitz in Wien 9, am Josef-Holaubek-Platz. »Das hat den Vorteil, dass ich Sie auch im Ausland suchen kann, Dorli, falls Sie sich wieder mal in die Scheiße reiten.«

Dorli schüttelte den Kopf. »Wird nicht notwendig sein. Ich hab meine Lektion gelernt.«

»Wer's glaubt, wird selig«, murmelte Lupo. Was ihm einen bösen Blick Dorlis einbrachte.

Leo Bergler sprang auf. »Ich muss jetzt weiter. Meine Übersiedlung nach Wien organisieren. Und nächste Woche bin ich schon im neuen Job.«

»Und in welcher Abteilung werden Sie arbeiten?«, fragte Lupo.

»Organisierte und allgemeine Kriminalität. Also eh alles.«

Dorli schüttelte ihm die Hand. »Na dann, viel Erfolg.«

»Ich halt die Daumen, dass Ihr Hund wieder gesund wird. Und falls Sie mich mal brauchen: Die Nummer steht im Telefonbuch, Durchwahl 1736. Visitenkarten habe ich noch keine.«

Als Bergler gegangen war, sah Dorli nach Idefix. »Er wird schön langsam wach. Er war sediert. Möglicherweise wird er jetzt durch die Gegend torkeln. Ich muss aufpassen, dass er sich nirgends verletzt.«

»Da musst du eher aufpassen, dass er nicht die Einrichtung zerlegt.«

Dorli warf ihm einen giftigen Blick zu.

»Na, ich mein ja nur. Wenn der Sechzig-Kilo-Brocken irgendwo andonnert ...«

»Lupo, halt den Mund. Und erzähl lieber, was bei Moretti los war.«

»Wenn i dazu den Mund wieder aufmachen darf, gern.« Lupo grinste und brachte die Kurzversion. »Hast du noch irgendetwas erfahren, bevor das mit Idefix passiert ist?«

»Na ja, nicht wirklich viel. Hab gestern kurz mit Bertl Wagner gesprochen. Er musste natürlich wieder blöd herumeiern, dass er zu einer laufenden Ermittlung keine Auskunft geben kann. Tatsache ist, dass es weder einen Verdächtigen gibt noch irgendwo auch nur a Hauch von an Motiv zu finden wär. Das heißt, sie haben gar nix.«

»Ich bin morgen bei der Testamentseröffnung von Livio Moretti. Sein Vater glaubt, dass er alles Peter Bernauer vermacht hat. Wenn der aber schon vorher tot war, wird die G'schicht a bisserl anders ausschauen. Und Bernauer war früher mal verheiratet und hat einen Sohn. Der wird wahrscheinlich sein Geld erben.«

»Den Sohn und die Exfrau solltest dir vielleicht anschauen. Besonders für die Frau muss es ja a Schock g'wesen sein, wenn der Mann wegen an andern Mann abhaut.«

»Mach i. Du, Dorli, i muss dir no was sagen.« Lupo druckste herum. Aber es gab keine Chance, dem Gespräch zu entkommen. »I hab des net so g'meint, dass i dich net dabeihaben will.«

Idefix stöhnte und versuchte sich aufzurappeln. Dorli sprang auf, rieb sich den schmerzenden Rücken, ließ sich neben dem Hund nieder und streichelte ihn so lange, bis er sich wieder grunzend auf sein Bett fallen ließ.

»Ach ja? Wie hast es denn g'meint?«, fragte sie schnippisch.

»I hab einfach Angst, dass du wieder neugierig in was reinstolperst. Und dass der Kripoheini oder i net rechtzeitig zur Stelle sein könnten, um di zu retten. I will di net verlieren.«

»So a Schmafu! Beim letzten Mal hab i kan von euch braucht. Hab's allein g'schafft«, erwiderte Dorli trotzig.

»Und du glaubst, das geht immer so aus?«

Dorli setzte eine schuldbewusste Miene auf. »Nein, sogar mir ist klar, dass i da an Blödsinn g'macht hab. Aber i bin lernfähig.«

»Na ja, wir werden sehen. Jetzt hast eh einmal a paar Tage Pause wegen Idefix. Wir bleiben auf jeden Fall in Verbindung.« Lupo erhob sich. »Brauchst du no irgendwas?«

»A neues Kreuz. Aber das wirst ma net besorgen können.«

Lupo lachte. »Ich wüsst nicht, wer ein gutes abzugeben hätte. Und für die Kategorie Wunder bin ich leider nicht zuständig. Sonst würd ich als Allererstes Idefix heilen. Also dann, Dorli, pass auf euch auf. Ich meld mich morgen wieder, wenn ich mit dem Moretti beim Notar war.«

Als Lupo gegangen war, zermarterte sich Dorli einmal mehr das
Hirn, wie Idefix an das Rattengift gekommen sein könnte. Klar,
da gab es ein paar Leute, die sie wirklich nicht gerade liebten.
Aber dass sie deswegen ein Tier umbringen würden? Das traute
sie nicht einmal dem Kogelbauer zu. Und das war so ziemlich ihr
fiesester Gegner in der Gemeinde.

Sie ließ die letzten Tage Revue passieren. Wo war sie mit Idefix
überall gewesen? Hatte er irgendwas gefressen? Ihr fiel nichts ein als
das Stückchen Wurst, das er heute Morgen unverdaut ausgekotzt
hatte. Aber laut Tierärztin musste er das Rattengift vor mindestens
vierundzwanzig bis achtundvierzig Stunden aufgenommen haben.
Also hatte ihm das Wurststück jemand als Leckerli zugesteckt. Das
war Dorli zwar auch nicht recht, aber damit sollte der Hund sicher
nicht vergiftet werden. Leider war Idefix ein ziemlich verfressenes
Exemplar von einem Berner Sennenhund, das alle ihre Bemü-
hungen, ihm beizubringen, von Fremden nichts anzunehmen, ad
absurdum führte.

Ein paar Stunden später stand der arme Hund von seinem Kranken-
lager auf und stapfte fast schon wieder normal zur Tür. Das Bellen
klang noch etwas unsicher, aber er war eindeutig über dem Berg.
Dorli humpelte herbei und ließ ihn in den Garten. Sie zog sich eine
lange Jacke über und schlüpfte in gefütterte Crocs. Dann lief sie
hinter Idefix her, ihre Blicke starr auf den Boden gerichtet für den
Fall, dass da doch irgendwo etwas herumliegen sollte, was nicht so
aussah, als wäre es schon immer Bestandteil ihres Gartens gewesen.
Sie fand nichts Verdächtiges. Idefix verrichtete sein Geschäft und
trottete wieder zur Tür. Kein Schnüffeln, keine Faxen wie sonst.

»Hast recht, alter Kumpel. Wir zwei Krankensessel sollten wie-
der in die warme Stube.« Und dann umarmte sie ihren treuen
Gefährten. »Ich bin so froh, dass ich dich nicht verloren hab, mein
Süßer!«

19

Es hatte Dorli zwar etwas Überwindung gekostet, aber mehr dem Hund zuliebe als zu ihrer Gesundung war sie weitere drei Tage im Urlaub geblieben. Danach war ohnehin Wochenende, und innerhalb von fünf Tagen wären hoffentlich sowohl Idefix als auch sie wieder auf dem Damm.

Lupo war in dieser Zeit mit Andrea Moretti zur Testamentseröffnung von Livio Moretti gewesen. Es gab wenige Überraschungen. Er hatte all sein Hab und Gut Peter Bernauer vermacht. Allerdings stand im Testament auch eine Klausel für den Fall, dass Peter Bernauer das Erbe nicht antreten könnte. Dann fiele der gesamte Besitz an Livios Vater.

Gemeinsam mit dem alten Moretti war Lupo dann im Haus der Opfer gewesen. Sie hatten die Zulassungspapiere der beiden Autos gefunden, nach denen die Polizei fahndete.

Livios kleiner Sportwagen war nicht aufgetaucht, aber der Mercedes von Peter Bernauer wurde auf dem Parkplatz gegenüber dem Schloss gefunden, in dessen Teich seine Leiche tiefgekühlt worden war. Der Wagen war unter den vielen anderen, die dort parkten, wenn Weihnachtsmarkt war, nicht aufgefallen. Der Parkplatz war nämlich lange vor Beginn des Adventswochenendes voll mit Autos von Standbesitzern, Lieferanten, Vertretern und Handwerkern.

Bürgermeister Willi Kofler war der Verzweiflung nahe, als Dorli ihm eröffnete, dass sie drei weitere Tage Urlaub brauchte.

»Ist denn Frau Schöne immer noch nicht aufgetaucht?«, fragte Dorli.

»Doch. Aber sie hat gekündigt und macht jetzt Dienst nach Vorschrift.«

Das war vermutlich Anwesenheitsdienst und Telefonabheben. Viel mehr tat die Schöne ja sonst auch nicht.

»Sind ja nur drei Tage, die ich weg bin«, versuchte Dorli Kofler zu beruhigen.

»Die werden sich ziehen wie drei Wochen«, gab der Bürgermeister zurück.

Endlich merkte er mal, was er an ihr hatte. Sie sollte vielleicht öfter mal fehlen.

Am Nachmittag kam Lore auf einen Sprung vorbei.

»Sag, was macht's denn ihr für Sachen?«

Dorli blickte sie fragend an. »Wer *ihr?*«

»Na, nach dem Gesundheitszustand vom Postler werd i mi bei dir erkundigen. Du und der Hund natürlich!«

»Mi hat die Hex g'schossen, und Idefix hat Rattengift erwischt. Keine Ahnung wann, wo und wie.«

»Schmarrn! Brauchst irgendwas? Soll i dir was einkaufen?«

»Na, mir is nur urfad zu Haus. Mit meinem blöden Kreuz kann i ja nix tun. Da fallt mir ein: Sag, kennst du net die Exfrau vom Bernauer?«

»Kennen ist zu viel g'sagt. Aber sie war früher zur Pediküre bei mir.«

»Weißt du, wo sie wohnt? Und der Sohn?«

»Sie wohnt in Pottenstein, wenn sie net im letzten Jahr übersiedelt ist. Und der Markus? Hm, wenn er nimmer im Hotel Mama wohnt, dann hab ich keine Ahnung. Warum willst denn des wissen?«

»Lupo wird mit ihnen reden müssen. Er hat von Livios Vater den Auftrag bekommen, den Mörder seines Sohnes zu finden.«

»Jetzt versteh i, warum du so herumsuderst. Du kannst net dabei sein!«

»Könnt i sowieso net. Lupo will mi net dabeihaben.«

»Ach, seit wann denn des?«

»Seit i mi beim letzten Mal ein bisserl vergogelt hab.«

»Vergogelt is die Untertreibung des Jahrzehnts. Du hast di so tiaf in die Scheiße g'ritten, dass mir heut no schlecht wird, wenn i dran denk.«

»Immerhin hab i allein wieder rausg'funden aus dem Schlamassel.«

»Mit mehr Glück als Verstand.«

»Zugegebenermaßen. Noch mal zurück zum Bernauer junior. Wie ist er denn so, der junge Bernauer?«

»Na ja, so jung is der a nimmer. So um die siebenundzwanzig, achtundzwanzig Jährchen herum. Früher war er a ziemlicher Rabauke, hat schon die ane oder andere Polizeiwach von innen g'sehn. Aber in den letzten Jahren is es ruhig worden um ihn. Scheint erwachsen geworden zu sein.«

»Jetzt ganz was anderes. Hörst du no was von meinem lieben Bruderherz und deinem Exmann?«

»Sporadisch. Der Georg hat im Herbst zwar g'schworen, dass er sich um die Kinder kümmern und die Schulden zurückzahlen wird, aber seit gut zwei Monaten hamma nix von ihm g'hört, und die Alimente zahlt hat er a nimmer. Immerhin lebt er noch. Denn i hab ihn ang'rufen.«

Dorli seufzte. Das passte leider wieder perfekt ins Bild ihres Bruders. »Und, was war diesmal seine Ausred?«

»Er hat g'sagt, dass er sich für an neuen Job bewirbt, und da braucht er was Gscheites zum Anziehen. I krieg das Geld im nächsten Monat. Nur, der nächste Monat ist schon halb vorbei, und i hab weder für diesen noch für den vorigen Geld bekommen. Und die Kinder hat er auch nicht abg'holt. I hab aber net noch mal ang'rufen. Wenn er bis Weihnachten nix tut, dann bin i im Jänner beim Jugendamt. Die werden sich dann darum kümmern.«

»Es tut mir so leid, dass sich der Kerl so unmöglich verhält.«

»Mei, Dorli, du kannst doch nix dafür, wie dei Bruder is. Außerdem hast ja eh alles versucht, dass i ihn net heirat. Du hast damals g'sagt: ›Hab Spaß mit dem Kerl, aber lass da ka Kind anhängen und heirat ihn net.‹ I hab net auf di g'hört und hab ma a Kind anhängen lassen, dann sogar a zweites, und g'heirat hab i ihn a.« Lore lachte. »Wahrscheinlich hab i glaubt, dass er si ändern wird, wenn er älter wird.«

»Das glauben viele vor der Ehe.« Dorli lächelte. »Wia guat des funktioniert, sieht ma jedes Jahr an der Scheidungsstatistik.«

»Schaut so aus. So, Schatzerl, i muass jetzt raus in die Kälten, meine G'schrapperln einsammeln. Und dann hab i a paar Termine. Gute Besserung euch beiden.«

20

Lupo war auf dem Weg nach Pottenstein. Er hatte von Dorli die Adresse bekommen und mit der Exfrau Peter Bernauers einen Termin ausgemacht.

Plötzlich steckte er im Stau. Die Straße schien durch etwas blockiert zu sein. Einige Fahrzeuglenker vor ihm verabschiedeten sich über Schleichpfade ins Gemüse. Aber er kannte sich hier nicht aus. Wer weiß, wo er da gelandet wäre. Im Hinterhof eines Bauern wahrscheinlich, bei seinem Glück gleich neben dem Misthaufen.

Als Lupo an die Stauursache herankam, sah er, dass zwei Autos im Kreisverkehr zusammengekracht waren. Da hatte wohl einer die Vorfahrt missachtet. Die beiden Lenker, ein junger Bursche und ein älterer Herr, standen mitten auf der Straße neben ihren Autos und schrien aufeinander ein. Sie bildeten ein zusätzliches Hindernis für die anderen Autofahrer.

Lupo erreichte Pottenstein. Er fand sogar die Schlattengasse, in der Frau Bernauer ein kleines Häuschen bewohnte. Vor dem Eingang saß eine weiß-schwarz gefleckte Katze in der Sonne, die sich putzte. Doch als Lupo näher kam, verschwand die Mieze um die nächste Ecke.

Bernadette Bernauer war eine hübsche Frau. Blond, nicht ganz schlank, aber alles in den richtigen Proportionen. Die ganze Person strahlte Lebensfreude und eine gewisse Sinnlichkeit aus. Sollte sie sich wegen ihres Exmannes jemals gegrämt haben, so war sie zumindest rein äußerlich unbeschadet aus der Sache herausgekommen.

»Frau Bernauer, Sie wissen, dass Ihr Mann und sein Lebensgefährte tot sind?«

»Mein Exmann. Aber nehmen Sie doch bitte Platz.« Sie wies Lupo in das angrenzende Wohnzimmer.

Lupo setzte sich vorsichtig auf eine cognacfarbene Ledercouch. In einer Ecke lag eine Decke. Nach den Haaren darauf konnte er schließen, dass dies ein bevorzugter Platz der Katze war.

»Beide Männer wurden ermordet«, fuhr Lupo fort.

»Und Sie verdächtigen mich?« Bernadette Bernauers Augenbrauen wanderten nach oben.

»Nein. Natürlich nicht. Aber Livios Vater hat mich damit beauftragt, den Mörder zu finden und seiner gerechten Strafe zuzuführen. Irgendwo muss ich anfangen. Und Sie und Ihr Sohn sind nun mal die engsten Angehörigen Peter Bernauers.«

Bernadette Bernauer nahm gegenüber auf einem Lehnstuhl Platz. Ein kurzes Lächeln huschte über ihr Gesicht. Wenn sie lächelte, war sie echt schön.

»Was wollen Sie denn wissen?«

»Alles, was Sie mir über Ihren Exmann und seinen Lebensgefährten, deren Lebensumstände, eventuelle Feinde oder besonders gute Freunde sagen können.«

»In der ersten Zeit, nachdem Peter mir gestanden hat, dass er sich scheiden lassen will, weil er sich in einen Mann verliebt hat, da hätt ich ihm liebend gern eigenhändig den Hals umgedreht. Wissen Sie, am Land ist das anders als in der Stadt. Jeder kennt jeden. Getratscht wird sowieso immer. Wegen einer jüngeren Frau verlassen zu werden, das erleben heute viele. Aber mein Fall war natürlich eine Sensation.« Sie schwieg, in Gedanken versunken.

»Das kann ich mir lebhaft vorstellen. Hat sich Ihre Einstellung zu Peter und Livio geändert?«

»Livio kannte ich nicht weiter. Ich hab ihn einige Male gesehen. Er wirkte sympathisch, war jung und gut aussehend und zudem noch ein talentierter Maler und Bildhauer, wie man hört. Aber mein Bedürfnis, ihn näher kennenzulernen, hielt sich in Grenzen. Mit Peter musste ich mich irgendwie arrangieren. Wir haben einen gemeinsamen Sohn. Er sollte nicht ohne seinen Vater aufwachsen.«

»Wissen Sie, wo die beiden sich getroffen haben?«

»Bei einer Spendengala in Rom. Peter hat dort gespielt, Livio seine Werke ausgestellt. Gefunkt hat es wohl sofort zwischen den beiden. Aber Peter hat noch einige Zeit versucht, unsere Ehe aufrechtzuerhalten. Doch ich wollte irgendwann nicht mehr. Das war kein Leben. Danach ging alles ganz schnell. Scheidung, neues Haus und Lebensgemeinschaft mit seinem Liebhaber.«

»Und wie hat Ihr Sohn die Geschichte aufgenommen?«

»Am Anfang wollte er seinen Vater nicht einmal sehen. Er hat ihn gehasst. Weil er uns verlassen hat. Weil er ihn zum Gespött seiner Mitschüler gemacht hat. Nach ein paar Jahren hat sich das allerdings gelegt. Sie können ihn selbst fragen. Er kommt hierher.«

»Wissen Sie, ob Ihr Mann Feinde hatte?«

Bernadette strich sich eine vorwitzige blonde Strähne aus der Stirn. »Natürlich hatte er Feinde. Peter war reich, berühmt, lebte ein Leben, von dem andere nicht einmal träumen können, hatte eine Familie und war dann auch noch glücklich schwul.«

»Können Sie mir ein paar Namen nennen?«

»Ich will gleich einmal vorausschicken, dass ich keinem dieser Leute einen Mord zutraue. Und ich rechne mit Ihrer Diskretion. Denn wenn die hören, ich hätte …«

»Da können Sie ganz beruhigt sein, gnädige Frau. Ich gebe meine Informanten niemals preis.«

»Na gut. Da gibt es einen Spekulanten, der von Peter mal ein Grundstück relativ teuer gekauft hat, weil er glaubte, es würde in Bauland umgewidmet werden. Was dann aber nicht geschah. Der hat drei Jahre mit Peter prozessiert und dann verloren. Er war nicht gut auf Peter zu sprechen.«

»Darf ich den Namen des Mannes erfahren?«

»Anton Riemer.«

Lupo notierte den Namen. Und noch die Adresse in Sankt Veit, die Frau Bernauer gleich mitlieferte.

»Fällt Ihnen sonst noch jemand ein?«

»Ja, ein Bauer, der mit Peter jahrelang einen Streit wegen eines Wegerechts hatte. Peter hat das Grundstück, über das der betreffende Weg ging, allerdings vor Jahren verkauft. Ich kann mich nicht einmal an den Namen des Mannes erinnern.«

»Den werde ich schon irgendwie herausfinden. Noch jemand?«

»Möglicherweise eine Lehrerin meines Sohnes. Die hat ihn einmal öffentlich als ›verantwortungslosen warmen Scheißkerl‹ und ›geile Drecksau‹ beschimpft. Noch dazu bei einem Auftritt. Ein anwesender Journalist hat nichts Eiligeres zu tun gehabt, als das sofort über alle möglichen Medien zu verbreiten. Das hat dann auch ein gerichtliches Nachspiel gegeben. Aber darüber weiß vielleicht Markus mehr. Und dann halt eine Menge selbstgerechter Moralapostel, die meinten, Peter gehöre behandelt oder in die Klapsmühle. Aber die sind normalerweise nicht gerade die mutigsten Zeitgenossen.«

Draußen klackte ein Schlüssel im Schloss. Gleich darauf erklang eine männliche Stimme: »Jemand zu Hause?«

»Komm rein, Markus. Herr Schatz ist da, ein Detektiv, der den Mord an deinem Vater aufklären will.«

Der junge Bernauer war groß, blond wie seine Mutter, und wirkte, als würde er massiv Bodybuilding betreiben. Trotz seines guten Aussehens wirkte er schüchtern. Sein Händedruck war lasch. Entweder er war sehr unsicher, oder er hatte Angst, dem anderen die Hand zu zerquetschen.

»Wir sprechen gerade über deine Lehrerin, die Peter bei einem Konzert beschimpft hat. Weißt du, wie das ausgegangen ist?«

»Sie hat sich entschuldigen müssen und ein geringes Bußgeld aufgebrummt bekommen.«

»Hat sie sich danach jemals wieder abfällig über Ihren Vater geäußert?«, fragte Lupo.

»Nein. Im Nachhinein gesehen glaube ich, dass sie in meinen Vater verliebt war. Unglücklich natürlich, weil er verheiratet war. Vielleicht hat sie sich trotzdem Hoffnungen gemacht. Die allerdings zerstoben, als bekannt wurde, dass er nun mit einem Mann zusammenlebt.«

»Wir gehen gerade die Feinde deines Vaters durch«, erklärte Bernadette Bernauer. »Du warst eine Zeit lang ja auch nicht gerade sein bester Freund.«

»Das stimmt.« Markus senkte schuldbewusst den Kopf. »Aber wenn du wüsstest, wie mich meine Schulkollegen behandelt haben, dann würdest du das verstehen. Die Harmloseren unter ihnen haben mich ›Homerl‹ gerufen. Es hat Jahre gedauert, bis ich meinem Vater verziehen habe, in welche Situation er uns gebracht hat.«

»Kannten Sie Livio?«, fragte Lupo.

»Ja. Als sich meine Beziehung zu meinem Vater wieder etwas normalisiert hat, war ich öfter mal bei ihm und Livio.«

»Und wie fanden Sie ihn?«

»Er war ein klasse Kerl. Abgesehen davon, dass er toll aussah, war er ein super Typ. Irgendwie habe ich meinen Vater verstanden.«

Markus drehte sich zu seiner Mutter. »Entschuldige bitte, das war nicht gegen dich gerichtet.«

Sie winkte ab. »Schon gut. Ich verstehe, was du meinst.«

»Hatte Livio Feinde?«

»Nicht, dass ich wüsste. Oder warten Sie, da fällt mir etwas ein. Es muss im ersten oder zweiten Jahr gewesen sein, als mein Vater und Livio zusammenlebten. Da ist ein Italiener aufgetaucht, mit dem Livio vor meinem Vater zusammen war. Der hat vielleicht ein Spektakel aufgeführt.«

»Wieso weißt denn du da was drüber? Du warst doch da noch ein Kind«, fragte die Mutter.

Markus lächelte zerknirscht. »Ach, das war, als ich im Supermarkt beim Klauen erwischt worden bin. Du musstest mich damals von der Wache holen. Während ich dort herumlungerte und auf dich wartete, brachten die Polizisten den tobenden Italiener. Er hat jedem, ob er es hören wollte oder nicht, sein Leid geklagt und Livio und meinen Vater verflucht. Er würde sie umbringen, hat er geschrien. Bis dann ein Arzt auftauchte und ihm eine Spritze gab. Mehr weiß ich auch nicht. Denn dann kamst du, Mama, und ich durfte mit dir nach Hause gehen.«

Sehr interessant. Es gab also jemanden, der gedroht hatte, die Männer umzubringen. Aber warum erst nach so vielen Jahren? Aus welchem Grund hatte er das nicht gleich getan?

»Wissen Sie, wie der Italiener geheißen hat?«, fragte Lupo.

»Nein. Du, Mama?«

»Auch nicht. Es stand zwar damals in der Zeitung, aber ich erinnere mich nicht. Sie könnten auf der Polizeistation fragen. Die müssten den Namen doch in den Akten haben.«

Gewiss, aber sie würden ihm nichts sagen. Detektive waren nicht gerade beliebt bei den ermittelnden Polizisten. Da war die Redaktion der Regionalzeitung schon der bessere Tipp.

»Kennen Sie irgendwelche Freunde, die mir vielleicht weiterhelfen könnten?«

»Da fällt mir nur einer ein«, meinte Frau Bernauer. »Die meisten haben sich ja nach Bekanntwerden von Peters Beziehung zu einem Mann von ihm abgewendet. Aber nicht er. Er heißt Marcel Bonnet, ein französischer Sänger mit österreichischer Mutter, der immer wieder mit Peter aufgetreten ist. Er kann sicher auch mehr über Livio erzählen. Die haben sich auch privat getroffen.«

»Und wo finde ich den?«, fragte Lupo.

»Da fragen Sie am besten seinen Manager. Denn er ist ständig in der Welt unterwegs.«

Das war's dann wohl mit den Informationen, die er von den Bernauers bekommen konnte. Lupo drückte Bernadette Bernauer seine Visitenkarte in die Hand. »Wenn Ihnen noch irgendetwas einfallen sollte, rufen Sie mich bitte an.«

Lupo verließ das Haus und sah gerade noch, wie die Katze wieder um die Hausecke verschwand. Ein scheues Tier. Erinnerte ein wenig an den jungen Bernauer. Man konnte zwar in keinen Menschen hineinschauen. Aber die Bernauers schieden ziemlich sicher als mögliche Täter aus. Was hätten sie zu gewinnen? Ja, vielleicht das Erbe. Aber Bernadette Bernauer sah nicht so aus, als müsste sie jeden Euro zweimal umdrehen. Und falls sie wirklich jemals den Wunsch verspürt hatte, ihrem Exmann an den Hals zu gehen, dann hätte sie das viel früher getan.

21

Lupo sah auf die Uhr und stellte fest, dass es noch gar nicht spät war. Zeit genug, in der Lokalredaktion der Zeitung herumzuschnüffeln. Die Niederösterreich-Ausgabe wurde in Baden hergestellt. Er suchte sich die Adresse aus dem Telefonbuch, das er sich in einem Café in Pottenstein auslieh. Dort war übrigens der Cappuccino köstlich und der Zwetschkenfleck ein Gedicht.

Bei der Zeitung erreichte er eine Frau mit junger Stimme und glockenhellem Lachen. Sie sagte, ihr Name sei Ina und er solle beim Empfang nach ihr fragen.

Ina war mindestens sechzig und hatte eine Walkürenfigur. Gekleidet war sie in etwas, das so ähnlich aussah wie ein geblümtes Drei-Mann-Zelt. Doch ihr Lachen war ansteckend, die Stimme jugendlich, und die ganze Frau schien vor Energie fast zu platzen. Und ganz nebenbei war sie nicht nur freundlich, sondern auch extrem hilfsbereit. Als Lupo ihr noch das Konditoreisackerl mit dem Zwetschkenfleck als Bestechung überreichte, strahlte sie übers ganze Gesicht.

»Sodala. Sie suchen also einen eifersüchtigen Exliebhaber von Livio Moretti. Und das Ganze vor ungefähr acht bis neun Jahren?«

Lupo nickte.

»Na, dann schaun wir mal.«

Sie hackte wieselflink auf ihrer Computertastatur herum.

»Hm, in dem Jahr war nix, schauen wir ins nächste.«

Weitere schnelle Eingaben. Lupo staunte, dass man so schnell tippen konnte, ohne sich zu verschreiben.

»Ah, jetzt wird es interessant.«

Ein paar Mausklicks später drehte sie den Bildschirm in Lupos Richtung.

»Netter Zeitgenosse!«

Lupo las die ersten beiden Absätze, in denen stand, dass ein gewisser Romano S. seinen ehemaligen Liebhaber krankenhausreif geprügelt hatte. Peter Bernauer war dazwischengegangen, und bevor er auch noch niedergeschlagen werden konnte, hatte er den Kerl mit einem Holzschuh ausgeknockt sowie Exekutive und Rettung gerufen. Die Polizei hatte den renitenten Exlover verhaftet und die Rettung die beiden verletzten Männer ins Krankenhaus gebracht.

»Hm. Gab es später noch irgendetwas über den gewalttätigen Romano S.?«, fragte Lupo Ina. »Irgendwann werden sie ihn ja wieder rausgelassen haben.«

»Ja, und gleich abgeschoben. Aber das haben wir nicht berichtet. Sonst hätt es gleich wieder geheißen, wir sind ausländerfeindlich.« Sie dachte kurz nach. »Hm, ich hab da schon noch was gehört. Nicht in Österreich. Aber jetzt, wo ich mich da wieder eingelesen habe, ist mir eingefallen, dass ich kurz nachdem die Polizei den Kerl auf Kaution entlassen hat, von einer Kollegin in Rom kontaktiert worden bin. Sie wollte wissen, was da ein paar Wochen vorher bei uns gelaufen ist. Dieser Romano ist nämlich in Rom eines Nachts auf offener Straße erschossen worden. Keine Zeugen, keine Verdächtigen, keine Spuren, außer zwei Kugeln im Kopf des Mannes. Da die italienische Polizei von der Affäre in Berndorf wusste, wurden die Alibis von Peter und Livio überprüft. Doch die waren todsicher. Peter hat gerade in Australien eine Konzerttournee absolviert, und Livio hatte in New York eine Ausstellung. Mehr weiß ich nicht.«

Das war schon eine Menge mehr, als Lupo überhaupt erwarten konnte. Als Täter schied dieser Romano jedenfalls aus. Daher konnte Lupo ihn vergessen. Dass der Mann in Rom zu Tode gekommen war, war für ihn tragisch gewesen. Aber wer weiß, in was für Geschichten der verwickelt war. Vielleicht Rauschgift oder ganz allgemein organisiertes Verbrechen. Darauf deuteten einerseits die zwei Kugeln im Kopf, andererseits die völlige Abwesenheit von Zeugen hin.

Da es Lupos Fall nicht weiter tangierte, schob er dieses Wissen in seinen internen Datenspeicher. So etwas in der Art musste er wohl besitzen. Denn er merkte sich keine halbe Stunde, wie ein Klient oder ein Verdächtiger hieß, wenn er noch keine Beziehung zu diesem Menschen aufgebaut hatte. Vor allem wenn mit den trockenen Fakten noch kein Gesicht und keine Stimme verbunden waren. Aber wenn er sich einmal damit näher befasst hatte, dann verschob er das unbewusst irgendwohin in seinem Gehirn, wo er es bei Bedarf jederzeit abrufen konnte. In seinem Beruf eine höchst angenehme Eigenschaft. Manchmal enorm hilfreich. An Romano S. würde er sich allerdings immer nur in Verbindung mit Inas imposanter Erscheinung, ihrem Lachen und ihrer jugendlichen Stimme erinnern.

Lupo suchte sein Auto und stellte fest, dass er einen Strafzettel kassiert hatte. *Und wofür bitte?* Er schnappte den Wisch von der Windschutzscheibe und warf einen Blick darauf. Na klasse, er stand in einer Kurzparkzone. Das war ihm nicht aufgefallen. Doch dann verzog sich sein Mund zu einem breiten Lächeln. Der Parksheriff musste einen Knall haben oder sturzbetrunken gewesen sein. Er las zwar sein Kennzeichen, aber als Automarke stand da Jaguar und als Farbe dunkelblau. Sein uralter Polo, grau und rostfleckig, konnte da jederzeit den Beweis antreten, dass er mit Jaguar so viel zu tun hatte wie Lupo mit Erfolg und Geld.

Lupo knüllte den Zettel zusammen und warf ihn schwungvoll in den nicht weit entfernten Papierkorb. Sollten sie ihn doch anzeigen. Auf das Gesicht des Menschen, der den Einspruch dann bearbeiten musste, freute er sich schon heute!

22

Als Dorli am Montag wieder den Dienst antrat, traf sie eine kratzbürstige Barbara Schöne, einen schwer frustrierten Bürgermeister Willi Kofler und einen Berg unerledigter Arbeiten an.

»Warum hab i die Gurken net scho im Herbst rausg'schmissen?«, fragte der Kofler Dorli.

Die zuckte mit den Schultern. Woher sollte sie das wissen? Wahrscheinlich hatten die körperlichen Vorzüge damals noch die kleinen Nachteile überwogen.

»Auszogen is' a. Das war ungewohnt, so ganz allanig in dem großen Haus. Aber i sag Ihnen jetzt was, Frau Wiltzing: Es war schon lang net so ordentlich bei mir daheim!«

Das konnte sich Dorli gut vorstellen. Denn Ordnung war nicht gerade die große Stärke Barbara Schönes. Sofern sie überhaupt eine besaß.

Abgesehen von ihrer kreativen Ablage, die ja auch eine ziemliche Wucht war, ließ sie so ziemlich alles dort liegen, wo es ihr aus der Hand fiel. Dorli, mit langjähriger Übung durch ihren Bruder Georg, der so ähnlich veranlagt war, hatte es nicht schwer, sich irgendwie damit zu arrangieren, indem sie einfach immer hinterherräumte. Aber gegen die offensichtlichen intellektuellen Defizite der Kollegin konnte sie nichts ausrichten.

»Rufen S' beim Arbeitsamt an. Vielleicht gibt's a nette mittelalterliche Dame, die bei uns einsteigen möchte!«

Hört, hört! Der Kofler wollte keine junge Tussi mehr. Dorli schmunzelte.

»Dafür soll's rechtschreiben können und a halbwegs vernünftige Ablag z'ammbringen.«

»Ich hör mich um. Wie lang ist Frau Schöne noch bei uns?«

»Nur mehr diese Woche. Sie hat no Urlaub stehen.«

Herrliche Aussichten! Dorli hätte den Kofler am liebsten umarmt. Einfach so. Weil es die erste wunderbare Nachricht war, seit es ihrem Hund so schlecht gegangen war.

Als Dorli mittags kurz zu Hause vorbeirutschte, um zu sehen, ob mit Idefix alles in Ordnung war, traf sie Trudi Hermann, die offiziell anerkannte größte Dorftratsche.

»Na, alles wieder okay?«, fragte Trudi.

»Ja. Mir geht's gut, und der Hund ist a wieder beinand.«

»Schön, schön. Hast schon g'hört vom neichen Pfarrer?«

»Dass er schwarz is?«

»Na, des waß ja eh a jeder. Der hat sei G'schpusi mit.«

»Geh, Trudi, mach di net lächerlich. Des is sei Schwester.«

»Ah ja, eh kloa. Und mei Schwester is da Papst.«

»Trudi, wirklich! Des hat ma da alte Herr Pfarrer g'sagt, bevor er auf Reha g'fahren is.

»Die schaun se do überhaupt net ähnlich. Er so groß, sie so a Zwerg. Des Anzige, was gemeinsam haben: Sie san kohlrabenschwarz.« Und das war vermutlich das einzige Problem, das die meisten der lieben Gemeindekinder mit dem Priester und seiner Schwester hatten.

»Genau wie bei mir und beim Georg. Er dreißig Zentimeter größer als i. Trotzdem is er mei Bruder. A wenn i des manchmal selber net glauben will.«

»Des is do ganz was anders!«

Aha. Und warum? Weil wir weiß sind und hier im Ort geboren?

»Und waßt, was des Allerärgste is?«

»Nein, was denn?« Sie hatte in den letzten Tagen bei Gott andere Sorgen gehabt, als sich um den Dorftratsch zu kümmern.

»Die angebliche Schwester hat a Nierentransplantation bei uns kriagt. Hast du a Ahnung, wie vüle Leit bei uns auf a Nieren warten? Und dann kommt so a dreckiges Negerweib …«

»Trudi, beherrsch di a bissel. Nur weil ein Mensch schwarz ist, ist er net dreckig. Und Neger sagt ma heut nimmer.«

»Ach, hab mi do gern. Du immer mit dein Gutmensch-Getue. Wahrscheinlich bist a Greane a no!«

Definitiv nicht. Aber bei den Absonderungen solcher Mitbürgerinnen war es eine Überlegung wert, ob man den Grünen nicht beitreten sollte.

»Woher hast du denn die Informationen über die Schwester vom Priester?«

»Schwester, dass i net lach!« Trudi stemmte die Fäuste in die feisten Hüften. »Mei Tant Luise, die in Seckau wohnt, kennt de zwa scho von dort. Da war der Negerhäuptling bei de Benediktiner. Die hat des a g'wusst mit der Nieren. Des haben eana nämlich die Pfaffen g'richt. So a Frechheit. A weiße Nieren für a Negerweib!« Dorli schüttelte den Kopf und ließ Trudi mitten auf der Straße stehen. Manchmal bedauerte sie zutiefst, dass sie hier am Land und nicht in Wien oder einer anderen größeren Stadt wohnte. Dort kannte nicht jeder jeden. Man konnte tun und lassen, was man wollte, ohne dass sich gleich hundert Leute drüber das Maul zerrissen. Und die Gerüchtebörse erhielt in einer so kleinen Gemeinde immer sehr schnell Nachschub, wenn man etwas nicht genau wusste, aber vor den anderen als Insider dastehen wollte. So blöd konnte eine Geschichte gar nicht klingen, dass sie nicht von einigen geglaubt, weitergetragen und womöglich noch mit eigenen Ideen aufgepeppt wurde. Einfach schrecklich.

23

Dorli war auf dem Weg zum Immobilienmakler Toni Riemer. Er wohnte in Sankt Veit, und sie hatte Lupo so lange beschwatzt, dass sie ihn ein wenig über Peter Bernauer und ihren Streit ausfragen durfte, bis Lupo endlich nachgegeben hatte. Sie kannte Toni schon seit Kindheitstagen. Sie hatten dieselbe Schule besucht, wenn auch nicht die gleiche Klasse.

Als Dorli ankam, war niemand zu Hause. *Komisch, ich hab mich doch angemeldet. Wo sind die alle?*

Dorli stand unschlüssig vor dem geschlossenen Gartentor und überlegte, ob sie warten oder später anrufen und einen neuen Termin vereinbaren sollte. In dem Moment öffnete eine Nachbarin die Fenster im ersten Stock.

»Hallo!«, rief Dorli. »Wissen Sie, wo der Toni ist? Wir waren verabredet.«

Die Nachbarin blickte entsetzt zu ihr. »Warten Sie, ich komm runter.«

Dorli konnte sich keinen Reim auf den Gesichtsausdruck der Frau machen. Es hätte ja auch gereicht, wenn sie mit einem einfachen »Nein« auf ihre Frage geantwortet hätte.

Die Tür zum Nachbarhaus wurde geöffnet, und die Frau trat in den Garten. Ihre Augen waren rot. Sie fuhr mit den Armen in eine hastig übergeworfene Jacke.

»Haben Sie's noch nicht g'hört?«

»Was denn?«, fragte Dorli ahnungslos.

»Der Toni hat einen Unfall g'habt. Mit dem Auto.«

»Ach du meine Güte! Ist er verletzt?«

»Er ist tot. Die Familie ist wahrscheinlich noch im Krankenhaus.«

Dorli sträubten sich die Nackenhaare. Eine unbestimmte Angst schnürte ihr die Kehle zu. »Unfassbar. So knapp vor Weihnachten! Die arme Familie. Was ist passiert? Ich hab doch erst heute Früh mit ihm telefoniert.

»Er ist auf dem Weg nach Weissenbach von der Straße abgekommen. Sein Auto hat erst die Felsen auf der rechten Seite touchiert und ist dann quer über die Straße geschlittert, links über die Leitplanken geflogen, hat sich angeblich überschlagen und ist kopfüber im Bach gelandet. Kein anderes Fahrzeug war an dem Unfall beteiligt.«

»Oh Mann. Heute gab's doch nicht einmal Glatteis.«

»Genau. Die Polizei hat zur Elfi, das ist seine Witwe, g'sagt, dass es vielleicht Sekundenschlaf war. Aber das glaubt sie nicht. Sie sind um zehn nach zehn schlafen gegangen, und der Toni war am Morgen gut drauf.«

Dorli dankte der netten Nachbarin und stieg wieder in ihr Auto. Die Haare in ihrem Nacken waren immer noch aufgestellt. Sie versuchte, ihrer Beklemmung Herr zu werden. Sie dachte an das Gespräch vom Vormittag. Was hatte Toni Riemer gesagt? Er würde noch einen Geschäftsmann treffen, der ein Grundstück besichtigen wollte. Auf dem Weg dorthin musste es passiert sein. Dorli schalt sich selbst wegen ihres unguten Gefühls. Unfälle passierten. Auch auf trockenen, geraden Straßenabschnitten. Wer weiß, was dem Toni zugestoßen war. Vielleicht war eine Katze oder ein Reh über die Straße gelaufen und er wollte nur ausweichen.

Lupo hatte den Namen des Bauern herausgefunden, mit dem Peter Bernauer wegen eines Wegerechts in jahrelangem Streit gelegen war.

Nun war er auf dem Weg zu ihm. Der Hof lag ziemlich einschichtig in Neusiedl in der Zobeltgasse, am Ende der Straße. Dahinter nur mehr der Wald, in den ein unbefestigter Weg führte. Davor ein Stück Wiese, immer noch grün, obwohl die Grashalme heuer vom Schnee schon einmal niedergedrückt worden waren. Doch durch das danach anhaltend feuchte, aber relativ warme Wetter sah das Gras wieder frisch aus.

Vor dem Haus tummelten sich Hühner und ein Gockel. Die Einfahrt stand offen. Trotzdem parkte Lupo seinen Wagen auf der Straße. Wenn ihm schon ein Huhn unter die Räder geraten sollte, dann wenigstens auf öffentlichem Grund!

Der Bauer stand vor einer Scheune und hackte Holz. Mit wuchtigen Schlägen ließ er eine Axt auf die Scheite niedersausen. Die Teile fielen krachend nach beiden Seiten zu Boden. Dort lag schon ein größerer Haufen.

»Hallo, Herr Schmiedinger?«

Der Mann hob den Blick vom Hackstock.

»Was wollen S'?«

»Mit Ihnen reden.«

»Wüsst net, worüber«, gab der Mann zurück und ließ die Axt auf ein weiteres Holzstück knallen.

»Mein Name ist Wolfgang Schatz. Es geht um Peter Bernauer.«

»Hab g'hört, der is jetzt tot. Ka Schad um den Kerl.«

Der Bauer sammelte ungerührt seine Holzstücke ein und warf sie in eine Scheibtruhe. Lupo ging näher heran, um den Lärm zu übertönen.

»Sie haben doch jahrelang mit ihm wegen eines Wegerechts gestritten.«

»Runter von mein Grund«, antwortete der Bauer gelassen. »Und zwar schnell. Sonst lernen S' den Hasso kennen.«

Wie aufs Stichwort setzte fast direkt neben Lupo ein lautstarkes Gebell und Knurren ein. Hasso war ein riesiger Schäferhund an einer Kette. Er sah aus, als würde er Leute wie Lupo zum Frühstück verspeisen. Lupo sprang vor Schreck mit einem weiten Satz zurück.

»Aber ich wollt doch nur ...«, setzte Lupo an.

»Und i wü net«, unterbrach ihn Schmiedinger und eilte mit langen Schritten zum Kettenhund. Bevor er ihn losließ, suchte Lupo sein Heil in der Flucht.

Auch wenn dieser Bauer alles andere als freundlich war, konnte Lupo sich nicht vorstellen, dass er irgendetwas mit den Morden an Peter Bernauer und Livio Moretti zu tun hatte. Es ging um keine aufregende Sache. Und war einfach zu lange her.

Mit der Lehrerin würde er noch sprechen. Die hatte er aber auch schon von der Liste der möglichen Täter gestrichen. Und Dorli wollte den Mann interviewen, der mit Peter Bernauer wegen eines Grundstückskaufs prozessiert und verloren hatte. Auch das lag Jahre zurück. Wenn überhaupt, warum hätte er Bernauer jetzt ermorden sollen? Und dann auch noch Livio. Es musste andere Verdächtige geben. Leute, die in der Gegenwart ein Problem mit den Männern gehabt hatten.

24

Dorli hielt mit Lupo Kriegsrat. Sie war immer noch erschüttert. »Is schon komisch, dass der Riemer Toni ausgerechnet dann verunglückt, wenn er mit mir über den Bernauer reden will.«

»Das war sicher reiner Zufall. Du weißt doch, wie schnell was passiert. Ein Moment Unaufmerksamkeit reicht. Oder da war vielleicht ein Tier auf der Straße. Er verreißt, schon is es passiert.«

»Das hab ich mir auch gesagt, Lupo. Aber es hat mich richtig übergruselt, als mir die Nachbarin das erzählt hat.«

»Ich hab mir heute so meine Gedanken zu den alten G'schichten g'macht. Ich glaub nicht, dass da irgendeiner etwas mit Bernauers Tod zu tun hat. Das is alles einfach zu lang her. Es muss etwas in der jüngsten Vergangenheit geben.«

»Hab i mir auch schon gedacht. Und zwar etwas, was beide Männer betrifft, also Peter und Livio.«

»Nur, was könnte das sein? Sie führten ein für Künstler relativ ruhiges Leben. Jeder war viel unterwegs. Einer begleitete den anderen, wann immer es möglich war.«

»Ich denk halt immer noch, dass vielleicht Eifersucht im Spiel war.« Dorli strich sich das Haar aus dem Gesicht. »Bei so viel intensiver Liebe kann das auch ganz schnell ins Gegenteil umschlagen.«

»Aber es sind doch beide ermordet worden«, warf Lupo ein. »Wie kommst du da auf Eifersucht?«

»Na, was ist, wenn einer der beiden einen neuen Freund gehabt hat, aber die bestehende Beziehung nicht aufgeben wollte?«

»Und dann hat der Freund alle zwei umgebracht? Na geh, das klingt ja nach einer G'schicht vom Ganghofer: ›Der Ochsenkrieg von Berndorf‹.«

»Ich sag ja nicht, dass es so gewesen sein muss. Aber es wäre eine Möglichkeit, die wir nicht ausschließen sollten.«

Lupo nickte. »Zur Kenntnis genommen. Aber unwahrscheinlich.«

»Hast a bessere Idee?«

»Ehrlich g'sagt, nein.«

»Und was willst jetzt machen?«

»Den ganzen Freundeskreis umkrempeln. Weitersuchen. Irgendwer hat ja sichtlich einen Grund dafür gefunden, die zwei aus dem Weg zu räumen.«

»Sag, Lupo, sind eigentlich alle Fälle, die du übernimmst, so verzwickt?«

Lupo grinste. »Na, wenn's einfach wären, dann bräuchten die mich ja nicht. Dann müsste nur die Polizei den Spuren folgen und den Täter verhaften.«

»In dem Fall gibt's überhaupt keine verwertbaren Spuren.«

»Eben!«

»Und was sagt Signore Moretti zu deinen bisherigen Erkenntnissen?«

»Er meinte, die seien mager. Aber es waren ja erst ein paar Tage. Ich soll einfach weitermachen.«

»Tja, was sonst? Sag, soll i den Markus ein bisserl beschatten? Immerhin hat es ja eine Zeit gegeben, wo er auf seinen Vater nicht gut zu sprechen war.«

»Ach, Dorli, da war er noch ein Kind. Er ist jetzt siebenundzwanzig. Bernauer und Moretti haben seit mehr als zehn Jahren zusammen gewohnt. Und sie haben sich schon gekannt, als Bernauers Ehe geschieden wurde, also zwei Jahre vorher. Da war der Knabe vierzehn, fünfzehn.«

»Schon. Aber er hat ja auch was mitg'macht wegen seinem Vater. Das hat sich sogar bis zu mir herumgesprochen. ›Homerl‹ haben's ihn angeblich g'rufen in der Schule oder ›warme Sau‹, je nachdem wie ›nett‹ sie zu ihm waren. Und das mitten in der Pubertät. Das ist sowieso keine einfache Zeit für Buben. Für Mädeln übrigens auch nicht«, setzte sie noch hinzu.

»A geh, und dann bringt er jetzt, zwölf Jahre später, seinen Vater und dessen Liebhaber um?«

Dorli zuckte mit den Achseln. »Späte Rache für jugendliche Demütigung? Ging vielleicht nicht früher, weil er sich noch ein paar Muskeln antrainieren musste.«

»Glaub ich nicht. Aber wenn du willst, kannst dem Burschen ja mal ein bisserl hinterherspionieren.«

Wenigstens war Dorli dann mit etwas Ungefährlichem beschäftigt, und Lupo musste sich nicht den Kopf zerbrechen, was sie in der Zwischenzeit wieder anstellen würde.

25

Lupo wollte eben aufbrechen, als Bertl Wagner den Weg zu Dorlis Haus entlanggestürmt kam.

»Meine Güte, Bertl, was ist denn jetzt schon wieder?«, fragte Dorli, die hinter Lupo aus der Tür getreten war. »Egal, um was es geht: I war's net! Des sag i dir gleich.«

Bertl warf ihr einen finsteren Blick zu.

»Bist sicher? Es geht um den Immobilienmakler, der heute ums Leben gekommen is. Wir haben seine Telefonkontakte überprüft. Das letzte Gespräch hat er mit dir g'führt, Dorli.«

»Seit wann macht's ihr denn so was bei an Autounfall?«, fragte Dorli entgeistert. »Aber komm bitte rein. Des müss'ma ja net im Hof besprechen.«

Bertl trat ein, tätschelte Idefix die Flanke, und Lupo kam ungefragt mit.

»Des war net nur a Autounfall. Der Toni hat ja no g'lebt, als er ins Krankenhaus kam. In der Notaufnahme is dem Notarzt aufg'fallen, dass er eine Kopfverletzung g'habt hat. Verdacht auf Schädel-Hirn-Trauma. Sie haben ihn geröntgt. Und dabei kam raus, dass er a Kugel im Kopf hat.«

»Du meinst, den hat wer abg'schossen, im wahrsten Sinn des Wortes, und dann is er von der Straßen g'flogen?«

»So ungefähr.«

»Bist du deppat, bei uns geht's wieder einmal zu.«

»Und jetzt möchte i halt wissen, was *du* schon wieder mit der Sach zu tun hast«, sagte Bertl.

»I hab mit ihm einen Termin ausg'macht. I wollt ihn zu einer alten Geschichte befragen. Er hat einmal mit Peter Bernauer einen längeren Rechtsstreit wegen eines Grundstücks ausgetragen.«

»Du glaubst doch net im Ernst, dass der deswegen den Bernauer und den Moretti umg'legt hätt.«

»Nein. Aber Lupo hat vom alten Moretti den Auftrag bekommen, nach dem Mörder der Männer zu suchen. Und wir durchkämmen halt systematisch das Umfeld. Irgendwo muss ma ja anfangen.«

Bertl schüttelte den Kopf. »Da solltet's ihr aufpassen, wie's aus-schaut. Und vor allem mit uns zusammenarbeiten.« Und zu Lupo gewandt: »Keine Extratouren. Sonst sorg i dafür, dass Sie nie wieder irgendwo herumschnüffeln können.«

Lupo war bisher schweigsam am Tisch gesessen. »Sie wissen aber schon, dass Detektiv ein Beruf mit Ausbildung ist und die Zulassung nicht jeder Depp bekommt. Und drohen brauchen S' mir schon gar net.«

Dorli ging dazwischen. »Leuteln, kriagt's euch wieder ein. Es hilft sicher niemandem, wenn ihr zwa do herumstreitets. Wir sollten eher alle zusammenarbeiten.«

»*Du* solltest dich da überhaupt raushalten, Dorli«, protzte Bertl Wagner.

Dorli zog es vor, zu schweigen. Was sollte sie denn darauf erwi-dern? *Sei net komisch. Ich krieg in einem Tag mehr raus als die Polizei in drei Wochen?* Lieber nicht.

Lupo meldete sich wieder zu Wort. »Dorli, hast du net g'sagt, der Makler hätt vor dir noch einen Termin gehabt?«

»Ja. Er musste nach Weissenbach. Einen Geschäftsmann treffen, der eine Liegenschaft besichtigen wollte.«

»Aha.« Bertl Wagner nickte. »Der Geschäftsmann, das könnte die Nummer sein, die wir nicht zuordnen konnten. Der Anruf kam von einem Wertkartenhandy. Gestern Abend. Hat der Riemer Toni g'sagt, mit wem er sich treffen wollte?«

»Nein«, erwiderte Dorli. »Aus welchem Grund hätt er mir das erzählen sollen?«

Bertl zog resigniert die Mundwinkel nach unten. »Wär auch zu schön g'wesen, wenn wir irgendeine Spur g'habt hätten.« Er lehnte sich im Stuhl zurück und wandte sich an Lupo. »Und wie schaut's aus mit den Morden am Bernauer und dem Moretti?«

»Schlecht bisher. Die einzigen Differenzen, die ein paar Leute mit denen hatten, sind Jahre her. Wie eben auch die Geschichte mit dem Immobilienmakler. Schwer vorstellbar, dass einer von denen ausgerechnet jetzt ausgerastet sein sollte. Und vor allem: Der Einzige, der wirklich einen Grund gehabt hätte, beide zu beseitigen, ist seit Jahren tot.«

»Ach, der Italiener, der damals Amok g'laufen ist? Der ist tot?«

Bertl Wagner hatte also seine Hausaufgaben gemacht. Aber eben nicht gründlich genug. Lupo grinste in sich hinein. Manchmal waren gute Beziehungen zur Presse doch viel mehr wert als solche zur Polizei.

»Ja. Ich weiß aus einer zuverlässigen Quelle, dass Romano S., kurz nachdem er abgeschoben wurde, in Rom mit zwei Kopfschüssen getötet worden ist. Keine Zeugen. Keine Verdächtigen.«

»Klingt nach Hinrichtung«, meinte Bertl Wagner.

Lupo nickte. »Aber wer weiß, in was der verwickelt war. Davon muss Livio Moretti ja gar keine Kenntnis gehabt haben. Sie waren ja schon Jahre getrennt. Und, habt's ihr schon was rauskriegt? Zum Beispiel, woran die beiden Männer gestorben sind?«

»Steht morgen eh in der Zeitung, daher kann ich's euch auch sagen. Beide sind erschossen worden. Allerdings Bernauer mit einem Gewehr und Moretti mit einer Pistole.«

Lupo hob interessiert den Kopf. »Eher untypisch, dass ein Mörder zwei verschiedene Waffen verwendet.«

»Ja, schon. Aber hängt vermutlich auch von der Entfernung ab. Bernauer ist aus größerer Distanz erschossen worden. Wo, wissen wir noch nicht. Aber da sein Auto am Schlossparkplatz g'funden worden ist, wahrscheinlich vor Ort. Und dann muss ihn der Mörder noch in den Teich befördert haben.«

»Und Livio Moretti?«

»Aus nächster Nähe. Zwei Schüsse in den Bauch. Einer hat die Leber zerfetzt, der andere hat eine gewaltige Sauerei in den Gedärmen angerichtet und ist in der Wirbelsäule stecken geblieben.«

»Oh Mann. Das klingt ja schrecklich.«

»Auf gut Deutsch haben wir zwei Leichen, kaum Spuren, davon verwertbar null, und wir haben noch nicht mal Verdächtige.«

Dorli wunderte sich schon die ganze Zeit über Bertls Offenheit. Jetzt war ihr klar, woher der Wind wehte. Die Polizei war bar aller Ahnung, was da abgegangen war. Die mussten mit Lupo zusammenarbeiten, ob sie wollten oder nicht. Denn möglicherweise fand er etwas heraus, das man der Polizei nie anvertrauen würde.

Bertl erhob sich, nahm seine Jacke vom Stuhl und reichte Dorli die Hand. »Denk dran: Du hältst dich da raus. Es ist zu gefährlich!« Und ohne auf ihre Antwort zu warten, wandte er sich an Lupo:

»Wir bleiben in Verbindung. Es ist nämlich schon auffallend, dass der Toni ausgerechnet jetzt umbracht worden is, als ihr zum Herumstierln ang'fangen habt.«

Als Bertl Wagner weg war, fragte Dorli: »Sag, Lupo, könnte es irgendeinen Grund geben, warum die beiden Morde nicht miteinander zusammenhängen sollten?«

»Keinen, der für uns ersichtlich wäre. Was nicht heißt, dass es nicht trotzdem so ist. Aber ich kann es mir ganz einfach nicht vorstellen.«

Als Lupo aufbrach und Dorli ihn zur Tür brachte, fiel ihr auf, dass fast jedes Haus Weihnachtsbeleuchtung trug. Nur bei ihr wies nichts darauf hin, dass in zwei Tagen Heiliger Abend war. Obwohl es auf zweiundzwanzig Uhr zuging, stapfte sie in die Küche, backte die längst überfälligen Vanillekipferln und rührte die Zutaten für die Rumkugerln in einer Schüssel zusammen. Sobald die Kipferln auf den Backblechen lagen, formte sie die Rumkugeln. Von dem Rumaroma war sie bald richtig benebelt. Als zwei Stunden später die erste Weihnachtsbäckerei oben auf dem Kasten zum Auskühlen stand, stellte sich zum ersten Mal ein wenig Weihnachtsstimmung bei Dorli ein.

»So, Idefix. Wenn wir übermorgen wirklich alleine feiern, dann essen wir eben all die guten Kekserln allein und werden dick und rund.«

Der Hund blickte sie so treuherzig an, dass ihr Herz schmolz. »Ach du Süßer! Wir zwei machen es uns auf jeden Fall gemütlich. Und jetzt gehen wir schlafen. Ist schon fast Mitternacht!«

26

Lore stürmte atemlos ins Amtshaus. Die Tür knallte gegen die Wand.

»Sag amoi, Lore. Wird des bei dir zur Gewohnheit?«

Lore blickte Dorli verwirrt an. »Was meinst jetzt?«

»Na, dass du da reinkrachst wie a verirrte Silvesterraketen.«

»Ach des. Entschuldige. Aber es is was passiert.«

»Scho wieder?«

»Ja, was ganz Schreckliches.«

»Ist was mit den Kindern? Mit Georg?« Dorlis Stimme vibrierte besorgt.

»Nein, den Kindern geht's guat, und der Schurl meldet sich nicht.«

»Und was ist dann so wichtig?«

»Die Pfarrersköchin. Also ich mein die Schwester vom Aushilfspfarrer ...«

»Ich weiß schon, wen du meinst. Also, was ist mit der?«

»Die haben's grad vorhin mit dem Notarzthubschrauber vom Supermarkt abg'holt.«

»Was ist geschehen?«, fragte Dorli alarmiert. Denn wenn die Frau einfach einen Kreislaufkollaps gehabt hätte, wäre nicht der Notarzthubschrauber gekommen. Und vor allem Lore nicht wie ein panzerbrechendes Geschoss in der Gemeindestube eingeschlagen.

»Ich hab's nicht g'sehen, weil, wie ich kommen bin, ist ja der Heli grad gestartet. Aber die Nelli, weißt eh, die an der Kassa sitzt, hat mir erzählt, dass eines von den grässlichen Weibern, die in der Warteschlangen g'standen sind, der Schwarzen des Einkaufswagerl mit vollem Schwung in den Rücken knallt hat.«

»Herrgott, was sollte denn des werden?«

»Wahrscheinlich genau des, was es dann worden is. Der Griff vom Wagerl hat die Frau in die Nieren getroffen. Angeblich is sie umg'fallen wie a Stückl Holz.«

»Jessas na, die hat ja vor gar net langer Zeit a Nierentransplantation g'habt.«

100

»So, wie's ausschaut, is genau die Nieren jetzt wieder hinüber. Der Notarzt von der Rettung hat g'sagt, dass sie das nur mit viel Glück überleben wird.«

»I kann des gar net glauben. Und wer war der Trampel, der sie mit dem Wagerl so verletzt hat?«

»Ja, das ist das Gespenstische an der G'schicht. Des Wagerl muass von ganz allein in die Pfarrersköchin g'rauscht sein. Drin war nur a Kisten Mineralwasser. Vermutlich, damit's a anständiges G'wicht hat. Das Wagerl hat angeblich niemandem g'hört. Und g'sehen hat von de Leut in der Warteschlangen vor der Kassa a kaner was.«

»Na, wer's glaubt, wird selig! Was hat denn die Polizei dazu g'sagt?«

»Nix. Was sollen die denn tuan? Die blöden G'sichter in Beugehaft nehmen, bis sie reden? Und das ausgerechnet am Tag vor Weihnachten? Dann gibt's an Volksaufstand. Denn bis auf den jungen Mann, der gerade bezahlt hat, waren das alles Hausfrauen und Mütter aus der Gegend.«

Dorli war auf den Stuhl gesunken und schlug die Hände vors Gesicht. »Weiß der Aushilfspfarrer schon, was passiert ist?«

»Ka Ahnung. Wenn die Polizei herausg'funden hat, wer die Verletzte war, dann vielleicht.«

»Dann geh i jetzt lieber mal zu ihm rüber. Ach, Lore, in was für Zeiten leben wir?«

Als Dorli schon fast aus der Tür war, hielt Lore sie noch am Ärmel zurück. »Mei, jetzt hätt i fast vergessen, warum i sowieso bei dir vorbeischauen wollt. Kommst morgen am Abend eh zu uns? Wir haben einen schönen Christbaum, und die Kinder freuen sich auf dich und Idefix. Und nimm den Lupo mit.«

»I komm gern, danke.« Dorli freute sich über die Einladung, trotz der schlimmen Neuigkeiten, die Lore überbracht hatte. Denn jetzt musste sie doch nicht allein mit Idefix Weihnachten feiern. »Wie des mit Lupo ausschaut, weiß ich nicht. Da geb i dir Bescheid.«

Als Dorli im Pfarrhaus ankam, fand sie Hochwürden am Küchentisch. Den Kopf in den Händen vergraben.

»Sie wissen es also schon«, murmelte sie mit erstickter Stimme.

»Die Alina hat nie Böses getan. Warum macht jemand so etwas?«
Tränen liefen über die schwarzen Wangen. Die Augen waren rot
geweint.

»Ich weiß es nicht. Und es tut mir unendlich leid!« Dorli wunderte sich einmal mehr über das tadellose Deutsch des Pfarrers. Er
hatte zwar in Österreich Theologie studiert. Doch kaum jemand
lernte in ein paar Jahren so fehlerfrei zu sprechen. Und was hatte
ihm das genützt? Gar nichts!

Dorli wusste, dass ihre Worte den Mann Gottes nicht trösten
würden. Wenn überhaupt, würde er Linderung seines Kummers
in seinem Glauben finden. Doch mit dem, was nun kam, hatte
sie nicht gerechnet.

»Ich reise morgen ab. Alina ist in der Klinik gestorben. Ich muss
nach Hause und ihr eine würdige Beerdigung in der Heimat geben.
Das bin ich ihr schuldig.«

Wenn die junge Frau gestorben war, dann war das Attentat auf
sie zumindest vorsätzliche Körperverletzung mit Todesfolge. Doch
ob die Polizei das jemals würde aufklären können?

Dorli half dem Aushilfspfarrer, seine und Alinas Sachen zu
packen. Es war erschreckend wenig Gepäck.

»Alina war immer sehr bescheiden. Und so dankbar, dass die
Patres in Seckau ihr zu einer neuen Niere verholfen haben. Einer
der Brüder hat ihr seine gespendet.« Er seufzte tief. »Immerhin
hat sie auf diese Art ein halbes Jahr länger gelebt. Dafür muss ich
dankbar sein. Für Alina war es ohnehin immer ein Wunder.«

Dankbar für ein Wunder. Und dann wurde diese bescheidene
Frau von rassistischen Weibern hingerichtet. Denn anders konnte
man das wohl kaum bezeichnen.

»Kann ich noch irgendwas für Sie tun?«, fragte Dorli, als die
wenigen Habseligkeiten verpackt waren.

»Nein, danke. Oder doch. Sie könnten Ihren Herrn Pfarrer
informieren, dass ab sofort die Kirche hier verwaist ist.«

Das würde Dorli tun. Allerdings erst in zwei Wochen. Sie würde
nämlich dafür sorgen, dass der seinen Reha-Aufenthalt nicht ab-
brach. Sollten die Irren in der Gemeinde mal sehen, wie lustig
das war, wenn niemand die Mitternachtsmette zu Weihnachten
und den Neujahrsgottesdienst abhielt. Es war dies eine winzige

Strafe im Vergleich zu dem, was die Scheißkerle dem Priester und Alina angetan hatten. Aber sie sollten es wenigstens ein bisschen zu spüren bekommen.

Dorli blickte dem Pfarrer in die Augen. »Ich traue mich fast nicht zu fragen. Aber bleiben wir in Verbindung?«

»Wenn Sie möchten, gerne. Sie waren einer der wenigen Menschen hier, die immer freundlich waren und uns immer unterstützt haben.«

Nicht genug, bei Weitem nicht genug!

27

Lupo kam zur Berichterstattung ins Schlosshotel Weikersdorf. Andrea Moretti packte die Koffer und stand kurz vor der Abreise.

»Sie fahren weg?«

»Es ist Weihnachten. Livio ist tot. Das sehr traurig. Aber wird nicht mehr lebendig, wenn ich hier sitze und warte. Sie arbeiten fleißig und mir berichten. Aber ich habe noch andere vier Bambini. Älteste Tochter ist einunddreißig und jüngster Sohn dreizehn. Eine späte Kind. Schon bin ich auch Großevater. Deswegen musse ich nach Hause.«

»Dann wünsche ich Ihnen und Ihrer Familie ein gesegnetes Weihnachtsfest.«

Lupo überlegte, ob er mit Andrea Moretti über die seltsamen Todesfälle sprechen sollte, die sich jetzt rund um die Ermittlungen zum Fall Bernauer/Moretti ereignet hatten. Doch er entschied sich dagegen. Was wusste er denn schon? Dass ein früherer Freund von Livio vor zehn Jahren aus welchem Grund auch immer in Rom über den Jordan gegangen war. Dass ein Immobilienmakler, der mit Bernauer bekannt war, einen Unfall gehabt hatte, der keiner war. Na und?

»Was Sie werden machen als Nächstes?«, fragte Moretti.

»Ich denke, dass die alten kleinen Feindschaften nicht für die Morde an Ihrem Sohn und seinem Freund verantwortlich sind. Sie liegen zu lange zurück, und in Wirklichkeit handelte es sich da meist um Lappalien. Außerdem hat das nie beide Männer betroffen. Ich muss in der jüngeren Vergangenheit nachforschen. Ich muss Freunde und Bekannte finden, Nachbarn befragen, herausfinden, ob es jemanden gibt, der sich Hoffnungen auf eine Beziehung mit einem von beiden machte, aber enttäuscht wurde.«

»Sie vermuten Beziehungstat?«

»Ich kann es zumindest nicht ausschließen.«

»Kann ich mir nichte vorstellen.« Andrea Moretti drückte Lupo ein dickes Kuvert in die Hand. »Hier Ihre nächste Zahlung.«

»Aber Sie haben mir doch erst …«

»Ist Weihnachten. Kaufen Sie Ihrer Frau schöne Geschenk. Und jetzt ich musse gehen. Sie rufen an jede Tag?«

»Sicher!« Unschlüssig drehte Lupo den Umschlag in der Hand.

»Dann schöne Fest und arrivederla.«

Noch bevor er reagieren konnte, war der Italiener zur Tür raus. Ein Hotelpage holte das Gepäck, und als Lupo sich endlich aus seiner Erstarrung löste und die Treppe zur Rezeption hinunterlief, sah er gerade noch die Rücklichter des Taxis, das Moretti zum Flughafen bringen würde.

Er trabte zu seinem Wagen und blickte in den Umschlag. Jede Menge Hundert-Euro-Scheine! Lupo zählte und kam auf fünftausend Euro. Dabei hatte er doch erst vor einer Woche genauso viel bekommen. Nun gut, das war sicher ein Vorschuss. Vielleicht wusste der Mann nicht, wann er wieder Zeit hatte, nach Österreich zu kommen. Immerhin leitete sein Klient ein Unternehmen.

Dorli war traurig nach Hause gegangen. Dieser feige Anschlag auf die Schwester des Priesters ging ihr nicht aus dem Kopf. Wie sollte man je drauf kommen, wer dahintersteckte? Gegen die verschworene Gemeinschaft der intriganten Weiber hatte die Polizei doch keine Chance. So eine Schweinerei konnte nur ein Insider aufdecken, wenn überhaupt. Ob sie selbst der Geschichte auf den Grund gehen sollte? Lieber nicht. Denn wenn sie herausfinden sollte, wer es war, müsste sie die Beweise der Polizei übergeben. Und dann konnte sie sich ganz schnell einen neuen Wohnort suchen. Denn Nestbeschmutzer waren geächtet. Keiner würde je wieder mit ihr sprechen. Ja, wenn es sich beim Mordopfer um einen honorigen Gemeindebürger gehandelt hätte, dann wäre das etwas anders. Aber bei einer farbigen Ausländerin?

Dorli hasste sich für ihre eigenen Überlegungen, aber sie war hier geboren, liebte ihr Häuschen, den Ort, die wunderbare Landschaft. Sie wollte das alles nicht verlieren. Doch die Ereignisse gaben ihr den Kick, den sie brauchte, um endlich aktiv zu werden.

Entschlossen setzte sie sich an ihren PC. Sie gab »Detektiv« in die allwissende Müllhalde Google ein. Bei Eurodet wurde sie fündig. Die Europäische Detektiv-Akademie in Wien bot Intensivkurse an, die zehn Wochen dauerten, sowie eine berufsbegleitende

Ausbildung mittels Fernstudium mit Trainings- und Prüfungseinheiten an den Wochenenden. Das würde ein Jahr dauern. Die Studiengebühren waren zwar happig, aber man zahlte immer nur für den Abschnitt, den man gerade absolvierte. Übers Jahr verteilt würde sich das ganz gut ausgehen. Dorlis Entschluss stand fest: Im neuen Jahr würde sie sich einschreiben!

Zum Ausbildungspaket gehörten auch Waffenkunde und Schießtraining. Dorli hatte ein altes Gewehr von ihrem Vater geerbt, der Jäger gewesen war. Wobei er sehr oft mit dem Feldstecher auf Jagd war, aber ganz selten etwas geschossen hatte. Und wenn, dann waren es kranke oder waidwunde Tiere. Und sie besaß einen Revolver. Oder war es eine Pistole? Die Waffe war ebenfalls aus dem Nachlass ihres Vaters. Hatte mal Opa gehört. Stammte wahrscheinlich noch aus dem Krieg. Nun, sie würde herausfinden, was das war. Für solche Dinge war das Internet eine wahre Fundgrube. Sie hatte sogar eine Waffenbesitzkarte, weil sie sich nie dazu entschließen hatte können, Opas Waffe wegzugeben. Sie besaß jedoch keinen Waffenpass. Wozu auch? Doch nun konnte es sein, dass sich das ändern würde. Konnte sie sich wirklich vorstellen, mit einer Waffe durch die Gegend zu laufen? Sicher nicht jeden Tag. Aber bei einem gefährlichen Einsatz? Warum nicht? Die Frage, die sie sich bewusst nicht stellte, war: Würde sie die Waffe auch benutzen?

28

Der Weihnachtstag brach mit einem herrlichen Morgenrot an. Dorli bummelte mit Idefix zwei Stunden durch den Wald. Der Hund war bereits wieder auf dem Damm, allerdings fehlten ihm noch ein wenig die Kraft und die Ausdauer. Dorlis anhänglicher Ischiasschmerz hatte auch beschlossen abzuhauen und vermutlich zu einem noch ungünstigeren Zeitpunkt wiederzukommen.

Dorli wickelte ein paar Päckchen für ihre Lieben in Weihnachtspapier und summte dabei »Jingle Bells«. Für Lupo hatte sie aus flauschiger Wolle einen Pullover gestrickt. Für den Fall, dass er im Winter bei klirrender Kälte irgendwo Beobachtungsposten beziehen musste. Weil noch ein wenig Wolle übrig war, kam noch eine Pudelmütze dazu.

Lupo würde erst später zu ihrer Feier stoßen. Er wollte vorher eine alte Tante im Seniorenheim besuchen. Sie war seine einzige noch lebende Verwandte.

»Weißt du, sie erkennt mich wahrscheinlich gar nicht mehr. Sie ist vierundneunzig Jahre alt und demenzkrank. Aber wenn ich nicht hingehe, dann fühle ich mich auch schlecht«, erklärte er ihr am Telefon.

»Geh nur«, ermutigte Dorli ihn. »Vielleicht hat sie gerade einen klaren Moment, wenn du dort bist.«

Am Abend waren sie alle zusammengesessen. Das ganze Haus duftete nach Zimt und Schokolade, nach Vanillekipferln und Tannenreisig. Sie hatten zur Einstimmung Weihnachtslieder gesungen, von Lore auf dem Klavier begleitet.

Dorli und Lore hatten ein Fondue vorbereitet. Mit mehreren Soßen und Salaten dazu. Ein Festschmaus.

Nach dem Essen wurden die Kerzen am Baum entzündet. Kurz gab es eine Schrecksekunde, als Glenfiddich und Ballantines, die beiden Katzen, begannen, den Weihnachtsbaum zu erkunden und am Stamm hinaufkletterten. Das Bäumchen schwankte, die Kinder schrien, die Erwachsenen eilten herbei und löschten eilig die Kerzen, bevor sie die kleinen Missetäter aus dem Weihnachtsbaum pflückten und in einen anderen Raum verbannten. Dann stürmten die Kinder auf die Päckchen los.

Als alle Geschenke verteilt waren, tobten Lilly und Peter aufgeregt mit den neuen Spielsachen herum. Lilly freute sich über einen Kaufmannsladen und einen Tretroller. Peter mussten sie mit Gewalt Pfeil und Bogen entreißen und ihm klarmachen, dass er damit nur im Freien spielen durfte. Der Pfeil hatte zwar eine Gummitülle an der Spitze, aber eine Vase oder eine Lampe könnte dabei schon zu Bruch gehen. Daneben hatten die beiden miteinander eine Playstation bekommen. Kurz spielten die Erwachsenen mit. Doch beim Karaoke blendeten sie sich aus.

Lore, Lupo und Dorli genehmigten sich müde und zufrieden einen Absacker, dabei kamen sie dann wieder auf die Kriminalfälle der letzten Zeit zu sprechen.

»I versteh gar net, was bei uns jetzt alles los ist.« Lore schüttelte ungläubig den Kopf. »Hier ist es doch jahrzehntelang ruhig und friedlich gewesen. Dann war die Mordsg'schicht, bei der ihr euch kenneng'lernt habts. Dann war a Zeit a Ruh, und jetzt passiert erst das mit dem Bernauer und dem Moretti. Dann der Makler und nun die Schwester vom Aushilfspfarrer. Und das alles in knapp zwei Wochen.«

»Was ist mit dem Pfarrer und seiner Schwester?«, fragte Lupo.

Dorli erzählte, was sie wusste. »Das Schlimme dran ist, dass die Polizei sicher nie rauskriegen wird, wer das war. Und das macht mich fast krank vor Wut.«

»Aber es muss doch eine von den Frauen was gesehen haben!«, warf Lupo ein.

»Bestimmt. Aber das wird keine von den Bestien je zugeben.« Dorli schlug wütend mit der Faust auf den Tisch. »Vielleicht krieg ich was raus, wenn mir die Leut was erzählen. Oder dir, Lore.«

»Und was willst dann machen? Es der Polizei stecken? Und dann auswandern? Und uns gleich mitnehmen?«, ereiferte sich Lore. »Vergiss es!«

Womit sie Dorlis Gedankengänge zu dem Thema nur bestätigte.

Kurz darauf verabschiedete sich Lupo.

»Danke für den schönen Abend«, sagte er zu Lore. Und zu Dorli: »Und über den hübschen Pullover bin ich immer noch sprachlos.«

»Dein Geschenk ist auch toll. Und viel zu teuer.«
»Der alte Moretti hat mir eine Prämie in die Hand gedrückt und gesagt, ich soll meiner Frau etwas Schönes zu Weihnachten kaufen.« Er lächelte Dorli verschmitzt an. »Ich kann doch einem Kunden keinen Wunsch abschlagen. Und genau in dem Moment ist mir die Kette über den Weg gelaufen.«

Als Lupo zur Tür draußen war, hörten Lore und Dorli Leute vorbeigehen, Autos anfahren und wieder bremsen.

»Wo wollen die denn jetzt alle hin?«, fragte Lore.

»Na, in die Metten. Aber da is ka Pfarrer. Also nehme ich stark an, dass die Prozession in Kürze in die andere Richtung starten wird.«

So war es auch. Dorli und Lore löschten das Licht im Vorraum und ließen die Haustür einen Spalt offen, damit sie hören konnten, was die Leute sprachen.

»So was is ma in mein ganzen Leben no net unterkommen. Die Kirchen am 24. Dezember zua!«

»Was is denn mit dem Neger? Wo is denn der?«, fragte eine andere Stimme.

»Der wird bei seiner Schwester im Spital sein«, meinte jemand.

»Bei sein Haserl? Seinem Betthaserl?«, ätzte ein Mann.

»I werd mi beim Bischof beschweren. Weihnachten ohne Kirchen, wo gibt's denn des?«, maulte wieder die erste Stimme.

Jetzt konnte Dorli nicht mehr an sich halten. Sie trat in den Garten und schrie zornig: »Dann kannst dem Bischof aber glei dazuschreiben, warum heut die Kirchen zua ist. Weil nämlich eine von den militanten Ausländerhasserinnen die Schwester vom Priester umbracht hat.«

»Wie?«

»Was is los?«

»Die Negerin is g'storben?«

»Was is passiert?«

Mehrere Menschen sprachen gleichzeitig.

»Ja. Und der Priester wird ihre Leiche zur Bestattung nach Haus bringen. Jetzt könnt's richtig stolz auf euch sein!«, rief Dorli.

Und damit rauschte sie zurück ins Haus und schlug die Tür zu.

»Ich hoff, du bekommst wegen mir jetzt kane Unannehmlichkeiten. Aber bei dem blöden Gerede kriag i so an Hals.« Dorli zeigte mit beiden Händen den Umfang einer hundertjährigen Eiche.

»Sicher net. I hab ja nix g'sagt!« Lore grinste. »Und außerdem bin i der gleichen Meinung wie du. Wenn sich deswegen ane von de Weiber die Haxen von wem anderen pediküren lasst, werd i deswegen net verhungern. Aber jetzt zeig no amoi her, was dir der Lupo g'schenkt hat.«

Dorli trug die zarte Goldkette mit dem tropfenförmigen Rubinanhänger um den Hals.

»Der Stein passt super zu dem Rubinring, den dir deine Oma vererbt hat«, stellte Lore fest.

»Ja, da hat Lupo ins Schwarze getroffen. Dabei hat er den Ring sicher noch nie g'sehen.«

»Wieso ist er eigentlich jetzt nach Haus g'fahren, wenn er doch eh morgen wieder kommt?«, fragte Lore.

»Weil er heute seine alte Tante im Seniorenheim besuchen wollt. Doch als er dort war, hat sie g'schlafen. Daher will er morgen Früh noch mal hin. Und dann kommt er zu mir, und wir werden einen Schlachtplan aushecken, was wir weiter tun.«

29

Lupo hatte Dorli gewarnt, dass sie vor dem 2. Jänner nicht viel erreichen würden. Die meisten Leute waren auf Weihnachtsurlaub, besuchten Freunde oder Familienmitglieder. Bei den wenigsten gab es den gleichen Tagesablauf wie immer. Dorli war zwei Mal hinter dem jungen Bernauer hergefahren. Einmal mit dem Auto und am Tag vor Silvester, als es relativ warm war, mit ihrer Kawasaki. Beim ersten Versuch war der junge Mann erst einkaufen, dann bei seiner Mutter. Später traf er sich mit einem Mädchen. Beim anderen Mal kaufte er bei einem Stand Silvesterraketen und gleich daneben Glücksbringer, fuhr weiter zur Trafik, die er mit einer Stange Zigaretten und einer Fernsehzeitschrift verließ, um dann wieder seine Mama zu besuchen.

Silvester verbrachte Dorli allein zu Hause vor dem Fernsehgerät. Denn der furchtlose Idefix hatte eine große Schwachstelle: Silvesterraketen. Sie erschreckten ihn zu Tode. Einerseits die knallenden Abschussgeräusche, zum anderen die farbigen Lichtblitze, die über dem Garten niedergingen. Sobald die Böllerei begann, fing der Hund an zu zittern. Sein Tremor erreichte einen einsamen Höhepunkt, wenn um Mitternacht das allgemeine Geballer losging, und endete, als es so gegen ein Uhr nachts endlich aufhörte.

Doch diesmal sorgten die Nachbarn ein paar Häuser weiter für ein unliebsames Dacapo um zwei Uhr früh. Dorli war schon um zehn aufgefallen, dass die Leute durch die Gegend torkelten, auf allen vieren krochen und sogar auf die Straße kotzten. Mit einem Wort: Sie waren sturzbetrunken. Mitternacht schienen sie verschlafen zu haben. Doch um zwei waren sie wieder wach und anscheinend halbwegs aufrecht. Da fiel ihnen vermutlich auf, dass immer noch Silvesternacht war und sie ihre Raketen noch nicht verschossen hatten.

Dorli war mordsmäßig sauer, dass die Idioten ihren armen Idefix nochmals zu Tode ängstigten. Abgesehen davon hatte sie auch schon geschlafen und war unsanft geweckt worden. Als eine halbe Stunde später immer noch Kracher und Raketen lärmten, ging sie raus auf den Balkon und schrie in die Dunkelheit: »Geht's endlich schlafen, ihr ang'soffenen Trotteln! Wenn jetzt nicht gleich a Ruh is, schick i euch die Polizei.«

Entweder wollten sie das nicht riskieren, oder das Knallzeug war endlich alles verschossen. Denn nach Dorlis Brüller in die Nacht kam noch ein gelalltes: »Geh scheißen, du oide Frustbustel!« Doch dann wurde es nebenan mucksmäuschenstill.

30

Am 2. Jänner fuhr Dorli einkaufen und auf die Bank. Dort traf sie eine alte Schulfreundin, Minni Waldner. Nach dem Austausch von Neujahrswünschen und ein paar Belanglosigkeiten fragte Dorli Minni, ob sie Bernauer oder Moretti gekannt hatte.

»Den Bernauer nur vom Sehen. Aber der Livio, der war eine Zeit lang immer bei uns in der Bank, beim Schernberg.«

Dorli fiel ein, dass Minni ja auch in einer Bank arbeitete, aber ihr Konto bei einem anderen Geldinstitut hielt.

»Ach, weiß du, wenn die mich mal feuern sollten, können's mir nicht auch noch das Konto sperren«, hatte sie Dorli einmal gesagt.

Schernberg war der Bankdirektor. Oder besser gesagt, war Bankdirektor gewesen. Denn er wurde im Sommer fristlos entlassen, nachdem er Kundengelder unterschlagen hatte. Und er hatte das Geld nicht nur geklaut, sondern entweder unauffindbar gebunkert oder restlos durchgebracht.

»Livio war einer der Geschädigten vom Schermhaufen. So haben wir ihn nach der Geschichte mit den veruntreuten Geldern genannt. Der Moretti dürfte eine ganz schöne Summe verloren haben. Er hat sich zwar einigermaßen erbost gezeigt, aber ich hab ihn bewundert, wie zurückhaltend er war. Ich hätte dem Schermhaufen den Schädel eing'haut, wenn der mein Geld verbraten hätt.«

»Weißt du, was aus dem Schernberg geworden ist?«

»Ich glaub, der ist immer noch hackenstad. Wer nimmt denn einen, der Millionen veruntreut hat und auf sein Prozess wart?«

»Na, vielleicht brauchen s' no an Finanzvorstand für die Hypo Alpe Adria«, knurrte Dorli.

Minni lachte auf. »Ja, dort wär der Typ bestens aufg'hoben!«

Die Betrugsgeschichte war eine interessante Information. Allerdings hätte Livio mehr Grund gehabt, Schernberg umzulegen, als umgekehrt. Vor allem, nachdem die Tat schon allgemein bekannt war. Und zu Bernauer gab es gar keine Verbindung. Dorli würde es Lupo trotzdem erzählen. Auch wenn es ihm vermutlich nicht weiterhalf.

Ab Mittag beschattete sie wieder einmal Markus Bernauer. Der junge Mann fuhr ins Fitnessstudio und verbrachte dort mehr als eine Stunde, während Dorli im Auto vor sich hin fror. Danach traf er eine ganze Partie junge Leute in Sooß beim Griechen, wo sie zu Mittag aßen. Dorli nutzte die Zeit und brauste zur nächsten Tankstelle, denn sie fuhr bereits auf Reserve. Dann begab sie sich wieder auf Beobachtungsposten.

Die jungen Leute hatten es nicht eilig, und Dorlis Geduld wurde auf eine harte Probe gestellt. Nach endlosen zwei Stunden gingen die Ersten der Freundesrunde. Kurz darauf erschien Markus Bernauer mit dem Mädchen, mit dem Dorli ihn schon einmal gesehen hatte. Es schien seine Freundin zu sein. Sie sollte versuchen herauszubekommen, wie sie hieß.

Lupo war nicht einmal annähernd so erfolgreich wie Dorli gewesen. Er hatte sich bemüht, den Manager des Sängers Marcel Bonnet zu erreichen. Das war schon nicht einfach gewesen. Doch von diesem die Telefonnummer Bonnets zu erhalten, erwies sich schlicht als unmöglich. Immerhin ließ sich der Manager Lupos Handynummer geben und versprach, mit Bonnet zu sprechen. Wenn dieser Zeit und Lust hätte, würde er ihn zurückrufen.

»Ich mag diese Fälle überhaupt nicht, wo schon am Anfang nichts weitergeht. Denn mit einem hat die Polizei recht: Was man nicht in den ersten Tagen herausfindet, findet man meist nie. Die Spuren, so sie überhaupt vorhanden waren, werden kalt«, klagte Lupo.

»Die Story vom Bankdirektor ist ja auch nicht gerade der Hit«, antwortete Dorli. »Und der junge Bernauer hat sich absolut unauffällig benommen. Auf was anderes bin ich bis jetzt nicht gestoßen. Was wirst denn dem alten Moretti heute erzählen?«

»Die Wahrheit. Es hat keinen Sinn, einen Mandanten zu belügen. Wenn er nicht zufrieden ist, kann er mir den Auftrag entziehen. Das ist aber immer noch besser, als dass er später für mich Negativwerbung macht. In meinem Business lebt man von der

Mundpropaganda. Es gibt nämlich auch eine Menge Leute, die sich Detektiv nennen, aber den Leuten für Nichts nur das Geld aus der Tasche ziehen. Dazu gehör ich nicht, und das soll so bleiben.«

»Dann werd ich dir mal die Daumen halten, dass du morgen noch den Auftrag hast.«

31

Als Dorli drei Tage später in der Trafik ihre Zeitung holte, fragte sie der Kogelbauer, der sonst nie freiwillig mit ihr sprach: »Hast scho g'hört, was mit dem Schernberg passiert ist?«

»Hat er zufällig die verschwundenen Millionen entdeckt?«

»Schön wär's«, murmelte der Trafikant. »Na, sie haben ihn in sein' Haus in der Sauna tot aufg'funden. Da schau!« Er wies auf das Titelblatt der Tageszeitung.

»Aha. Und weiß ma schon, was passiert ist?« Schon wieder ein Toter aus dem Umfeld von Livio Moretti! Schön langsam wurde das verdächtig. Dorli wollte sich nur überhaupt nicht erschließen, was die Todesfälle miteinander zu tun hatten.

»In da Zeitung steht, dass er aus bisher ungeklärten Gründen die Saunatür nicht hat öffnen können. Darauf deuten Schürfwunden und die blauen Flecken auf den Armen hin. Als sei die Tür von außen verbarrikadiert g'wesen.«

»Vielleicht hat eam ana koid und warm geben«, knurrte der Kogelbauer. »Des G'frast hat ja die ganze Umgebung beschissen.«

So wie es sich für Dorli darstellte, hatte der Schernberg nur *warm* bekommen. Allerdings war darauf dann *kalt* gefolgt.

»Weiß ma schon, wer's war?«, fragte sie die Männer.

»Eher net.« Der Kogelbauer grinste schadenfroh. »Wia eam sei Frau am Abend g'funden hat, war alles wie immer. Außer, dass ihr Oida tot in der Sauna g'legen is und der Saunaofen auf Anschlag aufdraht war.«

Dorli steckte die Zeitung ein, und sobald sie im Amt war, las sie den Artikel. Außer dem, was sie vom Kogelbauer und dem Trafikanten erfahren hatte, gab es nicht mehr viel Neues. Das kleine Fenster in der Saunatür war zwar offen gestanden, diese selbst jedoch geschlossen gewesen. Ein Techniker versuchte nun zu klären, warum die Saunatür geklemmt hatte.

Selbstverständlich war sofort das Alibi der Ehefrau geprüft worden. Doch das war hieb- und stichfest. Sie war bei einem Treffen mit ehemaligen Schulkolleginnen in Bruck an der Mur gewesen, dem Ort, aus dem sie stammte. Das konnten alle bezeugen, die teilgenommen hatten.

Lore überbrachte Dorli noch eine andere seltsame Meldung. Eine ältere Dame aus dem Kirchenbeirat war auf der Straße angefahren worden, und der Lenker hatte Fahrerflucht begangen.

»Es ist a Schand, dass die Leut heut einfach davonfahren, wenn sie an Unfall verursachen«, schimpfte Dorli. »Wie geht's denn der Frau?«

»Sie ist relativ glimpflich davongekommen. Den Arm gebrochen, als sie hinfiel, und ein paar Abschürfungen. Aber weißt, was komisch is, Dorli?«

»Na, sag schon!«

»Des is ane aus dem Verein, die Peter Bernauer und Livio Moretti jahrelang gepiesackt haben. Die wollten die Sünder von ihrer schlimmen Geisteskrankheit heilen. Und haben s' deswegen immer wieder mit skurrilen Anzeigen überzogen.«

»Und was hätt des bringen sollen?«

»Sie wollten, dass die Männer zwangsbehandelt werden. Eing'wiesen in a psychiatrische Anstalt und dort so lang wegg'sperrt, bis sie halt normal im Sinne der alten Spinatwachteln ausm Kirchenbeirat wären.«

»So a Blödsinn! Des weiß doch heut scho jedes Kind, dass des net funktioniert. A andere sexuelle Orientierung hat ma einfach. Des wünscht si doch keiner.«

»Erzähl des amoi den verknöcherten Moralaposteln. Aber fallt da net auf, dass im Moment alles, was passiert, irgendwia im Dunstkreis vom Bernauer und vom Moretti g'schieht?«

»Ja. Und des beunruhigt mi mehr, als i da sagen kann. I muass mit der Anni reden.«

»Mit der Kräuterwaberl? Wie kommst den jetzt auf die?«

»Erklär i dir später. I muass los.«

Lupo und Dorli trafen sich in Berndorf im Café. Die Dämmerung war hereingebrochen. Draußen war es stürmisch und kalt. Drinnen roch es nach Kaffee und frischen Backwaren. Als Kaffee und Kuchen auf dem Tisch standen, nahm Dorli all ihren Mut zusammen und fragte Lupo: »Sag, kommt dir das jetzt nicht auch komisch vor, dass alle Mordfälle und Anschläge in unserer Gegend in der letzten Zeit immer irgendwie mit dem Fall Bernauer/Moretti zusammenhängen?«

»Ja, möglich. Aber ich seh den Zusammenhang nicht. Die beiden können's schwerlich gewesen sein.«

»Und dass es der Andrea Moretti sein könnt, auf die Idee bist noch nicht gekommen?«

»Geh, warum sollte der das denn tun?«, fragte Lupo lachend und bestellte sich noch eine Melange und einen Apfelstrudel.

»Aus Rache, weil die Leut seinem Sohn irgendwann einmal was angetan haben.« Sie nippte an ihrem Cappuccino.

»Dorli, der Mann ist seit dem 23. Dezember wieder in Italien. Der kann da gar nix ang'stellt haben.«

»Bist sicher? Woher willst denn das wissen?«

»Na wo sollte er über die Feiertage sonst sein als zu Hause?«

»Ach Lupo, du bist so gutgläubig. Bist noch nie auf die Idee gekommen, dass dir jemand nicht die Wahrheit sagen könnte? Dass fast alles, was zurzeit geschieht, irgendan Bezug zum Bernauer oder zum Moretti hat, kannst doch net leugnen.«

»Nein. Es gefällt mir auch überhaupt nicht. Aber die G'schicht mit dem Sparkassendirektor, die hab ich dem alten Moretti gar net erzählt. Schien mir nicht relevant. Und von der Frau aus dem Kirchenbeirat hab ich selbst nichts gewusst. Also, wenn der Moretti bei den seltsamen Ereignissen seine Finger da irgendwie drinstecken haben sollt, woher wusste er dann von den beiden?«

»Vielleicht hat er noch an anderen Detektiv beauftragt?«

»Wär nicht unmöglich. Aber Detektive liefern Informationen und bringen keine Leute um. Und du glaubst doch net wirklich, dass der ein Killerkommando zu euch g'schickt hat.«

»Ich weiß einfach nimmer, was i glauben soll.« Dorli knüllte die Serviette in ihren Händen zusammen. Lupo nahm sie nicht ernst. Wie sollte sie ihn überzeugen, dass das keine Zufälle sein konnten?

»Lupo, du selbst hast einmal g'sagt, mehr als ein Zufall is verdächtig. Und wir haben schon wieder einen ganzen Schippel Zufälle. Gibt dir das nicht zu denken?«

Lupo lehnte sich mit einem undefinierbaren Gesichtsausdruck zurück. »Doch, das tut es tatsächlich. Ich werd darüber nachdenken.«

Vielleicht ein bisserl schneller als bisher. Doch das sprach Dorli nicht laut aus.

32

Dorli saß im Büro, ordnete den Sauhaufen, den Barbara Schöne hinterlassen hatte, und wühlte sich durch einen Berg unerledigter Dinge. »Man könnt meinen, die Frau hat Wirtschaft studiert. So ein Chaos schafft ma do net ohne Masterplan«, grummelte sie vor sich hin. Aber die Aussicht, in Zukunft ohne die Schöne hier zu sitzen, wog alle Unannehmlichkeiten auf.

Plötzlich sprach sie jemand mit leiser Stimme von hinten an.

»Tag. Kriag i bei Ihnen an Stempel?«

Dorli erschrak und drehte sich um. Sie hatte nicht einmal die Eingangstür gehört. Vor ihr stand eine kleine Frau, die wie eine graue Maus wirkte. Sie musste sich wie ein Indianer angeschlichen haben.

»Wie bitte?«

»Mi schickt des Arbeitsamt. I brauchat nur den Stempel.«

»I versteh leider noch immer nicht, was Sie von mir wollen. Möchten Sie sich für die offene Stelle bewerben?«

»Na, na, des kann i do net. Aber wenn S' ma den Stempel da draufgeben, dass i da war, dann kriag i die Arbeitslosen weiter.«

Dorli schüttelte den Kopf. »Sie wissen doch noch gar nicht, dass Sie nicht geeignet sind. Wollen Sie's nicht wenigstens probieren?«

»Ehrlich g'sagt will i den Job gar net. Aber ablehnen darf i kan, sonst streichen's mir die Arbeitslose. Geben S' mir jetzt bitten den Stempel?«

Eigentlich nicht. Andererseits, wenn die graue Maus gar nicht hier arbeiten wollte, dann sollte sie bleiben, wo der Pfeffer wuchs. Es würde ja hoffentlich noch andere Leute geben, die einen Job suchten.

Widerstrebend pappte Dorli den Amtsstempel auf die Karte, die ihr die Frau vor die Nase hielt.

»Danke«, flüsterte das Mäuslein und huschte ebenso geräuschlos davon, wie es gekommen war.

Kurze Zeit später klappte die Tür, und eine dralle Dame mit Hut stürmte ins Sekretariat. Sie nickte Dorli hoheitsvoll zu und begann sich im Raum umzusehen. Sie warf ihren Mantel schwungvoll auf einen Sessel. Ungeniert besah sie sich die Computer, blickte aus dem Fenster, prüfte die Gemütlichkeit der Bürostühle. Dorli stand buchstäblich mit offenem Mund daneben. *Was ist heute los?*

»Darf ich fragen, wer Sie sind und was Sie da machen?«

»Der Bürgermeister sucht doch eine Assistentin, oder nicht?«

Dorli nickte.

Die Fremde nahm ihren Hut ab und schüttelte ihr fettiges Haar aus. Graue Strähnen hingen ihr wild ins Gesicht.

»Na, auf was warten Sie denn noch? Stellen S' mir den Herrn vor.«

»Äh, darf ich Sie darauf aufmerksam machen, dass wir nur eine zweite Kraft suchen und außerdem gewisse Kenntnisse voraussetzen?«

»Das mit der zweiten Kraft können Sie sich abschminken. Die sogenannte erste Kraft wird ja sicher einsehen, dass jemand mit einer besseren Qualifikation den besseren Job bekommt.«

Oh Mann, die hat ein Selbstbewusstsein wie eine Dampfwalze. Dann wollen wir mal den Herrn Bürgermeister mit ihr überraschen. Vermutlich wird sie dann gleich Anspruch auf das Bürgermeisteramt erheben.

»Verraten Sie mit vielleicht Ihren Namen?«

»Frau Seligmann.«

»Interessanter Vorname.«

Frau Seligmann blickte Dorli irritiert an. Die konnte ihr Grinsen kaum verbergen. »Wenn Sie bitte einen Moment Platz nehmen wollen.«

Dorli trat in Willi Koflers Büro. Er sah abgemagert aus und ein wenig mieselsüchtig. Ob er die Schöne vermisste? Dann kam die Wuchtbrumme da draußen ja gerade richtig.

»Da sitzt eine sehr selbstbewusste Dame im Sekretariat, die sich gar nicht erst bewirbt, sondern hier alles im Handstreich übernehmen will und mich schon halb hinausgeschmissen hat.«

»Was schickt uns denn das Arbeitsamt da?«

»Ach, das ist schon die zweite heut. Die erste wollt nur einen Stempel, weil auf den Job hätt sie eh ka Lust.«

Willi Kofler seufzte. »Na, dann lassen S' die Dame halt rein.«
»Sie heißt Frau Seligmann«, setzte Dorli noch hinzu. Dann öffnete sie die Tür zum Sekretariat und wurde von der Superfrau fast niedergewalzt. Hatte sie an der Tür gelauscht? Dorli ließ sie eintreten und setzte sich wieder an ihren Platz.

Nach kaum fünf Minuten rauschte die Grauhaarige aus Koflers Büro. Sie schnappte sich ihren Mantel und fegte grußlos aus der Amtsstube.

Hinter ihr trat Willi Kofler ins Sekretariat.

»Na servus, des war a Dragoner. Die könnt an Boxclub leiten.«

»Wollt sie net gleich Ihren Job?«

»Möglicherweise hätt sie mir drei Monat Bewährungsfrist geben.« Der Kofler grinste. »Aber so was setzt ma uns net da rein. Des halt ma alle zwei net aus.«

Insgeheim dankte Dorli ihrem Chef dafür. Da wäre ja die Schöne dagegen noch ein Haupttreffer gewesen.

33

Die Holzinger Anni war zu Hause. Heut roch ihr Haus nach Orangen. Eine dicke, rot gestromte Katze saß vor der Tür und schlüpfte mit Dorli ins Warme.

»Griaß di, Dorli? Was kann i für di tuan.«

»Anni, i muass di was fragen.«

»Schiaß los?«

»Kannst du wirklich in die Zukunft schauen? Oder wie machst du des?«

»Gott, Kinderl, des is net so afoch.«

Anni schwieg eine Zeit lang, blickte gedankenverloren aus dem Fenster. Dorli fühlte sich unbehaglich, obwohl es in der Stube warm und gemütlich war. Ob sie Anni mit ihrer Frage zu nahe getreten war?

Nach einer langen Pause antwortete Anni.

»Die Leut kommen zu mir, weil's was wissen wollen. Dann mischen's die Karten. So kriag'n die Karten ihre Schwingungen. Und dann müssen's ihre Karten rausziag'n. Und aus denen ergibt si dann a Bild. Aber warum willst des jetzt wissen?«

Dorli schluckte. Anni hatte ganz normal gesprochen. So hatte sie die Kräuterwaberl noch nie erlebt.

»Ach, Anni. Es passieren im Moment so komische Sachen bei uns. Unfälle, die kane san. Tote tauchen auf, die ganz eindeutig ermordet worden sind. Aber es gibt kane Spuren, kane Zeugen. Die Polizei is ratlos, und, ehrlich g'sagt, i a.«

»Geht's um den Italiener?«, fragte Anni.

Dorli nickte. Und dann erzählte sie ihr einfach, was in letzter Zeit alles geschehen war.

»Schaut net guat aus«, murmelte Anni und versank wieder in Schweigen. Doch diesmal war es Dorli nicht unangenehm. Denn sie gewann den Eindruck, dass die Anni sie ernst nahm. Sich ihres Problems annahm.

»Weißt, i kann net in die Zukunft sehen«, sagte Anni nach ein paar Minuten. »Aber i hab a G'spür dafür, was sein könnt. In

Verbindung mit den Hilfsmitteln, die ma zur Verfügung stehen, bin i dann meistens richtigg'legen.«

Die rote Katze kam zu Dorli, beschnupperte ihre Hand und sprang dann auf ihren Schoß. Drehte sich ein paarmal im Kreis, stapfte auf Dorlis Beinen herum und ließ sich gemütlich nieder. Gleich darauf schnurrte sie laut und rieb ihr Köpfchen an Dorlis Hand.

»Die Mucki hat an Narren an dir g'fressen. Die geht sonst kan zua. Da hast jetzt a Eroberung g'macht.« Anni lächelte. Dann stand sie auf und holte einen Stoß Karten. »Jetzt schau ma mal, was die Tarotkarten sagen.«

Sie reichte Dorli den Stapel. »Misch du.«

Dorli tat, wie ihr geheißen.

»Weißt, Dorli, i kann net sagen: Übermorgen um zwa am Nachmittag wird der Huberbauer den Maier Seppel mit an Jagdgewehr erschiassen. Aber i kann da sagen, wann's für die zwa kritisch wird. Dann sollt ma auf beide guat aufpassen. Und wenn dann no Vollmond oder Neumond is, dann wird's überhaupt grean.«

»Und was heißt des jetzt für unser Situation? Was siehst du da?«

»Durch das Pluto-Uranus-Mars-Quadrat hamma derzeit a extrem gefährliche, machtorientierte und gewaltbereite Energie. Wie ma ja a deutlich merkt, wenn man nur Nachrichten hört.« Anni nahm den Kartenstapel in die Hand. »Des is die Basis. Und jetzt schau ma, was di Karten meinen. Wir legen das Keltische Kreuz. Das is sehr aussagekräftig.«

Danach fächerte Anni die Karten, die Dorli gemischt hatte, verdeckt auf, und Dorli musste zehn daraus ziehen, die Anni sogleich nach einem Schema auflegte. In der Mitte des Karrees lagen zwei Karten über Kreuz. Anni stütze ihr Gesicht in die Hände, Ellbogen auf dem Tisch, und betrachtete die Karten. Dorli war aufgeregt. Was jetzt wohl kam?

Anni sprach wieder. »Es san mehrere Männer beteiligt. Es hat an Konflikt geben zwischen Livio und sein Vater.« Anni schwieg kurz. »Es geht in der ganzen Sach um viel Geld und Macht. In der jüngsten Vergangenheit hat's Kontakt mit mehreren schwierigen Männern geben.«

Dorli dachte, dass dies ihre eigenen Vermutungen insofern

bestätigte, als auch sie den Eindruck gewonnen hatte, dass es sich bei all dem Gemetzel in der letzten Zeit um eine reine Männergeschichte handelte.

Anni sprach weiter: »Da war viel Unehrlichkeit im Spiel.« »Welcher Mann is schon wirklich ehrlich?«, erwiderte Dorli. »Na ja, a paar gibt's schon«, tröstete Anni und lächelte. »Der Livio hat si sicher von allem befreien wollen. Da liegt a Turm. Der sprengt die Ketten. A Mann hat ihm helfen wollen. Aber von außen ist ganz viel negative Energie auf ihn zuakommen. Er hat si nur mehr zurückziehen wollen. Siehst, da liegt der Eremit.« Sie deutete auf eine Karte.

»Was er vielleicht nicht konnte, nachdem sein Partner verschwunden war. Er wollt ihn ja sicher finden«, entgegnete Dorli.

»Mag sein. Und all das hat ihm den Tod gebracht.« Anni zeigte auf eine weitere Karte. »Da liegt der Tod als Endergebnis.«

Dorli verstand nicht alles, was Anni gesagt hatte. Doch sie konnte nun nachvollziehen, wieso Anni Dinge wusste oder erspürte, von denen andere keinen Schimmer hatten. Sicher könnte es für ihre Aussagen auch andere Deutungen geben. Doch was sie gesagt hatte, passte nahtlos zu dem, was sie bisher von dem Fall wussten oder ahnten. Dorli musste an ihren verstorbenen Vater denken. Was der jetzt wohl von ihr gehalten hätte? Einer seiner Sprüche lautete: »Homöopathie ist, wenn der Bauer auf sei Feld geht und es mit an Furz düngt. Und was die Anni macht, kommt ganz nah dran heran. Des is geistige Homöopathie.«

Trotzdem glaubte Dorli wie die meisten Menschen, dass zwar Magie im wahren Leben nicht existierte, war sich jedoch dessen bewusst, dass es mehr zwischen Himmel und Erde gab, als wir Menschenkinder uns träumen ließen. Sie wusste aus eigenem Erleben, dass man manchmal unbestimmte Vorahnungen hatte, die sich oft als richtig herausstellten. Bei einem dafür sensibilisierten Menschen wie der Holzinger Anni waren diese Fähigkeiten sicher noch treffsicherer.

Ein sehr interessantes Gespräch. Dorli bedankte sich und verließ die Kräuterwaberl. Bei nächster Gelegenheit wollte sie mit Lupo darüber reden.

34

»Dorli, kommst mit zur Messe? Unser Herr Pfarrer is wieder da.«
»Ich weiß, i hab schon mit ihm g'sprochen. Er hat sich beschwert, weil i ihn net ang'rufen hab und die Schäflein zu Weihnachten und Neujahr ohne direkten Draht zum Herrgott waren. Er hat's aber eh scho g'wusst, weil ihm der Kofler am zweiten Jänner Bescheid geben hat.«
»Hihi. Das zu Weihnachten war ein spitzenmäßiger Coup von dir. Also, was ist? Ich weiß, dass du sonst net in die Kirchen gehst. Aber des könnt interessant werden. Kommst jetzt mit?«
»Und ob! Bin neugierig, was sich da heute abspielt.«
Der Beginn der Messe war wie immer. Die Gemeindemitglieder strömten langsam herbei. Die immer Pünktlichen zuerst, später diejenigen, die es erst auf den letzten Drücker schafften. Und wie immer ein paar Nachzügler, die frühestens an die Messe dachten, wenn die Glocken läuteten.
Die ersten Lieder wurden gesungen. Der Gottesdienst schritt voran. Bis zur Predigt. Der Pfarrer erklomm die Kanzel. Wie Dorli erfreut feststellte, ohne Krücken und ohne auffälliges Hinken. Die Rehabilitation war ein voller Erfolg gewesen.
»Liebe Brüder und Schwestern in Christi«, begann er seine Predigt. »Was ich über euch hören musste, hat mich schwer enttäuscht, ja schockiert. Ich dachte, ihr seid Christen. Ihr wisst, was Nächstenliebe ist. *Aber ich habe mich getäuscht!*«, brüllte er plötzlich los. Die Schäfchen zogen die Köpfe ein. »›Was geht das mich an?‹, werdet ihr sagen. ›Ich war das ja nicht. Ich hab die Schwester des schwarzen Priesters nicht umgebracht.‹ Das war ein Mord! Oder zumindest eine schwere Körperverletzung, bei der der Tod billigend in Kauf genommen wurde. Abgesehen davon, dass es eine von euch doch gewesen sein muss, solltet ihr einmal darüber nachdenken, wie eine derart ruchlose Tat in unserer Mitte passieren konnte.
Der Mann Gottes hätte nach seinem Aufenthalt in Seckau mit seiner Schwester nach Ghana zurückkehren können. Aber als der

Bischof ihn fragte, ob er mich vertreten würde, während ich zur Rehabilitation bin, sagte er sofort ›ja‹. Seine Schwester Alina sehnte sich sehr nach der Heimat. Doch sie blieb, um ihm den Haushalt zu führen, weil meine Haushälterin in der Zeit meiner Abwesenheit Urlaub machen wollte. Sie haben freimütig geholfen, als Not am Mann war. *Und wie habt ihr es ihnen vergolten? Mit einem schweren Verbrechen!*

Ohne jeden Grund. Nur weil ein paar Tratschweiber im Ort nicht glauben wollten, dass Alina die Schwester des Priesters ist. Oder weil sie meinten, dass sie nicht verdient hätte, eine Niere gespendet zu bekommen. Oder einfach nur, weil sie schwarz war.«

Der Pfarrer musste sich kurz unterbrechen. Dorli merkte, dass er mit den Tränen kämpfte. Nach einer kurzen Pause ergriff er wieder das Wort.

»Wie lang bin ich euer Pfarrer? Werden wohl bald dreißig Jahre sein. Viele von euch habe ich getauft, gefirmt oder verheiratet. Und von einigen auch schon die Kinder getauft und gefirmt. Ich hätte es nicht für möglich gehalten, dass hier bei uns so etwas Grausames passieren könnte. Ich muss mir vorwerfen, dass ich versagt habe. Sonst hätte es nicht geschehen können. Denn es war zwar die Tat einer Einzelnen, doch sie konnte nur in einem Sumpf entstehen, der mit Fremdenfeindlichkeit, Neid, Missgunst und anderen Todsünden gesättigt ist.

Ich weiß nicht, ob ich unter diesen Umständen hier weiter Pfarrer sein kann. Ich werde es mir gut überlegen. Vielleicht braucht ihr eine härtere Hand. Oder ihr seid ohnehin keine Christen mehr. Dann braucht ihr auch keinen Pfarrer. Dann reichen euch die großen Reden am Wirtshaustisch und die Absolution durch den Vollrausch.

Von der Mörderin – ja, es war eine Frau, die diese unglaubliche Tat begangen hat – erwarte ich, dass sie wenigstens beichten geht. Nicht bei mir. Ehrlich gesagt würde ich das nicht wollen. Ich will ihr nicht die Absolution erteilen müssen. Sie soll nur wissen: Wenn sie das nicht beichtet, *wird sie auf ewig in der Hölle brennen!* Und nur ganz nebenbei: *Wer mithalf oder die Tat schweigend duldete, ist genauso schuldig!*«

Und mit diesen Worten, fast einem verzweifelten Schrei, stieg der Pfarrer von der Kanzel und wischte sich die Tränen aus den Augen. Er verließ den Altarraum. Kurze Zeit später kam ein Ministrant heraus und teilte der Schar der Gläubigen mit, dass es jetzt keine Messe geben würde. Wer wirklich Wert auf die heilige Messe legte, dürfe am Abend zur Vesper kommen.

Die Schar der Schäfchen erhob sich weitgehend schockiert und wortlos. Nur hie und da hörte man Wortfetzen wie »Unerhört!«, »Was will er denn? Des war do eh nur a Negerweib« oder »Recht hat der Herr Pfarrer«.

Manche Frauen stritten bereits leise mit ihren Männern, weil die ja fein raus waren. Es war ja eine Frau gewesen, die das getan hatte.

Lore, die Kinder und Dorli verließen ebenfalls das Gotteshaus.

»Wieso hat der Herr Pfarrer heute so geschimpft?«, fragte Lilly.

»Weil wir hier böse Menschen haben, die was angestellt haben«, antwortete Lore.

»Aha.« Lilly grinste. »Ich versteh. Wenn ich was anstell, schimpfst du ja auch mit mir.«

»Glaubst du, dass er wirklich weggeht?«, frage Lore, an Dorli gewandt.

»Nein. Eher nicht. Aber dass ihm das schwer zu schaffen macht, was passiert ist, das glaube ich schon.«

35

Als Lupo mit Dorli am nächsten Nachmittag zusammen bei einer schönen heißen Tasse Tee saß, berichtete sie über ihr Gespräch mit der Holzinger Anni.

»Und du glaubst ihr?«

»Ja. Weil sie keinen Heckmeck rund um ihre Person oder ihre Erkenntnisse macht. Wenn wer dran glaubt – gut. Wenn nicht, ihr auch recht. Das hat auf die Geschehnisse keinen Einfluss. Die Dinge passieren. Sie selbst sagt, überzeugt wird nur der, der es ausprobiert und den Erfolg sieht.«

Lupo lehnte sich vor und wollte Zucker für den Tee nehmen. Dabei stöhnte er leise auf.

»Lupo, was ist denn? Tut dir was weh?«

»Ja. Ich bin neulich im Schnee hing'flogen und hab mir die Schulter verrissen.«

»Autsch! Das kann lang dauern. I hab mir so was mal bei einem Ausflug mit dem Bike zugezogen.« Dorli reichte ihm die Zuckerschale.

Genau das war Lupo auch passiert. Aber das wollte er Dorli ja nicht auf die Nase binden.

Es war kurz nach dem Jahreswechsel gewesen. Das Wetter zeigte sich von seiner besten Seite, es war schön und relativ warm. Er war mit seiner Yamaha und in Begleitung von Bär losgezogen.

»Wollen wir heut amoi a paar Kurverln fahren?«, hatte Bär gefragt.

Er war einverstanden gewesen. Und so waren sie losgezogen. Alles ging gut, bis sie fast wieder zurück waren. In einer der letzten Kurven schoss ihnen ein Auto ziemlich weit in der Straßenmitte entgegen. Bär kam gut vorbei, er legte sich ein wenig mehr in die Kurve und fertig. Lupo zögerte zu lange, hatte Schiss, hinzufallen, und schaffte es nicht, von der Straßenmitte wegzukommen. Der Autofahrer verriss im letzten Moment das Steuer. Doch Lupo war ins Schleudern geraten und konnte gerade noch auf den Notaus hämmern, bevor er die Straße verließ. Was ja noch nicht einmal so schlimm gewesen wäre. Immerhin besser als ein Zusammenstoß mit einem entgegenkommenden Auto. Aber das Bankett war voller Steine. Er spürte schon beim Aufkommen, dass er jede Menge blaue Flecken davontragen würde. Doch das Schlimmste kam danach. Nach einem winzigen Bachlauf, den Lupo sozusagen im Flug überwand, folgte der Hof eines Bauern. Und Lupo steuerte ungebremst direkt auf den Misthaufen zu. Die Landung war weich und warm und ein olfaktorisches Erlebnis der Sonderklasse. Seine Lederkluft sog sich voll mit der Jauche.

Bär fischte ihn aus dem Mist. Sobald klar war, dass Lupo sich nicht schwer verletzt hatte, kriegte der sich gar nicht wieder ein vor Lachen.

»Hast den ersten Schotterausschlag kriagt. Des is sozusagen die Tauf für an Biker. Und dann no a Misthaufen! Du kannst a net aufhören, wenn's am schönsten is.« Und er lachte wieder los, bis ihm die Tränen über die Wangen kullerten.

»Danke für dein tiefes Mitgefühl«, raunzte Lupo. »Wie geht's meinem Stahlross?«

»Des bringt so leicht nix um. Und wenn's a paar Kratzer oder Beulen hat, dann kriag'ma des schon wieder hin.«

Lupo versuchte den Mist von der Lederkombi zu wischen.

»Lass des«, meinte Bär. »Du reibst den Dreck nur no mehr rein. Am besten is, i spritz di dann mit'm Schlauch ab.«

»Na, danke, bei der Kälte!«

»Wennst des net willst, dann muasst di an den Geruch g'wöhnen.« Bär prustete schon wieder los. »Akkurat in den Scheißhaufen! Du muasst jetzt aber jede Menge Glück haben!«

Lupo fand die Geschichte nicht sehr lustig. Schon gar nicht, als er merkte, dass er seinen linken Arm fast nicht heben konnte.

»Hast was?«, fragte Bär.

»Die Schulter schmerzt höllisch.«

»Du bist net richtig g'fallen. Du muasst versuchen, abzurollen, wenn's di sternt. Aber die Schulter is bled. Vor allem langwierig. I hab ma so was amoi zuazogen beim Griaßen.«

»Wie das?«

»Na, die Biker griaßen si gegenseitig. I hab mi scho oft g'wundert, wieso manche die Hand heben und andere mit'm Zeigefinger Richtung Boden deuten. Bis i bei hundertachtzig einmal die Hand g'hoben hab. Da hab i ma die Schulter auskegelt. Ma war des fein. Wia s' wieder drin war nämlich.«

»I kann mir zwar net vorstellen, dass i irgendwann hundertachtzig fahr, aber danke für die Warnung.«

»Komm, steig auf. Wir müssen dein G'wandel reinigen. Sonst riachst auf ewig nach dem Scheißhaufen!« Bär startete seine Maschine. Lupo folgte geknickt.

Die Folgen dieses Ausflugs würden ihn noch lange begleiten. Mittlerweile hatte er sich einen neuen gebrauchten Anzug geleistet. Denn der Geruch nach Jauche war nie ganz verschwunden. Immerhin hatte die Kombi dann nicht mehr nach Mäuse-Urin gestunken.

Aber die Schulter tat bei manchen kleinen Bewegungen immer noch höllisch weh.

»Erde an Lupo! Hörst du mich?«

»Ja. Wieso schreist denn so?«

»Weil du jetzt mindestens fünf Minuten ins Narrenkastel g'schaut hast. Also, was meinst? Sollen wir Leo Bergler damit konfrontieren?«

Lupo wiegte den Kopf hin und her. »Warten wir mal, was wir in der nächsten Zeit noch rauskriegen. Ich sag ja nicht, dass eure Kräuterwaberl unrecht hat. Aber ein paar Fakten wären mir halt schon lieber.«

Dorli hatte dazu geschwiegen. Sah ihr gar nicht ähnlich. Aber vielleicht war sie selbst noch nicht so überzeugt, wie sie tat. Und gegen Fakten hatte sie ja noch nie etwas einzuwenden gehabt. Manchmal hatte sie diese sogar selbst geschaffen. Was meist gar nicht gut war. Aber sie betätigte sich derzeit ohnehin nur in der ungefährlichen Randzone.

36

Dorli war am folgenden Samstag mit der Kawa unterwegs. Der Himmel war tiefblau, die Sonne tanzte über die Tautropfen auf den Grashalmen. Die funkelten und glitzerten wie im Märchen. Unnatürlich für die Jahreszeit. Man hätte glauben können, es sei März, aber nicht Jänner.

Dorli folgte wieder einmal möglichst unauffällig Markus Bernauer.

Mittlerweile hatte sie herausgefunden, wer das Mädchen war, das sie schon ein paarmal an seiner Seite gesehen hatte. Es hieß Agnes Sagmeister, war einundzwanzig Jahre alt und Kindergärtnerin. Eine nette junge Frau, augenscheinlich überall beliebt. Und seit Kurzem mit Markus Bernauer verlobt.

Weniger schön war, dass ihr Vater Leopold Sagmeister hieß. Er war bekannt dafür, alles zu hassen, was auch nur einen Millimeter von der Norm abwich. Unschwer, sich vorzustellen, was der vom zukünftigen Schwiegervater seiner Tochter gehalten haben mochte. Einen Mord würde Dorli ihm deswegen allerdings nicht zutrauen. Dazu müsste er ja auch etwas tun, was er verachtete: gegen das Gesetz verstoßen.

Als sie Markus Bernauer folgte, merkte sie, dass er sich in Sankt Veit mit seinem Schwiegervater in spe traf. Die beiden unterhielten sich nur ein, zwei Minuten. Dann stieg jeder in sein Auto, und sie fuhren in unterschiedliche Richtungen davon. Kurz entschlossen folgte Dorli Leopold Sagmeister. Mal sehen, was der so trieb.

Er bog bei der Ampel in Berndorf rechts ab, Richtung Grossau. Hier führte die Straße bald aus dem Ortsgebiet hinaus, und über einige Kurven ging es in den Wald. Wenige hundert Meter hinter Grossau blieb das Auto am Ende einer langen Geraden plötzlich stehen. Dorli schaffte es gerade noch, ihre Kawa unauffällig in einen Güterweg zu lenken, der ein Stück parallel zur Straße verlief, bevor Sagmeister aus dem Wagen stieg. Was, um alles in der Welt, machte er da?

Kurz darauf war klar, was er vorhatte. Er ging ein paar Schritte in den Wald und öffnete seinen Hosenstall. Als Dorli den Feldstecher, den sie um den Hals trug, eben von den Augen nahm und sich umdrehte, weil man halt nicht zusah, wenn jemand am Straßenrand seine Notdurft verrichtete, bemerkte sie aus dem Augenwinkel eine Bewegung. Rasch hob sie den Gucker noch mal vor die Augen. Auf der Straße, die sie eben gekommen waren, raste ein dunkles Auto heran. Und dann stockte ihr der Atem. Aus dem Beifahrerfenster ragte der lange Lauf einer Waffe! Ihr Blick irrte zu Sagmeister. Der stand mit dem Rücken zur Straße und pinkelte seelenruhig. Was sollte sie tun? Dorli war in Panik. Ihr würde der zu erwartende Anschlag kaum gelten, außerdem konnten sie die Wageninsassen vermutlich gar nicht sehen. Aber wer wollte Sagmeister ans Leder? Und wie konnte sie ihm helfen?

Dorli ließ den Feldstecher in ihre Kombi fallen und gab Gas. Sagmeister stand fast auf dem Güterweg. Vielleicht konnte sie ihn vor dem Auto erreichen. Mit durchdrehendem Hinterreifen schoss sie über die schmale Schotterstraße. Wenn sie Glück hatte und ihre blitzartige Berechnung stimmte, würde ihr Bike nicht in Sagmeisters Auto knallen, sondern zwischen ihm und seinem Wagen ins Gemüse schlittern. Und sie würde nicht in ihn einschlagen wie ein Meteor, sondern ihn halbwegs sanft von den Beinen holen. Sie bremste kurz vor Sagmeister scharf ab und überbremste das Hinterrad, sodass sich die Kawa querstellte, was half, kontrolliert zu Sturz zu kommen. In der Rutschphase ließ sie ihr geliebtes Motorrad einfach los, stieß sich ab und riss den Mann mit sich zu Boden, in den Wald hinein.

Sagmeister, der eben dabei gewesen war, den Zipp seiner Hose zu schließen, versuchte Dorli abzuschütteln und sich etwas aufzurichten. Dabei brüllte er sie an. »Sind Sie irre? Was soll ...«

Die Schüsse, die über sie hinwegpfiffen und dort, wo Sagmeister eben noch gestanden war, Löcher in Blätter und Bäume stanzten, schnitten ihm das Wort ab. Dorli zog ihn ein Stück weiter ins Dickicht hinter die Bäume.

»Beten Sie, dass die nicht zurückkommen.«

»Zum Kuckuck, wer sind die, und wer sind überhaupt Sie?«

»Wie's ausschaut, bin ich die, die Ihnen g'rad das Leben gerettet hat. Und wer derart ang'fressen auf Sie ist, dass er Sie umlegen will, das entzieht sich meiner Kenntnis.«

Sagmeister blinzelte irritiert. Er schwieg.

Dorli linste vorsichtig hinter dem Baum hervor. Vom Auto mit dem Schützen war nichts zu sehen. Sie sprang auf und lief zu ihrer Kawa. Glücklicherweise hatte sie noch den Notschalter erwischt, der den Motor abstellte, wenn der Fahrer in Sturzgefahr kam. Das Bike war nahezu unversehrt, abgesehen von ein paar Schrammen. Die hatte sie allerdings auch abbekommen. Ihr rechtes Knie schmerzte höllisch, und die Schulter, mit der sie Sagmeister getroffen und umgeworfen hatte, war auch beleidigt. Dabei war sie relativ weich aufgekommen, weil sie mehr oder weniger auf ihm gelandet war. Sie drehte sich zu ihm um. Er saß immer noch wie vom Donner gerührt an der Stelle, wohin Dorli ihn gezerrt hatte.

»Herr Sagmeister? Alles in Ordnung?«

»Sie wissen, wer ich bin.« Das war keine Frage, sondern eine Feststellung.

Dorli flüchtete sich in eine Notlüge. »Ja, ich kenne Ihre Tochter.«

»Und wer waren die, die geschossen haben?«

»Ich weiß es nicht. Ich hab nur gesehen, dass der Lauf einer Waffe aus dem Seitenfenster gezeigt hat.«

Sagmeister schüttelte mit einem pikierten Gesichtsausdruck den Kopf. »Ich kann überhaupt nicht glauben, was da eben passiert ist. Wie in einem drittklassigen amerikanischen Tschinbummfilm.« Er trat aus dem Wald und klopfte seine Kleider ab. »Ich muss mich wohl bei Ihnen bedanken.«

»Sie müssen nicht, aber ich fände es nicht gerade übertrieben. Hätte ich Sie nicht umgerissen, dann sähen Sie jetzt so aus wie das hier.« Dorli zeigte auf einen Baumstamm, von einem Loch verunziert, rundherum zerfetzte Blätter.

Sagmeister wurde blass. Schien so, als hätte ihn der Schock erst jetzt erreicht. »Mit was haben die geschossen?«

»Ich kenn mich mit Waffen nicht so aus. Aber bei der Kugelfrequenz würde ich auf Maschinengewehr tippen.«

»Absolut wahnsinnig«, kommentierte Sagmeister. Und dann zeigte er auf Dorlis Bike. »Läuft Ihr Motorrad noch?«

Dorli drehte den Startschlüssel. Der Motor sprang sofort an, und das sanfte Gurgeln tat Dorli richtig gut.

»Alles bestens. Können Sie Auto fahren?«

»Ja, ja, danke. Waren das Ausländer?«

»Hören Sie, ich habe keine Zeit gehabt, auf das Kennzeichen zu achten. Noch weniger habe ich die Typen gesehen. Es ist alles irrsinnig schnell gegangen.«

Dorli ärgerte sich. Hätte der blöde Kerl nicht lieber fragen können, ob sie nicht irgendwelche Schäden abgekriegt hatte? Aber Sagmeister nahm es wohl als selbstverständlich, dass sie ihm das Leben gerettet und sich selbst in höchste Gefahr gebracht hatte. Andererseits hätte sie es nicht über sich gebracht, den Dingen ihren Lauf zu lassen, ohne wenigstens zu versuchen zu helfen.

Vergiss den Trottel, Dorli, redete sie sich selbst zu.

»Erstatten Sie Anzeige, Herr Sagmeister. Die Polizei kann vielleicht aus den Kugeln Rückschlüsse ziehen«, riet Dorli dem immer noch verdatterten Mann. Dann schloss sie das Helmvisier und fuhr davon, ohne sich noch einmal umzudrehen.

37

»Hallo Bär! Bist du im Stadl?«

Bär deutete Lupo, er sollte sich still verhalten. »Griaß di, Dorli! Ja, wieso?«

»Mein Moped hat a paar Kratzer abkriagt bei einem eher ungewöhnlichen Einsatz. I komm schnell vorbei.«

Bär legte das Handy beiseite.

»Lupo, Dorli kommt. Keine Ahnung, wie lang sie noch hierher braucht, aber wenn du net heut a Geständnis ablegen willst, dann solltest die Kurven kratzen.«

»Und die Maschin?«

»Die kannst stehen lassen. Die steht ja scho seit Jahr und Tag da.«

»Na gut. Rufst mi an, wenn die Dorli wieder weg is?«

Bär nickte, und Lupo verschwand.

Kaum fünf Minuten später hielt Dorli vor der Scheune.

Bär besichtigte fachkundig die Schäden.

»Was hast denn du aufg'führt, dass des Moped so ausschaut?«

»Na ja, des is a lange G'schicht.«

»I hab Zeit. Vor allem, wenn ma da gleich zum Reparieren anfangen. Aber kumm amoi rein. Da heraußen wird's grad ziemlich ungemütlich.«

Ein kalter Wind zerrte an den kahlen Ästen der Bäume. Verdorrte Blätter wehten über den ausgetrockneten Boden.

Bär schob die Kawa in den Stadl. Dorli folgte, nahm den Helm ab und blickte sich um.

»Fahrt's ihr heuer auch im Winter? Dadurch, dass es net wirklich kalt is, bin i die Wintersaison bis auf drei Wochen im Dezember fast durchg'fahren.«

»Na ja, a paar haben ihre Bikes im Winter wie immer abg'meldet. Aber der Rest is heuer a vü unterwegs.«

Plötzlich blieb Dorli stehen und zeigte auf die alte Yamaha. »A Wahnsinnsgerät! Fahrt der Edi wieder mit ihr? War eh schad, dass die ewig im Eck g'legen is.«

»Na, er hat's verkauft.«

»Oh, jetzt seh i, dass sie a Wiener Nummerntafel hat. Schön habt's es wieder herg'richtet. Kenn i den Käufer?« Bär überhörte die Frage geflissentlich und versuchte Dorli von dem Thema abzubringen. »Jetzt sag, was dir passiert is.« Dorli schilderte ihr Abenteuer.

»Solltest du des net Lupo erzählen?«

»Lieber nicht. Sonst sagt er wieder, dass i zu impulsiv bin.«

»Und hat er net recht damit? Du hättest draufgehen können!«

»Ah geh. Hinfallen kann i schon ganz guat. Jahrelange Übung.«

»Dorli, du waßt genau, dass i des net so g'meint hab. Was, wenn di a Kugel troffen hätt?«

Dorli zuckte mit den Schultern. »Hat aber net.«

Bär wandte sich resignierend ihrem Motorrad zu. »Dir is nimmer zum Helfen. Schau ma, ob i wenigstens für die Kawa was tuan kann.«

Als Dorli sich mit ihm bückte, zog sie scharf die Luft ein. Die Schmerzen in Knie und Schulter meldeten sich vehement zu Wort.

»Hast du di verletzt?«, fragte Bär besorgt.

»Ang'haut halt. Mit der Schulter an dem Typen und mit'm Knie am Boden.«

»Willst a Schmerztabletten?«

»Wenn du eine da hast, gern.«

Bär schritt zu einem kleinen weißen Kästchen an der Wand, auf das jemand ziemlich schief ein rotes Kreuz geklebt hatte.

»Schau ma mal, was des Kastel bietet.« Er kramte darin herum.

»Da hätt ma Paracetamol, Brufen, Kreislauftropfen, Pflaster und Verband, des brauch ma zum Glück net, und was is des?« Er drehte ein unbeschriftetes Röhrchen in der Hand. »Da steht nix mehr drauf. Des schmeiß i lieber weg.«

Dorli nahm dankbar zwei Paracetamol entgegen und spülte sie mit Wasser aus der hohlen Hand hinunter, direkt vom Hahn an der Wand des kleinen gemauerten Raums in der Scheune. Diese Kammer konnte mit einem Holzofen beheizt werden, und hier war es auch erfreulich warm. In der Mitte standen ein großer Tisch und einige Sessel rundherum, wobei kaum zwei gleiche dabei waren. Sie stammten aus diversen Sperrmüllaktionen. An der Wand klebten Bilder von verschiedenen Prototypen von Motorrädern, die teils nie in Produktion gegangen waren, allerdings sensationell aussahen.

Nach zwei Stunden Arbeit waren die Folgen des Sturzes an der Maschine kaum mehr erkennbar. Man musste schon sehr genau hinsehen, damit man eine kleine Beule im Tank bemerkte. »So, Dorli. Rosten kann gar nix. Ausschauen tuat's a wieder guat. Aber bitte versprich ma jetzt, dass du kane solche Aktionen mehr lieferst. Sonst sag i's dem Lupo.«

»Seit wann bist denn du so a Petzen?«

»Seit mei Freundin Dorli von alle guaten Geister verlassen is und auf James Bond macht. Oder eher auf Superman. Aber du bist net unverwundbar, glaub ma des.«

»Ach Bärli, du bist so süß!« Dorli drückte den sanften Riesen an sich. »Danke. Für die Hilfe und für deine Sorge um mi.«

»Hör auf mit dem blöden *Bärli*! Versprich mir's lieber.« Bär blickte streng auf Dorli hinunter.

»Na gut. I versprech's.«

38

Als Dorli kurz darauf zu Hause ankam, wartete Bertl Wagner vor ihrem Haus auf sie.

»Bertl! Du schon wieder.«

»Hm. Ich könnt auch sagen: Dorli, du schon wieder.«

»Komm rein. Ich muss den Hund rauslassen.«

Idefix sauste erfreut in den Garten, hatte er doch ziemlich lange allein im Haus ausharren müssen.

»Also, was gibt's?«, fragte Dorli, nahm ihren Helm ab und fuhr sich mit allen zehn Fingern durchs Haar.

»Sagt dir der Name Leopold Sagmeister was, Dorli?«

Dorli blickte Bertl müde an. »Sollte er?«

»I denk schon. Er hat heut Anzeige erstattet, weil er in der Gegend von Grossau beschossen worden ist. Und eine Frau mit Motorrad hat ihn mit einem unglaublichen Stunt davor bewahrt, ermordet zu werden.«

»Ist des alles?«

»Dorli, jetzt hör mir mal zu. Ist ja schön, wenn du dich als Lebensretterin betätigst. Aber wenn du das willst, dann geh zur Rettung. Die brauchen immer gute Sanitäter. Nur: Das, was du aufführst, ist reiner Selbstmord.«

»Bertl, i bin müd, habe seit dem Frühstück nix gegessen und wünsch mir dringend a heiße Dusche. Auf Moralpredigten hab i jetzt null Bock.«

»Ja, wenn dir das lieber ist, Frau Wiltzing, kann i di zur Aussage a auf die Inspektion vorladen.«

Er erhob sich vom Stuhl.

»Jetzt sei net komisch. Sag, was du wissen willst, aber mach a bissel dalli und halt ma kan Vortrag.«

»Na, von mir aus. Is ja dein Leben. Also, was war da heut los?«

Dorli seufzte. »Kann i mir vorher noch was zu trinken holen? Willst auch was?«

»Bleib sitzen. Du schaust total fertig aus. Was willst denn?«

»A heißer Kakao wär super.«

Bertl werkelte in der Küche. Dorli hörte, dass er Schranktüren aufriss und schloss. Was suchte der bloß? Für eine Hausdurchsuchung gab es ja wohl keinen Grund.

Bertl kam zurück und stellte einen Topf mit heißem Kakao und zwei Häferln auf den Tisch. Dem Getränk entströmte nicht nur der wunderbare Duft nach Schokolade, es roch auch ziemlich intensiv nach Rum. Danach hatte er in der Küche herumgekramt! Bertl schenkte beide Tassen voll.

Dorli wärmte die Finger daran, bevor sie einen Schluck nahm. Herrlich! Das heiße Getränk und der Alkohol schossen ihr direkt in die Blutbahn. Sie fühlte sich auf der Stelle besser.

»So, Erste Hilfe geleistet. Und jetzt erzähl.« Bertl zog sein Häferl zu sich und nippte daran.

Dorli erzählte also die Geschichte. Sie verschwieg allerdings, dass sie Sagmeister gefolgt war. In ihrer Erzählung war sie zufällig des Weges gekommen.

»Komische Sache. Hast du g'sehen, was das für a Auto war, oder hast aufs Kennzeichen g'schaut?«

»Bertl, es tut mir leid, aber dafür war einfach keine Zeit. Es war a großer dunkler SUV mit getönten Scheiben. Mehr kann i dir net sagen.«

»Wie viele Leute drin?«

»Auf jeden Fall zwei. Einer ist g'fahren, und einer hat g'schossen.«

»Mit den wenigen Angaben werden wir kaum Chancen haben, die Kerle zu erwischen.«

»Tut mir leid. Nächstes Mal lass ich sie das Opfer erschießen und merk mir dafür Automarke und Kennzeichen.«

»Sag, Dorli, was is heute mit dir los? Du bist doch sonst net so giftig.«

»I bin einfach müd. Mit tut alles weh. Oder glaubst, es hätt wer vorher a Matten dorthin g'legt, wo der Sagmeister und i aufknallt san?«

»Okay, okay. Alles klar. Der Mann is aber schon a ziemlich steiler Typ.«

»Was heißt des jetzt?«

»Na ja, er hat Anzeige erstattet. Wir haben ihn vernommen, er hat so guat wie kane g'scheiten Angaben machen können, was eigentlich passiert ist. Aber er hat sich ewig drüber auslassen, wie schlecht die Welt ist, erst recht die heutige Jugend, dass niemand mehr höflich is und so weiter. Und unterm Hitler hätt's des net geben.«

»Oh Gott! Wenn i des gwusst hätt, hätt i ihn erschießen lassen.« Dorli lachte leise auf. »Aber du weißt ja, wie die Leut da san.« Bertl verzog seine Lippen zu einem schiefen Lächeln. »Ja, unsere Pappenheimer.«

»Was passiert jetzt mit dem Sagmeister? Kriagt er Personenschutz?«

»Ka Chance. Net nur, dass er sagt, da muss a Verwechslung vorliegen: Wir haben afoch kane Mittel für so was.« Bertl grinste. »Er hat ja eh an Schutzengel!« Dann wurde er ernst. »Hast übrigens mitgekriegt, dass in ganz Österreich a Menge Polizeiinspektionen g'schlossen werden?«

»Ja. Bei uns a?«

»Klar, unsere.«

»Nein! Und wo is dann die nächste? Und was wird mit euch?«

»In Berndorf. Wir werden a dorthin versetzt. Nur der Ossi und die Simone net, die müssen nach Hirtenberg.«

»Na fesch. Und wann?«

»Wissen wir noch nicht. Aber sicher in den nächsten zwei, drei Wochen.«

39

Der Sonntag entpuppte sich als grau und nebelverhangen. Dorli war länger im Bett geblieben. Dann hatte sie sich verarztet. Schmerzgel auf ihre blauen Flecken, das angeschlagene Knie und die Schulter. Nach einem gemütlichen Frühstück spazierte sie mit Idefix kurz durch den Ort. Zu mehr sah sie sich nicht in der Lage.

Lupo hatte sich angekündigt. Als Dorli mit Idefix heimkam, war er schon da.

»Ich übernehm heute die Küche«, verkündete er und packte Faschiertes, Nudeln und Sugo aus einem Plastiksack. »Hast du Zwiebel und Knoblauch?«

»Ja, unter der Spüle.«

Das war ja noch nie da gewesen. Lupo kochte! Er schien gute Antennen für ihren angeschlagenen Zustand zu haben. Oder hatte Bär gepetzt?

Die Pasta schmeckte köstlich.

Als sie nach dem Essen im Wohnzimmer saßen, erzählte Dorli Lupo dieselbe Fassung des gestrigen Tages, die sie Bertl Wagner aufgetischt hatte, nur zensuriert: Die Täter ließen von ihrem Ziel ab, weil sie auftauchte. Ihre Flugeinlage erwähnte sie nicht.

Lupo wirkte fassungslos. »Schon wieder jemand, der dem Bekanntenkreis von Bernauer und Moretti zuzuordnen ist. Und wenn du nicht durch dein Auftauchen die Pläne der Männer mit der Waffe verhindert hättest, wär der vielleicht auch tot.«

»Was willst du tun?«

»Als Erstes werde ich mal deinen Spezialfreund kontaktieren, Leo Bergler. Der sitzt doch jetzt im BKA und soll mal seine Fühler ein bisserl ausstrecken. Kann ja echt nicht wahr sein, dass da reihenweise die Leut umgenietet werden, nur weil sie irgendwann einmal etwas gegen den Sohnemann oder dessen Partner gesagt haben.«

»Wobei ich gar nicht wüsste, was der Sagmeister damit zu tun hätte. Außer dass seine Tochter mit Markus Bernauer verlobt ist.«

»Na, das wird ja wohl kein Grund sein, ihm nach dem Leben zu trachten.«

Dorli zuckte mit den Achseln. »Aber irgendwas muss sein. Dieses Killerkommando mäht nicht einfach alle Leute nieder, die die beiden gekannt haben, wie wir mittlerweile wissen. Also muss es bei Sagmeister auch irgendwas geben, was für diese Aktion der Anlass war. Aber was?«

»Wir werden es herausfinden. Und morgen kontaktieren wir mal den Bergler.«

40

Montagnachmittag traf sich Dorli mit Lupo zur Abwechslung in seinem Büro. Das war in Wirklichkeit ein kleines Kabinett in seiner Wohnung. Immerhin besaß es einen Schreibtisch mit einem Laptop drauf, einen Drucker und darüber ein Bord mit etlichen Büchern über das richtige Sichern von Spuren, DNA-Analyse und das Interpretieren von Blutspritzern. Lupo wählte und stellte das Telefon auf Raumton. Leo Bergler bekam einen Lachanfall, als Dorli ihm schilderte, dass sie glaubte, hier würde die italienische Mafia Leute eliminieren.

»Und Lupo ist auch der Meinung?«, fragte Bergler nach.

»Nach reiflicher Überlegung halte ich es nicht für ausgeschlossen«, erwiderte dieser.

»Bitte Leute, denkt's einmal ein bisserl logisch. Was sollte denn die Mafia interessieren, ob irgendwer in Kikeritzpatschen den Bernauer oder seinen Haberer beleidigt hat? Bei denen geht es um Geschäfte, die das große Geld bringen: Rauschgift, Mädchenhandel, Prostitution, Schlepperei, solche Sachen.«

»Aber es ist doch sehr auffallend, dass alle, die eliminiert werden oder Unfälle haben, dem Dunstkreis der beiden Mordopfer zuzurechnen sind«, versuchte sich Lupo zu rechtfertigen.

»Das bezweifle ich ja auch gar nicht. Da muss es ein zentrales Motiv geben. Müsst ihr halt besser ermitteln. Die Mafia! Hat man so was schon gehört?« Er lachte wieder.

Eigentlich wollte Dorli ihm auch noch von ihrer Unterredung mit der Holzinger Anni berichten. Doch bei der unangemessenen Reaktion Leo Berglers auf die harten Fakten konnte sie sich lebhaft vorstellen, was er zu den Spekulationen oder Hirngespinsten, wie immer er das bezeichnen würde, sagen könnte.

Dorli bedeutete Lupo mit der waagrechten Hand quer über den Hals, dass er das Gespräch mit Leo Bergler beenden sollte. Er schien einzusehen, dass es nichts brachte, und legte auf.

»Den Affen hätten's ruhig in St. Pölten lassen können. Der wird ka große Hilfe fürs BKA sein!«, maulte Dorli.

»Es klingt ja auch wirklich seltsam. Nur weil eure Kräutertante da so was im Urin spürt, muss es nicht wirklich so sein. Vielleicht wissen wir eben tatsächlich noch zu wenig.«

»Aber nach Serienmörder sieht es auch nicht aus. Gib's zu.«

»Du hast ja recht, Dorli. Wie ich sagte, wir wissen einfach noch zu wenig.«

»Was meint denn eigentlich der alte Moretti?«

»Nix. Ich hab ihn seit ein paar Tagen nicht erreicht.«

»Auch seltsam.«

»Ach, das kann tausend Gründe haben. Von ›Handy kaputt‹ bis ›Er ist außer Landes und hat im Moment keine Zeit‹.«

»Keine Zeit für den Mann, der den Mord an seinem Sohn aufklären soll? Ich bitte dich!« Dorli zog eine Schnute.

»Dorli, ich weiß nicht, was mit ihm los ist. Aber solange das Geld reicht, mach ich weiter. Und irgendwann wird er sich schon melden.«

»Was ist mit dem Agenten von dem Sänger? Hat es da wenigstens ein Resultat gegeben?«

»Auch nicht. Da werde ich heute noch einmal nachfragen.« Er zuckte mit den Achseln. »Soll ich dich noch zu deinem Auto bringen?«

»Nicht nötig. Ich park praktisch vor dem Haus.«

Sie küsste Lupo flüchtig auf die Wange und eilte die Treppen hinab. Das war alles höchst unbefriedigend. Leo Bergler war ein blöder Hund. Und Lupo brauchte wieder mal einen Tritt in den Hintern. Noch dazu war Dorli selbst auf dem besten Weg, es sich mit allen zu verscherzen.

Sie wusste tief im Inneren, dass sie in ihrem Frust ungerecht reagierte. Denn Leo Bergler hatte Lupo und ihr schon mehrere Male geholfen. Und Lupo tat sein Bestes. Das war im Moment allerdings bei Weitem nicht genug. Dorli seufzte tief. Sie liebte den Kerl, aber er war so unorganisiert. Sie fischte ihren Autoschlüssel aus der Jackentasche und überlegte, dass sie auf dem Weg nach Hause einkaufen sollte. Es half niemandem, wenn sie und der Hund verhungerten.

41

Als Dorli gegangen war, versuchte Lupo die Agentur Marcel Bonnets zu erreichen. Der Manager war selbstredend wieder in einem Meeting, aber die Assistentin wollte nachfragen, ob er schon mit Bonnet gesprochen hatte. Stunden später rief sie zurück. Ja, er habe mit Bonnet geredet. Und Bonnet werde ihn heute noch anrufen. Nach der Vorstellung.

»Wo ist er denn?«, wollte Lupo wissen, damit er sich auf eine eventuelle Zeitverschiebung einstellen konnte.

»In Wien«, lautete die überraschende Antwort.

Als Bonnet sich gegen zweiundzwanzig Uhr meldete, fragte er Lupo, ob sie »irgendwo ein kühles Blondes zwitschern könnten«. Das machte ihn gleich sympathisch.

»Wie erkenne ich Sie?«, fragte Bonnet.

»Ich habe Ihr Foto im Internet gesehen. Ich erkenne Sie!«, gab Lupo zurück.

Sie trafen sich im Bermudadreieck und gingen ins »Krah Krah« am Rabensteig. Das war eines der wenigen Wiener Bierlokale von internationalem Zuschnitt und hatte ungefähr fünfzig verschiedene Biersorten im Angebot.

Bonnet war so groß wie Lupo. Allerdings mit schmaler Taille und breitem Brustkasten. Sein Haar war ziemlich lang, lockig und schwarz. Einige Silberfäden zeigten, dass es vermutlich nicht gefärbt war. Er trug blaue Jeans und eine schwarze Jacke, die kuschelig aussah.

»Ich bin Marcel und bitte darum, dass wir uns duzen. Ich pfeif auf die ganzen Konventionen.«

»Ganz meinerseits. Ich bin Lupo.«

Sie bestellten, und als ihre Krügerln kamen, stießen sie die Gläser aneinander.

»Also, was willst du wissen?«, fragte Bonnet.

»Ich bin Detektiv und ermittle im Mordfall Livio Moretti und Peter Bernauer. Und komm überhaupt nicht weiter. Zudem werden plötzlich Leute umgebracht, die vor langer Zeit einmal mit denen Probleme hatten. Bernadette Bernauer hat mir deinen Namen genannt, als einen der ältesten Freunde der beiden.«

Bonnet hörte aufmerksam zu.

»Was kannst du mir über die beiden sagen?«, fragte Lupo.

»Ich fange an mit Peter. Wir kennen uns ein halbes Leben, haben viele Auftritte miteinander gehabt, die meisten in Europa, aber auch in China, Russland, Japan und was weiß ich noch wo. Peter ist … war ein ruhiger Typ. Aber nicht langweilig. Bei jeder Hetz dabei. Warum ihn jemand ermorden sollte, kann ich mir ehrlich gesagt nicht vorstellen.«

»Ähnliches habe ich von seiner Exfrau gehört.«

»Ja, die Bernie, a ganz a liabe Maus. Nach dem ersten Schock war sie vermutlich Peters beste Freundin. Und sie hat dafür gesorgt, dass Markus nicht ohne Vater aufwuchs. Noch dazu so, dass er ihn nach einiger Zeit akzeptieren konnte, wie er ist.«

»Sie hat auf mich den Eindruck gemacht, als hätte sie ihre gescheiterte Ehe gut verkraftet.«

»Hat sie. Sie war immer schon eine selbstständige und dynamische Persönlichkeit. Sie betreibt mehrere gut gehende Cafés in der Region. Trübsal blasen war nie ihr Ding. Vermutlich wäre ihr leid um die Zeit.«

»Und jetzt zu Livio. Was kannst du mir über ihn sagen?«

»Livio ist ein etwas schwieriger Fall. Mit achtzehn von zu Hause ausgerissen, weil ihn seine Familie angekotzt hat. Sein Vater hat einen Beruf, der ihm zuwider gewesen sein muss. Vielleicht war er Bankster, weißt eh, so ein zwielichtiger Bankmensch. Oder Waffenschieber. Nein, ich habe keine Ahnung, was sein Alter macht.« Bonnet lächelte. »Livio ging dann nach Rom und verdiente sich sein Geld als Edelstricher. Damit finanzierte er seine Ausbildung. Der Erfolg kam für ihn sehr schnell. Da hörte er auf mit der Strichergeschichte. Er war das Liebkind der Bussibussi-Gesellschaft. Erst in Rom, dann in Mailand, dann international. Die Preise seiner Werke schossen innerhalb von zehn Jahren in die Stratosphäre.«

»Wie hat er das verkraftet?«

»Gut. Er stammte ja aus einer reichen Familie. Er war den Luxus gewöhnt. Allerdings war er weder extravagant noch eingebildet.

Sonst hätte er sich mit Peter nie verstanden. Er sah auch verdammt gut aus. Ich könnte mir vorstellen, dass er so manches Frauenherz gebrochen hat, wenn er dankend ablehnte. Denn Angebote bekam er, jede Menge.«

»Hatte er Feinde?«

»Schwer zu sagen. Wenn man berühmt wird und seine Vergangenheit hat, könnte vielleicht jemand auf die Idee gekommen sein, ihn zu erpressen. Aber ich weiß es nicht. Was ich definitiv weiß: Er hat die Schickimicki-Welt, egal wo auf dem Erdball, mit Drogen versorgt.«

»Wie bitte?« Lupo schreckte auf. *Drogen!* Da bekam die Mafiavariante eine ganz neue Bedeutung.

»Ich weiß nicht, wie er das gemacht hat. Aber wo auch immer er war, wenn jemand etwas brauchte, reichte ein Anruf von Livio, und kurz darauf war das entsprechende Zeug im Hotel.«

»War er denn süchtig? Bei der Autopsie wurde nichts gefunden.«

»Nein, nie. Ich glaube, eine seiner Schwestern ist eine schwere Alkoholikerin. Das war ihm abschreckendes Beispiel genug, wie es enden kann, wenn man seine Sucht nicht beherrscht.«

»Hat Peter nicht gestört, dass Livio dealt? Oder war er auch süchtig?«

»Peter hat das sicher nicht gewusst. Oder er wollte es nicht wissen. Schwer zu sagen. Aber süchtig war er nicht. Da bin ich mir ganz sicher.«

»Soweit ich weiß, wurde im Haus auch kein Rauschgift gefunden.«

»Würde mich nicht überraschen. Ich sagte ja: Ein Anruf von Livio genügte, egal in welchem Land, und innerhalb kürzester Zeit war der Stoff da. Er konnte wohl schlecht mit dem Zeug im Koffer durch die ganze Welt fliegen.«

»Aber das heißt im Klartext, er muss gute Beziehungen zu einem internationalen Dealernetzwerk gehabt haben.«

»Genau.«

»Warum macht jemand das, der genügend Geld hat? Aus Vergnügen?«

»Keine Ahnung. Möglicherweise, um sich beliebt zu machen. Aber vielleicht liegt hierin das Geheimnis seines Todes.«

»Könnte ich mir gut vorstellen. Was da nur überhaupt nicht reinpasst, ist, dass Peter schon vor ihm ermordet wurde.«

Bonnet schüttelte den Kopf. »Schwieriger Fall. Ich beneide dich nicht. Trinken wir noch einen?«

42

Gegen ein Uhr nachts war Lupo einigermaßen angesäuselt nach Hause gekommen. Nach dem Gespräch mit Bonnet war die Mafiakomponente nicht mehr so unwahrscheinlich. Denn wer so gute Beziehungen zu Rauschgifthändlern in aller Welt besaß wie Livio Moretti, der musste zwangsweise mit der Mafia auf bestem Fuß stehen.

Was die Frage aufwarf: Warum musste dann Peter Bernauer sterben? Er war ebenfalls clean gewesen und hatte keine bewusstseinsverändernden Substanzen konsumiert. Hatte er, wie Livio, damit gehandelt? Gab es in der jüngeren Vergangenheit einen Todesfall, vielleicht durch einen goldenen Schuss, den ein Elternteil oder Partner rächen wollte? Schwer vorstellbar, dass Bernauer selbst gedealt haben sollte. Er war absolut nicht der Typ dafür. Konnte es sein, dass die beiden Männer von verschiedenen Tätern aus verschiedenen Gründen fast zeitgleich ermordet worden waren? Das war noch unwahrscheinlicher als alle anderen Überlegungen.

Lupo beschloss, gleich am Morgen Dorli aus der Schusslinie zu bringen. Sie durfte nicht mehr mitmischen. Die Sache war einfach zu heiß. Wenn es nicht ohnehin schon zu spät war. Sie hatte die Mörder gestört, die Leopold Sagmeister erschießen wollten. Was, wenn die Männer sich ihr Kennzeichen gemerkt hatten? Was, wenn sie Angst hatten, erkannt worden zu sein?

Schlaflos wälzte Lupo sich von einer Seite auf die andere. Wie konnte er Dorli dazu bewegen, dass sie vielleicht eine Zeit lang zu ihrer Schwägerin zog? Und würde sie überhaupt auf ihn hören? Sie war ihm so ans Herz gewachsen, er wollte nicht einmal daran denken, dass er sie verlieren könnte. Ganz im Gegenteil. Er hoffte, dass sie im Frühling, wenn sie gemeinsam mit dem Motorrad unterwegs sein würden, endlich erkennen würde, wie sehr er sie liebte. Sie heiraten wollte. Vielleicht sogar Kinder bekommen? Na ja, wahrscheinlich eher nicht. Dazu waren sie beide zu alt.

Aber sie war so unglaublich stur. Und dazu noch neugierig und mutig und voller Energie. Es würde ein hartes Stück Arbeit werden, sie irgendwie von dem Fall fernzuhalten. Er würde sich etwas ausdenken, was sie beschäftigen könnte, ohne dass sie merkte, dass sie nicht mehr mitspielte. Und wenn sie ihm draufkam? Das musste er einfach riskieren.

43

»Schönen guten Morgen! Suchen Sie noch immer eine Bürokraft?«
Dorli blickte auf, und vor ihr stand eine junge Frau, groß, rotes
Haar, grüne Augen, Lachfältchen darum.
»Aber ja. Immer herein in die gute Stube.«
Dorli bat sie, ihren Mantel abzulegen. Dann setzte sie sich mit
ihr am Ablagetisch zusammen.
»Mein Name ist Iris Gunold. Ich bin siebenunddreißig Jahre alt,
verheiratet, ein Kind. Eine Tochter, die gerade mit der Oberstufe
Gymnasium angefangen hat.«
Dorli hätte sie für jünger gehalten. »Wie sieht es denn aus mit
Ihren Qualifikationen? Hier müssen Sie eine gute Rechtschrei-
bung mitbringen, sich am PC halbwegs auskennen, Word und
Excel sollten kein Buch mit sieben Siegeln sein. Ansonsten haben
wir noch Kundenverkehr, Telefonservice, tja, und Ablage.« Dorli
wies auf einen Haufen Papier, den sie eben angefangen hatte zu
sortieren, bevor Frau Gunold erschienen war.
»Damit hab ich sicher kein Problem. Wollen Sie mir was dik-
tieren?«
»Nein. Aber haben Sie Referenzen?«
»Na klar.« Die Rothaarige legte ein paar Papiere auf den Tisch.
»Ich war einige Jahre bei einer Bank im Schalterdienst, unterbrochen durch die Babypause, und danach habe ich elf Jahre für einen
Wissenschaftler gearbeitet. Er hat Sachbücher verfasst, ich habe
sie ins Reine geschrieben, seine Korrespondenz erledigt, Termine
verwaltet und was halt so alles dazugehört. Die Zeugnisse habe ich
hier. Bitte schön.« Damit legte sie die Papiere in Dorlis Hände.
»Darf ich fragen, wieso Sie so eine tolle Stelle aufgegeben haben?«, fragte Dorli. Denn der Rotschopf hatte dort sicher einen
Superjob gehabt und wesentlich mehr verdient, als hier geboten
wurde.
Frau Gunold lächelte traurig. »Professor Mendoza ist voriges
Jahr schwer erkrankt. Er ist nicht mehr der Jüngste und hat beschlossen, seine alten Tage in seiner Heimat Mexiko zu verbringen.

Er hat mir auch angeboten, mitzugehen. Doch das kam für mich aus familiären Gründen nicht in Frage.«

»Ach, das tut mir leid.«

»Na ja, das war im Herbst, und so lange suche ich schon eine neue Stelle, die auch eine intellektuelle Herausforderung ist. Supermarktkassierin oder Servierkraft beim Kirchenwirt war mir zu wenig.«

Dorli atmete tief durch. Diese Frau wäre ein wahrer Segen hier im Amtshaus.

»Frau Gunold, ich könnte mir vorstellen, dass Sie genau die Richtige für uns wären. Der Bürgermeister ist heute in St. Pölten beim Landeshauptmann. Geben Sie mir Ihre Telefonnummer, und ich rufe Sie an, wenn er wieder da ist. Dann können wir alles Weitere besprechen. Ich würde mich freuen, Sie als Kollegin zu bekommen.«

»Danke. Mir würde es hier auch gefallen.«

Als die potenzielle neue Kollegin gegangen war, lächelte Dorli vor sich hin.

Welch ein Unterschied zu Barbara Schöne! Da könnte die Arbeit gleich wieder viel mehr Spaß machen!

44

Kurz nachdem Frau Gunold gegangen war, erschien Bertl Wagner.

»Was hab ich denn schon wieder angestellt?«, fragte Dorli.

»Ausnahmsweise ist mir mal nix bekannt«, antwortete Bertl und grinste. »Aber was heißt das schon bei dir. Du bist immer für Überraschungen gut.«

»Und was verschafft mir dann die Ehre, dass mich die lokale Polizei persönlich aufsucht?«

»Wir haben die Autopsieergebnisse vom Riemer Toni bekommen. Hast du g'wusst, dass der massiv Kokain konsumiert hat? Und zwar schon lang.«

»Natürlich nicht. Wir kannten uns vom Sehen, hatten aber nie Kontakt. Woher hat er denn den Stoff bezogen? Bei uns gibt's doch grad einmal a paar Halbstarke, die Gras verscherbeln. Vielleicht noch ein paar Schlafmittel und irgendwelche neuen Partydrogen.«

»Das ist genau die Frage, die ich mir g'stellt hab.«

»Ich werd mich bei den Devils umhören. Net, dass i glaub, dass einer von denen das Zeug verklopft. Aber die haben doch a paar Kontakte, die wir net haben.«

»Das könnt helfen. Was sagt denn deine Busenfreundin, die Holzinger Anni, zu dem Fall? Werden wir ihn je aufklären?«

»Sag, lasst du mi beschatten?« Dorli war echt angebissen.

»Na. Aber wir leben in ana kleinen Gemeinde. Du weißt doch eh, dass da nix geheim bleibt.«

»Und wer hat mein Gespräch mit der Anni abg'hört?«

Bertl schüttelte den Kopf. »Na, niemand! Was soll die Frage? Wir san do net die NSA!«

»Wie bedauerlich für dich. Dann wirst net erfahren, welchen tollen Liebestrank i mir von der Anni g'holt hab!«

»Geh, Dorli, verarschen kann i mi selber.«

»Glaub, was du willst. Aber es war a rein persönliches Gespräch. Und des geht niemanden was an.«

»Na, wie du meinst. Aber dann wirst du von mir a nix mehr erfahren.«

Das war nicht so gut. Doch Dorli konnte und wollte mit Bertl nicht über das Gespräch mit Anni reden. Wenn schon Lupo ihr nicht glaubte, wie sollte sie dann Bertl überzeugen?

45

Lupo hatte lang darüber nachgedacht, ob er Leo Bergler noch einmal kontaktieren sollte, nachdem ihn der mehr oder minder ausgelacht hatte wegen der Mafia-Geschichte. Er hatte Für und Wider abgewogen und sich dann entschlossen, ihn doch einzuweihen. Schlimmstenfalls provozierte er damit wieder einen Lachanfall. Gab er die gewonnen Erkenntnisse jedoch nicht weiter, konnte ihm das als Unterdrückung von wichtigen Informationen ausgelegt werden. Und das konnte er auch nicht gebrauchen.

Er wählte also Berglers Nummer. Als er ihn an der Strippe hatte, erzählte er von Bonnets Aussagen.

»Interessant«, antwortete Bergler. »Damit gewinnt eure Räuberpistole mit der Mafia einen Hauch von Realität.«

»Seh ich auch so. Können Sie Ihre Beziehungen spielen lassen und ein wenig herumhorchen, ob wir hier derzeit irgendwelche italienischen Kriminellen haben?«

»Die haben wir sicher nicht. Wenn die hier irgendwas am Laufen haben, dann erledigen das lokale Gangster für sie. Die werden über Dritte angeheuert und gut bezahlt, und es gibt keinen Zusammenhang mit den Auftraggebern, denn die machen sich nicht die Hände schmutzig.«

»Dann wird es ja fast aussichtslos, festzustellen, wer dahintersteckt.«

»Nicht ganz«, meinte Leo Bergler. »Wir kennen schon unsere üblichen Verdächtigen. Ich hör mich einmal um. Schwieriger wird sein, die Kerle festzunageln und ihre Auftraggeber herauszufinden.«

»Schön, langsam muss ich mir da auch Gedanken über meinen Auftraggeber machen. Wie wahrscheinlich ist es, dass der alte Moretti nichts von den Umtrieben seines Sohnes wusste?«

»Die Chancen stehen fifty-fifty, wenn der Bursche schon so früh von zu Hause weg ist. Es kann aber auch sein, dass er dem Verbrecherimperium des Herrn Papa entfliehen wollte und sich dann doch irgendwie darin verstrickt hat. Oder ihm keine andere

Wahl blieb. Ich werde auch in diese Richtung meine Fühler ausstrecken.«

»Danke. Und jetzt muss mir noch ein guter Grund einfallen, wie ich Dorli aus der Schusslinie bringe.«

»Viel Vergnügen. Das ist wahrscheinlich die schwierigste Aufgabe von allen.« Bergler lachte. »Aber Sie schaffen das schon.«

Ach ja? Vielleicht hätte Lupo auch noch fragen sollen, wie das gehen sollte. Leo Bergler hatte leicht reden. Auf ihn war Dorli ja dann nicht stinksauer, wenn er sie von dem Fall verbannte.

46

Willi Kofler kam zurück aus der Zentrale der Niederösterreichischen Landesregierung in Sankt Pölten und war gut drauf.
»Sie strahlen ja richtiggehend«, stellte Dorli fest. »Hat der Pröll den Beitrag für die Dorferneuerung erhöht? Oder kriegen wir mehr Förderung?«
Der Bürgermeister wand sich ein wenig. Dann riss er sich zusammen. »Was soll's. Sie werden's ja eh bald merken. I hab mi mit der Babsi versöhnt. Am Montag fangt's wieder bei uns an.«
Nein! Das darf doch nicht wahr sein! Ausgerechnet heute, wo endlich eine vernünftige Person vorgesprochen hat. So ein Pech aber auch.
Dorlis graue Zellen liefen Amok, um eine Lösung zu finden, mit der sie leben konnte.
»Einerseits schön für Sie. Andererseits ist gerade heute eine sehr qualifizierte Dame hier gewesen, die sich für die Stelle beworben hat. Vielleicht sollte sich Frau Schöne überlegen, nur halbtags zu arbeiten. Dann bleibt ihr mehr Zeit für ihre anderen Aufgaben.«
Wie zum Beispiel Schminken, die Storchennestfrisur jede Stunde zurechtzimmern und mit Haarspray einzementieren, Fetzen kaufen oder was immer sonst noch anfiel. Putzen und Kochen gehörten bestimmt nicht dazu! Rechtschreibenlernen vermutlich auch nicht.
»Das is a super Idee. Des werd i der Babsi vorschlagen. Und was ist mit der Dame? Tät die an Halbtagsjob a nehmen?«
»Das hab ich sie nicht gefragt. Ich wusste ja noch nix von der neuesten Entwicklung. Aber vielleicht würden ihr dreißig Stunden reichen. Wenn ich dann auch reduzieren könnte, wäre uns allen geholfen.«
»Sie wollen reduzieren? Aber warum denn?«
»Es gibt Dinge, für die mir nie genug Zeit bleibt. Und Sie wissen eh: Man lebt nur einmal.«
»Na dann. Das hört si echt gut an. Soll die Dame morgen am Vormittag vorbeikommen, dass ich sie mir amoi anschauen kann. Und i red am Abend mit der Babs. Aber Ihnen ist schon klar, dass Sie dann a weniger verdienen?«

»Ja. Aber im Gegenzug hätt i mehr Zeit für meine Hobbys.«
Dass diese in der Hauptsache aus der Ausbildung zur Detektivin
bestanden, band sie dem Kofler natürlich nicht auf die Nase.
Und wenn alle Stricke rissen, dann ging sie halt nebenbei putzen oder
kellnern, bis sie ihre Schulung abgeschlossen hatte. Und wenn sich
die Neue bewährte, die Gesellschaft der Schöne verkraftete und
ihr die Arbeit zusagte, dann würde es Dorli nicht so schwerfallen,
ihren Job hinzuschmeißen, um etwas ganz anderes zu probieren.
Denn das war ja bisher immer das größte Problem gewesen: *Was
passiert mit der Gemeinde, wenn ich kündige? Dann geht hier alles vor
die Hunde!*
Zufrieden wählte Dorli die Nummer von Frau Gunold.
»Liebe Frau Gunold. Morgen hat der Herr Bürgermeister für
Sie Zeit. Es kann aber sein, dass es nur ein Dreißig-Stunden-Job
wird. Kommt das für Sie auch in Frage?«
»Das wär mir sogar lieber«, lautete die erfreute Antwort.
»Dann sehen wir uns morgen. Gegen neun?«
»Sehr gern.«

47

Am Abend fand Dorli endlich Gelegenheit, Lupo anzurufen. Er war einsilbig und klang so, als würde sie ihn bei einer wichtigen Aufgabe stören.

»Lupo, wenn du keine Zeit hast, dann sag's ruhig«, forderte Dorli ihn auf.

»Nein, nein, das ist es nicht.«

»Was dann?«

»Das ist schwer am Telefon zu erklären.«

»Dann komm vorbei. Ich habe auch Neuigkeiten.«

»Ja? Woher denn?«

»Von Bertl Wagner. Der Obduktionsbericht von Toni Riemer ist da und hat eine ziemliche Überraschung gebracht.«

»Ach ja? Welche denn?«

»Erzähl ich dir, wenn du da bist.«

Bis dahin würde Dorli einen ausgiebigen Spaziergang mit Idefix unternehmen.

Es war zwar im Winter nicht so lustig, denn all die schönen Wege, die sie im Sommer laufen konnten, waren im Winter einfach schon deswegen schwieriger zu begehen, weil es dort nirgends eine Straßenbeleuchtung gab. Allerdings hatte sich Dorli aus diesem Grund im Herbst eine Stirnlampe besorgt. Damit bot sie zwar ein Erscheinungsbild wie ein Marsmännchen, aber sie sah wenigstens, wo sie hintrat. Und sie wurde von den Autofahrern nicht so leicht übersehen.

Lupo hatte lange gezögert, ob er Dorlis Einladung annehmen sollte. Doch es interessierte ihn, wieso Bertl Wagner das Obduktionsergebnis an Dorli weitergegeben hatte. Sicher nicht ohne Grund. Er war allerdings nicht überzeugt davon, dass er den Inhalt des Gespräches mit Leo Bergler mit Dorli teilen sollte. Wenn er das tat, war sie wahrscheinlich noch weniger bereit, aus der Schusslinie zu gehen. Schmarrn!

Doch diesmal meinte es das Leben gut mit ihm. Als Lupo mit

Dorli die Neuigkeiten besprach, klingelte Dorlis Handy. Nach dem Gespräch wirkte sie ein wenig geknickt.

»Was ist passiert?«, fragte Lupo.

»Das war Lore. Die Kinder sind beide krank. Peter hat Grippe mit hohem Fieber und Lilly Mumps. Ob ich nicht in der nächsten Zeit ein wenig intensiver Tante spielen möchte. Lore wird versuchen, möglichst viele Termine auf den späten Nachmittag und Abend zu verlegen, wenn ich bei den Kindern sein kann. Am Vormittag, wenn sie im Pflegeheim arbeitet, springt ihre Mutter ein. Dann sind sie nur ein, zwei Stunden am Tag alleine.«

Lupo musste sich sehr zusammennehmen, um nicht laut »Gott sei Dank!« hinauszuschreien. Laut sagte er: »Kränk dich nicht. Ich werde dir alles haarklein berichten.«

Das war natürlich nicht dasselbe, als wenn Dorli hautnah dabei wäre, gestand er sich ein. Aber in diesem Fall sehr viel besser. Vor allem gesünder für sie.

»Ich muss mit Idefix in der nächsten Zeit dann auch bei Lore wohnen. Das ist praktischer.«

Lupo befürchtete, dass man ihm ansah, wie glücklich er über diese Fügung des Schicksals war. Deshalb schützte er vor, dass er heute noch mit Moretti senior sprechen und dann zeitig schlafen gehen wollte.

Auf dem Weg zum Auto pfiff er entspannt vor sich hin. Lores kranke Kinder taten ihm zwar leid. Aber sie waren trotzdem das Highlight der Woche!

Mit dem Obduktionsbericht von Toni Riemer schien sich ein weiteres Glied in die Beweiskette einzufügen, dass es sich um eine Auseinandersetzung im Rauschgiftmilieu handeln könnte und hier möglicherweise angeheuerte Killer am Werk waren. Die Frage stellte sich: War Toni Riemer ein Kunde von Livio Moretti gewesen? Und falls ja, wer waren die anderen Kunden vor Ort? Schwebten sie auch in Gefahr?

Und wie passten Peter Bernauer und Leopold Sagmeister da rein? Bernauer hatte vermutlich nichts mit Rauschgift am Hut gehabt. Zumindest hatte er es nicht konsumiert. Bei Sagmeister wusste Lupo es nicht, doch es war ziemlich unwahrscheinlich.

Pflichtgemäß meldete sich Lupo auch an diesem Abend bei Moretti. Er hatte nicht damit gerechnet, doch diesmal wurde das Gespräch angenommen.

»Hallo, meine Freund in Österreich. Wie geht es voran in die Fall von Livio?«

»Es tut mir leid, ich habe Sie tagelang nicht erreichen können.«

»Oh, mir passiert so etwas wie bei Ihnen mit Handy. Kaputt, ich nicht merken, jetzt neue.«

»Fein, dass Sie wieder erreichbar sind. In meinen Ermittlungen zum Tod Ihres Sohnes und seines Freundes Peter ist leider ein völliger Stillstand eingetreten. Ich finde keine Ansatzpunkte, und die Polizei weiß nicht einmal so viel wie ich«, log Lupo. Von ihm würde der Mann nichts mehr erfahren, bis Leo Bergler Entwarnung gab. Wer wusste schon, wozu Moretti diese Informationen verwendete. »Ich fürchte, ich muss den Auftrag zurücklegen.«

»Oh nein. Sie bleiben dran, bitte.«

»Aber ich …«

»Sie wollen mehr Geld?«, unterbrach Moretti ihn.

»Nein, das ist es nicht. Aber ich kann Ihnen nichts liefern.«

»Sie weiter suchen. Sie finden, bin ich ganz sicher.«

Und damit legte Moretti auf.

Lupo war hin- und hergerissen. Wenn das wirklich nur ein verzweifelter Vater war, der den Mörder seines Sohnes suchte, damit er vor Gericht gestellt werden konnte, dann war er ein Schuft, wenn er sein Geld nahm und ihm keine Ergebnisse brachte. War dies allerdings ein Verbrecher, der alle, die irgendwann einmal seinem Söhnchen irgendwie unrecht getan hatten, von Killertrupps beseitigen ließ, dann durfte er ihm keine weiteren Informationen geben.

Er würde Leo Bergler anrufen. Vielleicht konnten sie einen Versuchsballon steigen lassen. Er würde einen Namen liefern, und Bergler oder die lokalen Behörden würden diesen Menschen Tag und Nacht überwachen. Tat sich nichts, dann war Andrea Moretti nur der trauernde Vater. Wurde auf den Menschen ein Attentat versucht, dann war es endgültig aus mit der Geschäftsbeziehung.

Frohen Mutes wählte Lupo die private Telefonnummer Leo Berglers. Der reagierte unerwartet schroff.

»Und wie stellen Sie sich das vor? Sie nennen den Namen eines unschuldigen Mannes, der dann eben mal draufgeht, wenn er Pech hat? Oder wir schicken einen Polizisten vor? Und eine Hundertschaft Kollegen überwacht den Tag und Nacht?«

»Na ja, von einer Hundertschaft ist ja keine Rede. Aber Personenschutz halt. Ich würde ihn sowieso nicht aus den Augen lassen und noch ein paar Polizisten dazu.«

»Hallo? Auf welchem Planeten leben Sie? Schon mal was von Sparpaketen gehört? Ich träume wohl.«

»So schlimm kann's gar nicht sein, wenn bei einer Hausbesetzung durch neunzehn Punks tausendsiebenhundert Polizisten ausrücken.«

»Oh Gott, erinnern Sie mich nicht daran. Da geht mir das Geimpfte auf!«

»Die Innenministerin hat g'sagt, es waren eh nicht so viele, und die waren notwendig.«

»Notwendig wären vielleicht hundert Polizisten vor Ort und ein paar in Reserve in der Nähe gewesen. Aber die kann ja aus dem Vollen schöpfen. Wir nicht.«

»Also, wie schaut's jetzt aus?«

»Nichts zu machen. Und da ich erst so kurz hier bin, kann nicht einmal ich selbst mitspielen. Ich höre mich bei den italienischen Kollegen um, ob gegen Moretti was vorliegt. Das habe ich ohnehin schon angeleiert. Aber die sind halt nicht die Allerflottesten. Wobei sie vermutlich auch ein paar dringendere Dinge zu erledigen haben, als Anfragen von lästigen österreichischen Sesselfurzern zu beantworten.«

Dieses Gespräch war ein klein wenig anders verlaufen, als Lupo sich das vorgestellt hatte. Und was sollte er jetzt, verdammt noch eins, tun?

48

Die nächsten Tage waren für Dorli teils anstrengend, teils unheimlich schön. Anstrengend, weil sie im Amtshaus mit der zurückgekehrten Barbara Schöne auskommen musste. Gleichzeitig galt es, Iris Gunold einzuschulen und die anfallenden Arbeiten zu erledigen. Das alles in zehn Stunden die Woche weniger als bisher. Dann schnell zu den Krankensesseln Lilly und Peter, heißen Tee, Medikamente und Streicheleinheiten verabreichen. Wenn Lore zwischen den Terminen kurz hereinschneite, stand das Abendessen schon auf dem Tisch. Danach, weil den ganzen Tag dafür keine Zeit blieb, eine größere Runde mit Idefix. Und hinterher las sie den Kindern vor oder spielte mit ihnen, bis deren Mutter erschöpft nach Hause kam. Die intensive Zeit mit den Kindern war der schönste Teil des Tages.

Nach solch einem Sechzehn-Stunden-Marathon fiel Dorli todmüde ins Bett und schlief auf der Stelle ein. Am Morgen ließ sie Idefix in den Garten und bereitete noch für alle das Frühstück zu, bevor sie ins Amt eilte. Außerdem machte sie eine Thermoskanne mit heißem Tee für Peter und Lilly und einen kleinen Imbiss, den sie sich in der Mikrowelle wärmen konnten, bis die Oma kam. Für detektivische Tätigkeiten hatte sie nicht nur keinen Kopf, es fehlten ihr schlicht die Zeit und die Kraft.

Lupo war in den nächsten Tagen viel in der Umgebung von Buchau unterwegs. Er befragte die Witwe Riemers, ob sie Kenntnis gehabt hatte, dass ihr Mann suchtkrank war. Wer seine besten Freunde waren. Ob sie wusste, woher er seinen Stoff bezogen hatte.

Einer der Freunde, Florian Birkmeier, ein fünfzigjähriger Kaufmann aus Berndorf, verfiel buchstäblich, als Lupo ihn auf Toni Riemer, das Rauschgift und Livio Moretti ansprach. Er wirkte wie ein Kind, das sich mit den falschen Spielkameraden eingelassen hatte und mit dem Mama jetzt schimpfte.

»Hören Sie, ich verpfeife Sie nicht an die Polizei, ich gebe mein Wissen nicht weiter.« Mit einem Blick auf die beringte rechte

Hand des Mannes setzte Lupo hinzu:»Auch nicht an Ihre Frau. Ich untersuche zwei Mordfälle, die von Peter Bernauer und Livio Moretti. Ich brauche die Zusammenhänge. Ich muss wissen, wer ein Motiv gehabt haben können.«
»Ich kann Ihnen nicht helfen. Die bringen mich um.«
»Niemand bringt Sie um. Ich gebe die Informationen, die ich von Ihnen bekomme, wirklich an niemanden weiter.«
Dem Mann stand der Angstschweiß auf der Stirn, obwohl sie sich auf einem verlassenen kleinen Weg an der Triesting getroffen hatten. Und das bei einer Lufttemperatur von fünf Grad. Dazu fiel leichter Nieselregen, der sich in einiger Entfernung im Nebelgrau verlor. Es roch nach vermodernden Blättern, und in der Nähe krächzten unsichtbare Krähen. *Ein Szenario wie aus einem alten englischen Gruselfilm*, dachte Lupo. *Kein Wunder, dass der Kerl Angst hat.*
Sie schlenderten in schneckenmäßigem Tempo den Pfad entlang. Birkmeier blickte sich um. Der Geruch von Hausbrand wehte heran und verlor sich gleich darauf wieder. Weit und breit war keine Menschenseele zu sehen. Nur ein paar Enten drehten gemächliche Runden im Bach. Birkmeier blieb stehen und trat ganz nahe an Lupo heran.
»Wenn Sie mich hinhängen, bin ich tot. Also halten Sie um Gottes willen den Mund.«
»Ich verspreche es bei dem Leben meiner Mutter.«
Dass die seit siebzehn Jahren auf dem Alt-Simmeringer Friedhof lag, konnte Birkmeier ja nicht wissen.
»Na gut. Livio hatte in den letzten Wochen vor seinem Tod massive Schwierigkeiten. Er bezog seinen Stoff aus Italien von einem alten Don, der dort die Fäden fest in der Hand hielt. Livio schien ihn persönlich zu kennen. Der Don hatte selbstverständlich auch Repräsentanten – so nannte Livio sie wirklich – vor Ort. Doch dann erschienen irgendwelche Typen aus dem ehemaligen Ostblock. Russen, Ukrainer oder Polen. Ich weiß es nicht. Sie sprachen jedenfalls eine Sprache, die sich anhörte wie eine massive Sprachstörung in Kombination mit einer Halskrankheit. Die wollten, dass Livio das Zeug von ihnen bezog. Aber Livio konnte nicht. Er war seinem alten Lieferanten verpflichtet, man könnte auch sagen ausgeliefert.«

»Das hat Livio Ihnen erzählt?«, fragte Lupo ungläubig.

»Nicht ganz freiwillig. Ich habe mich mit ihm getroffen, weil ich Stoff brauchte. Plötzlich tauchten die Kerle auf. Es entspann sich ein lebhafter Streit zwischen Livio und den drei Ostblocktypen. Als sie endlich abzogen, fragte ich Livio, was die wollten. Aus irgendeinem Grund erzählte er mir, was abging. Und dass er nicht tun könnte, was sie von ihm verlangten. Drei Tage später war er tot.«

»Darf ich Ihnen eine indiskrete Frage stellen?«

»Tun Sie doch schon die ganze Zeit.«

»Woher beziehen Sie denn jetzt Ihren Stoff?«

»So unwahrscheinlich das klingt: aus dem Internet.«

»Wie bitte? Sie bestellen Koks online und kriegen ein Paket nach Hause?«

»Läuft nicht ganz so einfach ab, aber im Prinzip haben Sie recht.«

»Oh Mann. Auf die Idee muss man mal kommen. Ich nehme an, Sie verraten mir nicht die Internetadresse des Shops?«

»Da liegen Sie verdammt richtig, mein Freund. Und jetzt muss ich los. Ich will nicht, dass uns jemand zusammen erwischt und ich der Nächste bin, der eine Kugel in den Kopf kriegt. Immerhin habe ich die Scheißer aus dem Ostblock gesehen. Ich könnte die zwar nicht beschreiben, aber das wissen die ja nicht.«

Birkmeier stellte den Kragen der Jacke auf, zog seine Mütze tief in die Stirn und ging schnell davon. Nieselregen und Nebel verschluckten ihn nach wenigen Metern.

Lupo blieb nachdenklich zurück. Er machte kehrt und schlenderte langsam Richtung Auto. Jetzt galt es, herauszufinden, wer die ursprünglichen Lieferanten Livios waren. Vielleicht würde die Überprüfung der Handys von Bernauer und Moretti irgendwas ergeben. Er musste Bertl Wagner fragen. Die waren ja hoffentlich untersucht worden.

Und dann wäre es hochinteressant, zu erfahren, wer die Ostblockdealer waren. Er müsste sich umhören. Vielleicht könnte ihm auch Leo Bergler helfen. Er würde ihm wieder einmal auf die Nerven gehen.

Zum ersten Mal, seit er den Fall übernommen hatte, war Lupo mit sich zufrieden. Endlich tat sich was. Es gab Spuren, denen er nachgehen konnte. Die Lösung lag irgendwo ganz knapp außerhalb seiner Reichweite, aber er kam ihr näher. Auch wenn wichtige Puzzleteile nach wie vor nicht ins Gesamtbild passten. Ihre Namen: Peter Bernauer und Leopold Sagmeister.

49

Nach drei endlosen Tagen mit kranken Kindern, grantiger Lore, die auch ziemlich überfordert war, und einem unzufriedenen Idefix, der nicht gewohnt war, Dorlis Aufmerksam mit so vielen anderen zu teilen, war endlich Freitag, und Dorli konnte nach Hause übersiedeln. Den Kindern ging es besser, und Lore und die Oma brauchten ihre Unterstützung nicht mehr. Dorli gönnte sich einen faulen Abend vor dem Fernsehgerät. Am Samstagmorgen unternahm sie nach dem Frühstück einen ausgedehnten Spaziergang mit Idefix. Das Wetter war herrlich. Der Nieselregen und der Nebel der vergangenen Tage waren wie weggeblasen. Die Sonne lachte vom Himmel, und die Temperatur war alles andere als winterlich.

Dorli schlüpfte in ihre Bikerkluft, warf ihr Motorrad an und bretterte über Berndorf nach Pottenstein, bog dort links ab und zog zügig über den Hals nach Pernitz. Von dort wollte sie über Waldegg nach Piesting, wo es über eine kurvige Waldstraße mit ein paar Haarnadelkurven wieder Richtung Buchau ging.

Als Dorli in Pernitz eben auf die Straße Richtung Piesting einbiegen wollte, kam ihr von Gutenstein her ein Rudel Biker entgegen, das ein vertrautes Bild bot: die Devils! Natürlich erkannte Bär auch Dorli. Auf ein Handzeichen von ihm hielt der wilde Haufen an. Dorli wartete, bis die Straße frei war, und fuhr in einem Bogen zu der Gruppe. Und dann traute sie ihren Augen nicht. Mitten im Pulk stand die Yamaha 500, die alte Einzylinder mit dem kräftigen Sound. Die plötzlich ein Wiener Kennzeichen aufwies. Und auf ihr hockte Lupo, den sie auch erkannte, ohne dass er das Visier des Helmes nach oben klappte.

»Lupo! Du kannst Mopedfahren?«, rief sie aus.

»Erwischt!« Bär grinste über beide Backen. »Kannst den Helm aufmachen. Dorli hat dich enttarnt«, rief er Lupo zu. Und an Dorli gewandt setzte er hinzu: »Können ist noch zu viel gesagt. Aber er schlagt si scho tapfer!«

Jetzt wurde Dorli klar, wieso Lupo nie Zeit gehabt hatte, wo

seine blauen Flecken und der lädierte Arm herrührten. Er hatte
Lehrgeld gezahlt. Wie fast alle Anfänger.

»Ich bin total weg! Aber i freu mi schon auf gemeinsame Aus-
fahrten, Lupo.«

Dieser strahlte wie die Flutlichtbeleuchtung auf einem Fußball-
platz. Bär allerdings zerriss den Zauber des Augenblicks, indem
er rief:»Was is? Fahr ma jetzt weiter, oder wollt's da Wurzeln
schlagen?«

»In welche Richtung?«, fragte Dorli.

»Eh in deine, wennst auf'm Heimweg bist«, antwortete Bär.

Sie starteten die Maschinen, und der Pulk stob davon. Nur
Dorli und Lupo fuhren langsam an. Aber auch Bär kam nicht auf
Touren.

»Was is?«, rief Dorli über die Schulter. »Gas an, Bär, sonst über-
holt di no die Kontinentaldrift!«

»Waßt jetzt, warum in unsern Club kane Weiber zualassen san?«,
knurrte Bär in Richtung Lupo. Dann zog er an Dorli und Lupo
vorbei. Lachend folgten sie ihm. Lupo hielt sich prächtig. In den
Kurven von Piesting auf den Hart hinauf fuhr er noch ein wenig
zögerlich. Er getraute sich noch nicht so richtig, sich in die Kurven
reinzulegen. Aber es sah schon recht routiniert aus.

In Buchau hielt der Tross zur Verabschiedung vor Dorlis Haus.

»Kommst auf einen Kaffee rein, Lupo? Ich denke, du bist mir
ein paar klitzekleine Erklärungen schuldig.«

Und außerdem war das dann vermutlich die beste Gelegenheit
für Dorlis Geständnis. Dass sie die Detektivausbildung besuchte.

50

Dorli bereitete Kaffee zu, holte einen Rest Kuchen aus der Tief-kühltruhe und taute ihn in der Mikrowelle auf. Inzwischen deckte Lupo den Kaffeetisch. Als alles auf dem Tisch stand und beide Platz genommen hatten, begann Lupo zu erzählen. Bei der Geschichte mit dem Misthaufen lachte Dorli, bis ihr die Tränen kamen.

»Ach, Lupo! Und das alles nur, damit du mit mir im Sommer durch die Gegend bolzen kannst?«

»Anfangs ja. Aber ich geb zu, dass es mir immer mehr Spaß macht. Natürlich nicht die Hoppalas, aber wenn einmal alles klappt und das Wetter passt, dann ist es himmlisch!«

»Sag ich doch! Das wird schön im Frühling und im Sommer. Und du hast dir a super Maschin zug'legt. Mit a bisserl Geschick kann man an der noch viel selber rumschrauben, wenn s' mal a paar Schrammen abkriegt.«

»Weiß ich! Hab schon einschlägige Erfahrungen mit Boden-berührungen und nachheriger Schadensbegrenzung gesammelt.«

Dorli musste wieder grinsen. »Glaubst, dass das bei mir anders gewesen ist? I war ja auch nicht mehr ganz jung, als i ang'fangen hab. Und im Dorf sollte es möglichst lang niemand wissen. Das war hart. Aber dann hat mich Bär unter seine Fittiche g'nommen. Und bei ihm hab i eigentlich alles g'lernt, was man braucht und was ma lieber net machen sollt.«

»Detto. Er ist wirklich Spitze.«

»Weißt du eigentlich, dass deine Yamaha 500 SR a richtiges Kultbike is? Der Edi hat si die gedrosselten siebenundzwanzig wieder auf die ursprünglichen dreiunddreißig PS umbaut. Ein An-saugstutzen mit höherem Querschnitt montiert und die Bedüsung vom Vergaser anpasst, ergibt um a Sekunden schneller von null auf hundert und rund zehn Sachen mehr Spitze. Aber das hat dir sicher Bär scho erzählt.«

»Das nicht. Es gab leider sehr viel anderes, was er mir dringender eintrichtern musste.«

»Wie man sieht, durchaus mit Erfolg.«

Lupo wurde ganz verlegen unter Dorlis lobenden Worten.

»Jetzt muss i dir aber auch was gestehen.«

Dorli suchte nach Worten und war in der einmaligen Situation, dass sie nicht wusste, wie sie anfangen sollte.

»Ach, hols der Geier. I sag's einfach, wie's is. I mach an Detektivlehrgang.«

»Was?« Lupos Gesichtsausdruck schwankte zwischen Freude und Verzweiflung.

»A bisserl mehr Begeisterung wär jetzt schon schön g'wesen«, mokierte sich Dorli.

»Ich bin nur so von den Socken. Warum in aller Welt tust du denn das?«

»Vielleicht dir zuliebe? Dass du dir nicht dauernd Sorgen um mich machen musst?«

»Ach, Dorli!«

Lupo sprang auf, riss sie in seine Arme und küsste sie lange und intensiv.

Mann, das wurde aber auch Zeit! Sonst hätte Dorli noch irgendwann die Initiative ergreifen müssen. Wobei man bei dem altmodischen Lupo nie wissen konnte, ob er das überhaupt ertragen hätte. Genussvoll kraulte Dorli Lupos Haar. Irgendwann begannen seine Hände ein Eigenleben und gingen auf ihrem Körper spazieren. Da konnte Dorli nicht widerstehen und fummelte an Lupos Kleidung herum. Er hob sie hoch und trug sie ins Schlafzimmer. Idefix, der im Weg gelegen war, sprang auf und trottete ein Stück zur Seite, wo er wieder zusammenbrach.

Und Lupo hätte schwören können, dass er grinste.

51

Dorli überfiel Bertl Wagner um acht Uhr morgens in der Polizeiwache mit einer ungewöhnlichen Forderung. »Wir brauchen die Telefondatenauswertung von Livio Moretti.«
»Und du glaubst, die kriegst du so einfach von mir?«
»Wird euch vielleicht auch helfen. Lupo hat einen Verdacht. Aber über ungelegte Eier will er nicht sprechen. Schon gar nicht mit der Polizei. Du weißt eh: Das Verhältnis Polizei – Detektive ist ein wenig heikel. Und du bist ja in Lupos Fall net ganz schuldlos.«
»Jessas, is der Kerl ang'rührt. Jetzt verrat mir noch, wie ihm die Telefonlisten helfen können sollte.«
»Es geht um die Telefonate, die Livio kurz vor seinem Tod geführt hat. Vor allem die, die zwischen Peter Bernauers und seiner Ermordung stattgefunden haben.«
»Von mir aus. Aber i will das Resultat seiner Überlegungen erfahren. Und zwar als Erster, net erst zwei Wochen später.«
»Versprochen.«
Bertl Wagner zog eine A4-Seite aus einem Ordner, steckte sie in den Kopierer, drückte auf Start und wartete. Nichts geschah.
»Fix noch amoi! Hat scho wieder einer des letzte Blattel verbraucht und ka Papier nachg'füllt. Is wie beim Klopapier. Das darf a immer i in den Spender geben. I bin immer da Deschek!«
»Ärger dich nicht, Bertl. Das geht mir im Amt genauso. Schad um die Energie, die ma aufs Schimpfen aufwendet. Es nutzt eh nix.«
Grummelnd legte Bertl einen Stoß Kopierpapier in die dafür vorgesehene Lade. Knarzend begann das Gerät, die Seite zu duplizieren, und spuckte sie endlich im Schneckentempo aus.
»Na servas, das ist aber echt a Museumsstück, das ihr da habts.«
»Dorli, wir haben ewig nix Neues mehr gekriegt. Wahrscheinlich haben die schon seit Jahren g'wusst, dass sie unsere Inspektion auflassen wollen. Vielleicht ist wenigstens das dann in Berndorf besser.«
Dorli grinste. »Die Hoffnung stirbt zuletzt.«

Sie nahm das Blatt, bedankte sich bei Bertl und sauste Richtung Bürgermeisteramt. Heute war ausnahmsweise sie einmal zu spät. Willi Kofler, der ganz gegen seine sonstige Gewohnheit schon anwesend war, blickte vorwurfsvoll auf die Uhr, als Dorli mit einer halben Stunde Verspätung erschien.

»Keine Angst, das bring ich ein.«

»Guat. Aber i kann mi net erinnern, dass im Vertrag über die verkürzte Arbeitszeit irgendwas von Gleitzeit steht«, grantelte der Bürgermeister.

»Vielleicht können wir das noch nachholen?«, antwortete Dorli pampig.

Wie oft war die Schöne zu spät gekommen und der Kofler hatte kein Wort darüber verloren? Und wenn Dorli etwas dazu sagte, dann meinte er nur, sie solle doch nicht so pingelig sein.

Dorli wartete keine Antwort ab, sauste an ihren Arbeitsplatz, startete den Computer und begann geschäftig zu hantieren. Willi Kofler verschwand grummelnd in sein Büro.

Barbara Schöne lachte und meinte: »Nehmt's eam net ernst.«

»Als ob das jemals einer getan hätte«, grummelte Dorli vor sich hin. Iris Gunold, die eben aus einem Nebenraum kam, warf Dorli einen amüsierten Blick zu.

»Da Willi hat heut an schweren Tag. Und des nach ana schlimmen Nacht. Er hat gestern vom Finanzamt an Schrieb kriagt. Er soll an Haufen Geld nachzahlen. Die Scheißlaune, die er hat, wird no a paar Tag anhalten, fürcht i.«

Soso. Hatte der gute Bürgermeister Schwarzgeld nicht sicher genug gebunkert, und die Finanz war ihm draufgekommen? Dorli fand das richtig gut. Sie verlieh ihrer Freude dadurch Ausdruck, dass sie dem Dokument, das gerade am Bildschirm auf Bearbeitung wartete, einen riesigen Smiley verpasste. Hoffentlich fanden die Steuerbehörden die restlichen schwarzen Schafe mit den unversteuert verschobenen Geldern auch noch!

In einer stillen Minute fischte Dorli die Liste, die sie von Bertl bekommen hatte, aus der Handtasche und studierte die Einträge. Nach Bernauers Tod hatte Moretti immer wieder versucht, ihn zu erreichen. Kein Wunder. Eingehende Anrufe gab es einige, die zum Teil unbeantwortet geblieben waren. Und eine Nummer mit italienischer Vorwahl hatte er am Tag vor seinem Tod angerufen. Jetzt musste Lupo nur noch herausfinden, wem sie gehörte. Lupo. Er hatte die Nacht zum Sonntag bei ihr verbracht und war erst nach dem Frühstück nach Hause gefahren. Es hatte sich alles so gut und richtig angefühlt. Ob er es auch so empfand wie sie? Dorli scannte die Liste ein und sandte sie Lupo auf sein Handy. Mal sehen, was er herausbekam.

Lupo war versucht gewesen, sich wegen der italienischen Telefonnummer an Leo Bergler zu wenden. Doch da der sich noch nicht mit irgendeinem noch so kleinen Ergebnis gemeldet hatte, schien es zwecklos, ihm noch etwas aufzuhalsen. Lupo rief daher seinen Freund bei der Telekom an, der ihm schon hin und wieder geholfen hatte. Wenn er ihm Karten für das nächste Länderspiel zukommen ließ, machte der fast alles.

Eine halbe Stunde später rief der Mann schon zurück.

»Du, das wird schwieriger als gedacht. Das ist nämlich eine Geheimnummer. Ich find's schon raus, aber es dauert ein bisserl länger. Also wappne dich mit Geduld.«

52

Mittags verließ der Bürgermeister das Büro und warf Dorli im Vorbeigehen die Zeitung auf den Tisch. »Des wird Sie sicher interessieren. Es gibt schon wieder zwa Tote bei uns.« *Manchmal hat der Mann erstaunlich lichte Momente. Wie halt's der nur mit der Schöne aus?* »Meine Damen, i bin heut nur mehr am Handy erreichbar. Und des nur, wenn's brennt.«

Dorli schnappte sich die Tageszeitung. Schon auf der ersten Seite prangte die fette Überschrift: »Bandenkrieg im Drogenmilieu?«. Sie überflog die kurze Meldung und blätterte dann weiter auf Seite sieben. Zwei Männer mit osteuropäischem Aussehen waren tot aufgefunden worden. Jeder der beiden wurde mit zwei Schüssen in den Kopf hingerichtet. Die Männer hatten keine Papiere bei sich, allerdings Waffen, die aber nicht benutzt worden waren. Die Opfer konnten mittels ihrer Fingerabdrücke identifiziert werden. Sie waren bei der Polizei keine Unbekannten. Sie gehörten zu einer Gruppe von Weißrussen, die seit ein paar Jahren in Ostösterreich immer wieder durch brutales Vorgehen aufgefallen waren. Jeder der Männer hatte eine Latte an Vorstrafen.

Sollten das die Kerle sein, die Livio erst erpresst und danach erledigt hatten, dann war einer von ihnen noch auf freiem Fuß. Dorli befand, dass Bertl Wagner das wissen sollte. Außerdem war sie ihm noch einen Gefallen schuldig.

»Ach, die Frau Kollegin«, begrüßte Bertl sie sarkastisch, als Dorli auf der Inspektion anrief.

»Wennst pampig bist, erfahrst von mir gar nix.«

»Ach ja? Was hast denn so Tolles herausgefunden?«

Dorli erzählte von den drei Männern aus dem Osten, die Livio dazu bringen wollten, seinen Drogenlieferanten zu wechseln. Als er sich weigerte, war er drei Tage später tot.

»Wieso hat der Moretti einen Drogenlieferanten gehabt?«

»Weil er die Ware rund um den Globus an seine Freunde aus der Szene vertickt hat.«

»Und diese Erkenntnis verdanken wir wem? Der Holzinger Anni, dem Superdetektiv oder dem Heiligen Geist?«

»Bertl, wenn du so groß wie blöd wärst, dann könntest aus der Dachrinnen saufen. Es ist doch völlig egal, woher ich das weiß, es ist jedenfalls eine gesicherte Aussage.«

»Die derjenige natürlich vor Gericht beeiden würde.«

»Wen willst denn anklagen? Die Erschossenen?«

Bertl Wagner verneinte ein wenig kleinlaut.

»Ich wollt dir ja eigentlich nur sagen, dass es da einen Dritten geben muss. Wenn du den finden würdest, wär das vermutlich ein Riesenschritt zur Auflösung des Falles. Aber wennst net willst, dann lass es bleiben.«

»Dorli, ich kann net auf irgendan Zuruf nach an womöglich gar net vorhandenen Dritten fahnden. I brauch den Namen von dem Menschen, der dir des erzählt hat.«

»Keine Chance. Mach was draus oder lass es bleiben.«

Und damit legte sie auf.

Warum ist bei der Kieberei immer alles so kompliziert? Sollten die nicht jeder Spur nachgehen? Aber nein, immer hieß es als Erstes: Wer hat das gesagt? Die hatten nach wie vor keinen Tau, wer Livio Moretti und Peter Bernauer umgelegt hatte oder warum. Sie wussten ja bis eben nicht einmal, dass Livio gedealt hatte. Aber glaubten sie ihr vielleicht? Wie's aussah, eher nicht.

Tja, Bertl Wagner hatte seine Chance gehabt. Wenn er sie nicht nutzte, würden eben Lupo und sie den Fall aufklären. Und mit dieser Überlegung wählte sie Lupos Nummer, um ihm die neueste Entwicklung mitzuteilen.

Er würde den dritten Mann finden. Und damit wären sie der Lösung des Falles schon wieder einen Schritt näher.

53

»Der dritte Mann.« Lupo lachte auf. »Weißt eh, wie das klingt, Dorli?«

»Klar. Filmklassiker von Orson Welles, nach einer Story von Graham Green. Verfilmt 1948 in Wien. Mit dem Harry-Lime-Thema auf der Zither ein Welthit. Die Musik find i übrigens heut noch super. Aber den mein ich nicht.«

»Ja, ich weiß. Aber es hat sich echt aufgedrängt. Also was ist mit dem dritten Mann?«

»Zwei Osteuropäer sind gestern tot aufgefunden worden, mit je zwei Kugeln im Kopf. Kommt dir das nicht bekannt vor?«

»Du meinst, das könnten die sein, die den Moretti mehr oder weniger sanft dazu bringen wollten, sein Rauschgift bei ihnen zu beziehen?«

»Wär doch möglich. Und wenn sie das waren, dann fehlt einer. Dein Zeuge hat ja von drei Männern gesprochen.«

»Allerdings. Dann werd ich mich auf die Suche nach Mister Unbekannt begeben.«

»Es könnte sein, dass dir dabei Bertl Wagner über den Weg rennt.«

»Wie das?«

»Ich war ihm noch was schuldig wegen der Telefonliste von Livio Moretti. Also hab ich ihm erzählt, was ich wusste. Ohne deinen Zeugen zu belasten. Wobei ich ohnehin nicht wüsste, wer das ist. Langer Rede, kurzer Sinn: Er hat mir eh nicht geglaubt. Das Einzige, was ihn interessiert hat: von wem die Information kommt. Als ob das nicht wurscht wär.«

»Na ja, für ihn ist es nicht egal. Die Polizei muss jeden Einsatz gegenüber der nächsthöheren Instanz begründen. Also muss er schon mal seinen Vorgesetzten fragen. Und ohne entsprechende schlüssige Fakten sagt der wahrscheinlich Nein. Die Finanzen der Republik krachen wie a Kaisersemmel. Das spüren halt die öffentlichen Dienste als Erstes.«

»Dann wird er dir eh nicht in die Quere kommen. Ich wollt dich nur vorwarnen, falls doch.«

»Danke.«

Nach einer kurzen Pause setzte Lupo hinzu:»Du, Dorli, das neulich …«

Er schwieg, und Dorlis Phantasie malte sich die wildesten Szenarien aus. Würde Lupo ihr jetzt sagen, dass diese Nacht zwar nett war, aber sie nicht die Richtige für ihn? Oder was auch immer sonst schiefgegangen sein mochte.

Sie hörte, wie Lupo tief Luft holte.

»Diese wunderbare Nacht neulich, die werde ich mein Leben lang nicht vergessen.«

Ja, aber? Sie rüstete ihr Herz gegen den Schmerz, der jetzt kommen würde.

»Ich hoffe, wir werden möglichst bald ein Dacapo veranstalten.«

Dorli plumpste ein Mühlstein vom Herzen.

»Das wünsche ich mir auch«, flüsterte Dorli heiser in den Hörer.

Sie legte das Telefon vorsichtig auf den Tisch und wischte sich über die Augen. Jetzt hatte es sie doch echt erwischt. Mit allen Höhen und Tiefen. Der Angst, dass dem geliebten Mann etwas zustoßen konnte. Dem Rausch einer wunderbaren Liebe. Dem Hoffen und Bangen, wenn er mal nicht zur erwarteten Zeit anrief. Mit einem Wort: mit der vollen Wucht der Hochschaubahn der Gefühle.

54

Am nächsten Tag meldete sich Lupos Freund von der Telefon-
gesellschaft.

»Das war eine harte Nuss. Dafür schuldest mir dermal mehr als
ein paar Karten für ein Match.«

»Was willst denn noch dafür haben?«

»Linkin Park kommen im November in die Stadthalle nach
Wien. Ich will zwei Karten.«

»Na gut. Hoffentlich ist das Ergebnis den Aufwand wert.«

»Ich glaub schon. Das Telefon ist zugelassen auf die Firma Moretti in Florenz. Sagtest du nicht, so heißt dein Auftraggeber?«

»Verdammter Mist! Möglicherweise habe ich da wirklich einem
Mafioso geholfen, alle Leute zu beseitigen, die je sein Söhnchen ir-
gendwie beleidigt haben.« *Oder Livio hatte nur ganz einfach mit seiner
Familie telefoniert. Was dann?* Lupo verdrängte den unerwünschten
Gedanken.

»Andererseits ist Moretti ein relativ häufiger Name in Italien.
Der hier heißt mit Vornamen Andrea und hat eine Export-Import-
Firma.«

»Ich fürchte, das ist genau mein Auftraggeber. Du kriegst deine
Karten für das Konzert. Was spielen die?«

»Nix, was dir g'fallen tät, glaub mir das. Aber du musst dich bald
um die Karten kümmern, denn die werden sehr bald ausverkauft
sein.«

»Hast du nicht g'sagt, die kommen im November?«

»Ja. Und?«

»Und da muss man im Februar schon die Karten kaufen?«

»Gibt's wahrscheinlich noch gar nicht. Aber sobald sie verkauft
werden, sind sie ganz schnell weg.«

»Weißt was? I glaub, i hab den falschen Beruf.«

»Nicht nur du, Sportsfreund. Aber jetzt sind wir schon zu alt
zum Umsatteln auf Musiker.«

Lupo seufzte. »Nicht nur dafür. Also, dank' schön noch einmal.
Bis demnächst.«

Jetzt musste er wohl doch wieder Leo Bergler anrufen, was ihm sehr widerstrebte. Andererseits bereitete es Lupo auch ein gewisses Vergnügen. Denn wenn er daran dachte, wie der gelackte Heini Dorli und ihn ausgelacht hatte, als sie mit der Mafia-Theorie ankamen, überfiel ihn das große Grinsen. Wie schon ein Sprichwort sagt: Wer zuletzt lacht, lacht am besten.

55

Lupo beschloss, Bergler nicht anzurufen, sondern bei ihm im Büro vorbeizuschauen. Er wollte sich doch mit eigenen Augen davon überzeugen, wie die Polizeibonzen des BKA logierten. Erst mal war klar, dass Lupo dorthin nicht mit dem Auto fahren konnte. Da gab es weit und breit keine Parkplätze. Also nahm er die Öffis.

Das Gebäude selbst war ein moderner Kasten, der aussah, als hätte man davor noch ein paar Schuhschachteln in verschiedenen Riesengrößen hingeschlichtet. Gleich dahinter ragte der von Hundertwasser behübschte hohe Schornstein der Müllverbrennungsanlage Spittelau in den Himmel. Was für eine passende Nachbarschaft!

Lupo fand den Eingang, eine Art Empfang und einen Uniformierten, der ihn befragte, ob er Waffen bei sich trage.

Doch nicht, wenn ich in die Hochburg der taffsten Polizisten des Landes komme! Was er sich glücklicherweise nur dachte.

Der Uniformierte rief bei Leo Bergler an. Kurz darauf trat dieser aus einem der Aufzüge.

»Ach, welch Glanz in unserer bescheidenen Hütte. Der prominente Detektiv Lupo Schatz gibt uns die Ehre.«

Der Empfang war schon mal super. Wenn der so weitermachte, würde das eine frostige Begegnung werden. Aber vermutlich brauchte man für diese Art von Job ein völlig übersteigertes Ego.

Bergler nahm Lupo mit in sein Büro. Es war ein spartanisch eingerichteter Raum, kaum größer als eine Besenkammer. Allerdings mit einem supermodernen Computer auf dem Tisch, Flachbildschirm und einigen anderen Gerätschaften, deren Sinn sich Lupo auf den ersten Blick nicht erschloss. Es roch nach Kaffee und einem teuren Rasierwasser.

»Also, was gibt's?«, fragte Bergler.

»Eigentlich wollte ich Sie fragen, ob Sie schon eine Antwort aus Italien haben.«

»Die italienischen Kollegen hüllen sich in Schweigen. Ich werd wohl noch einmal nachfragen müssen. Haben Sie was Neues?«

»Leider ja. Livio Moretti hat am Tag, bevor er ermordet wurde, seinen Vater angerufen. Das war zwei Tage, nachdem er von Zeugen gesehen worden ist, wie er von Handlangern eines Drogenringes aus Weißrussland dazu gebracht werden sollte, seinen Lieferanten zu wechseln. Möglicherweise war aber der Lieferant sein Vater. Jetzt bräuchten wir dringend die Auskunft der italienischen Polizei. Oder muss ich selbst nach Florenz fahren?«

»Geht's ein bisserl weniger melodramatisch? Sie wollen mir doch jetzt nicht allen Ernstes erklären, dass Sie sich von einem Mafioso haben anheuern lassen, um den Mord an seinem Sohn aufzuklären. Und dem liefern Sie dann noch fleißig Namen, damit er alle umbringen kann, die seinem Bambino jemals was angetan haben?«

»Schaut fast so aus.«

»Woher haben Sie überhaupt die Information, dass der Moretti junior seinen Vater angerufen hat?«

»Von der ermittelnden Polizeidienststelle«, log Lupo ohne Reue. »Wir arbeiten in dem Fall Hand in Hand.«

»Das sagt ja eine Menge über den Haufen dort aus.«

»Können wir etwas sachlicher bleiben?« Jetzt wurde Lupo auch schön langsam grantig.

»Aber natürlich«, gab Leo Bergler zurück. »Wie können Sie sich einen Mafiapaten als Auftraggeber anlachen? Sie holen das Gesindel erst ins Land!«

»Sind Sie noch zu retten?«, brüllte Lupo. »Erstens war das Gesindel schon da, bevor Livio Moretti überhaupt umgebracht wurde. Und falls – ich wiederhole –, falls sein Vater wirklich ein Mafioso sein sollte, den ich dann noch mit Informationen versorgt habe, tut mir das sehr leid.«

»Ach, es tut Ihnen leid! Davon werden die unschuldigen Opfer sicher wieder lebendig. Und die trauernden Verwandten werden sich enorm getröstet fühlen!« Berglers Stimme troff vor Sarkasmus.

»Jetzt hören Sie mir mal zu, Sie Komiker. Was soll ich denn mit potenziellen Kunden machen? Ein Leumundszeugnis von der Polizei verlangen? Und so ganz nebenbei: Was wäre an einem Vater, der den Mord an seinem Kind aufgeklärt haben wollte, denn verdächtig gewesen? Ich kann nicht Gedanken lesen.«

Lupo war immer lauter geworden.

Plötzlich ging die Bürotür auf, und ein Mann in Zivil schaute herein. »Alles in Ordnung bei euch?«

»Jaja, danke. Wir diskutieren gerade nur etwas impulsiv«, antwortete Bergler mit einem falschen Lächeln. »Na gut. Hinterher lässt sich eh nichts mehr ändern«, setzte er hinzu, sobald der besorgte Beamte die Tür wieder geschlossen hatte. »Ich kümmere mich drum, dass die Italiener jetzt endlich was herausrücken.« Er griff zum Telefon. »Am besten, ich ruf gleich an, bevor dort wieder alle Siesta halten.«

Zu Lupos nicht geringem Erstaunen sprach der Kerl auch noch fließend Italienisch. Was konnte der Lackaffe eigentlich nicht? Kantonesisch?

Als er nach einiger Zeit auflegte, lag ein nachdenklicher Ausdruck auf seinem Gesicht.

»Interessant!«, meinte er.

»Lassen Sie mich teilhaben an Ihrer Erleuchtung?«

»Ungern. Aber in dem Fall muss es wohl sein. Also, die Italiener meinen, sie hätten den alten Moretti schon seit Jahren auf dem Radar. Und sie würden ihn lieber heute als morgen einbuchten. Doch immer wieder ist die Beweislage unzureichend, die Suppe zu dünn. Zeugen fallen um, weil sie entweder bedroht oder geschmiert werden. So genau weiß das keiner. Sie wären überaus erfreut und dankbar, wenn wir ihnen schlüssige Beweise über seine Tätigkeit hier liefern könnten.«

»Genau das können wir leider nicht. Oder sagen wir mal, noch nicht. Es gibt eine kleine Chance, dass wir den dritten Mann von der Weißrussenbande finden, bevor ihn die Killer des alten Moretti aufspüren.«

»Wer waren denn die beiden anderen?«

Peinlicherweise wusste Lupo dies nicht. Dorli hatte Bertl nicht danach gefragt, und ihm würde er die Namen ohne Not vermutlich nicht nennen. »Da müssten Sie bei Bertl Wagner anrufen.«

»Na gut, suchen wir den Dritten im Bunde. Aber eines ist mir nicht klar: Warum hätten die Männer, die Livio erpressen wollten, Peter Bernauer umbringen sollen? Und zwar schon Tage bevor sie Moretti ein unannehmbares Angebot gemacht haben?«

»Das ist ein Stück in dem Puzzle, das bei mir noch nicht an den richtigen Platz gefallen ist. Aber vielleicht hilft uns da der Weißrusse weiter, der sich derzeit irgendwo verkriecht.«

»Verkriecht ist das Stichwort.« Bergler schlug sich mit der flachen Hand gegen die Stirn. »Ich hab da eine Idee.« Er sprühte plötzlich vor Energie. »Gehen Sie jetzt. Wenn wir den Kerl finden, melde ich mich bei Ihnen.«

Lupo erhob sich.

»Grüßen Sie mir unsere Freundin Dorli schön. Und richten Sie ihr aus, sie soll in Deckung bleiben. Das ist kein Fall für Micky-Maus-Hobbydetektive.«

Als ob Dorli auf einen von ihnen je hören würde. Schon gar nicht, wenn sie den abfälligen Kommentar Berglers zu ihren detektivischen Ambitionen mitbekommen hätte. Lupo konnte nur hoffen, dass ihr keine Zeit blieb, um Miss Marple zu spielen.

56

Lupo lag auf der Couch in seinem Wohnzimmer und ließ sein Gespräch mit Bergler Revue passieren. Der Fernseher der tauben Stemberger dröhnte, die Alte auf der anderen Seite keifte wieder mit ihrer Tochter. Es fiel ihm schwer, sich bei dem Krach zu konzentrieren. Doch jahrelange Übung half schließlich, den Krach auszublenden.

Er erinnerte sich, dass er vor nicht allzu langer Zeit in einem ganz anderen Zusammenhang an einem Abbruchhaus vorbeigefahren war. Da war er mit einem Kollegen hinter ein paar gestohlenen Bildern her gewesen. Er hatte etwas über diesen Schandfleck mitten in der Stadt von sich gegeben. Sein Kollege hatte gemeint, da gäbe es eine Immobilienfirma, die in solche heruntergekommenen Häuser allerlei Gesindel einquartierte, um damit die letzten Mieter hinauszuekeln. Waren die dann ausgezogen, wurde der Kasten generalsaniert oder manchmal auch abgerissen und neu aufgebaut. Die Wohnungen wurden dann im Eigentum mit hohem Profit verkauft. Meist seien es Russen oder Georgier oder so, die sich da breitmachten. Und die wären für ihre Brutalität bekannt.

»Und wenn du glaubst, dass sich die Polizei auch nur in der Nähe blicken lässt, dann ist das ein großer Irrtum«, knurrte der Kollege noch.

Hm, wo war das Haus gewesen? Sie waren vom Praterstern gekommen und dann irgendwo in die Zirkusgasse abgebogen. Aber wo war das verfallene Haus gewesen? Kurz entschlossen schnappte sich Lupo die Autoschlüssel und fuhr zum Praterstern. Er würde versuchen, den Weg aus seinem eher fotografisch orientierten Gedächtnis zu rekonstruieren.

Nachdem er einige Male falsch abgebogen war und immer wieder an den vorherigen Ausgangspunkt zurückkehren musste, fand er das Haus. Es wirkte noch trister und heruntergekommener, als er es in Erinnerung hatte.

Doch nun begannen seine Probleme erst. Er wusste weder, wie

der Mann, den er suchte, aussah, noch, wie er hieß. Zudem war nicht einmal sicher, dass in der Bruchbude überhaupt Weißrussen wohnten. Jetzt war guter Rat teuer.

Während er auf der gegenüberliegenden Straßenseite in einem Hauseingang stand und überlegte, näherte sich ein Mann dem Eingang der Bruchbude. Er sah aus wie ein Strotter, seine Kleider waren schmuddelig. Er trug eine Mütze tief ins Gesicht gezogen und hinkte mit dem linken Bein. Den kannte er doch! War das nicht Wladimir, der mit Vorliebe Ecstasy an Jugendliche vor Discos verscherbelte? Lupo eilte über die Straße.

»Hallo, Wladi!« Der so Angesprochene stoppte, als wäre er gegen eine Wand geprallt. Doch sobald er erkannte, dass es nur Lupo und nicht die Polizei war, entspannte sich seine Körperhaltung.

»Was wollen?«, fragte er Lupo.

»Ich suche drei Männer, angeblich aus Weißrussland. Sie sollen hier wohnen.« Was natürlich eine reine Vermutung war.

Wladimir grinste ihn mit einem fast zahnlosen Mund an.

»Was kriegen für Informatie?«

»Erstens: Ich verrate niemandem, dass du hier wohnst. Zweitens: Hier hast du fünfzig Euro.«

Lupo kramte umständlich den Fünfziger aus seiner Jacke.

Wladis Hand schoss vor und krallte sich den Schein.

»Waren hier, drei komische Kerle. Teure Klamotten, aber widerliche Käuze. Jetzt nur mehr einer kommen.«

Bingo! Weil die anderen zwei tot sind. Aber das brauchte Wladi nicht zu wissen.

»Weißt du, wo der eine ist?«

»Wenn zu Hause, dann dritte Stock, links ganz hinten.«

Lupo dachte kurz daran, eventuell Bergler zu informieren. Doch dann entschloss er sich, selbst nachzusehen, ob der Mann daheim war. Wenn hier die Polizei mit Blaulicht und Tatütata auffuhr, würde sich der Gesuchte mit Sicherheit absetzen.

Im Hausflur war es zappenduster. Es roch nach verfaultem Müll, verwesenden Ratten oder etwas in der Art, nach Urin, nach allem Möglichen, das einzeln nicht zu identifizieren war. Jedenfalls eine ekelerregende Mischung. Entschlossen stapfte Lupo die Treppen in den dritten Stock hinauf.

Möglichst geräuschlos tappte er den dunklen Gang entlang nach ganz hinten. Die Tür, die in die Wohnung führte, war zu. Es gab allerdings kein Schloss. Lupo überlegte, ob er einfach reingehen sollte. Dann entschied er sich fürs Anklopfen. Er hatte keine Waffe dabei. Da sollte man lieber höflich Zutritt erbitten.

Also schlug er mit der Faust gegen die Tür und rief: »Jemand zu Hause?«

Antwort bekam er keine. Dafür von hinten eine übergebraten, dass er Vögel zwitschern hörte und Sterne sah. Jemand stieß ihn durch die Tür. Lupo kroch auf allen vieren, versuchte sich aufzurichten, doch ein harter Schlag auf seinen Schädel schickte ihn endgültig ins Dunkel.

57

Dorli bereitete sich auf einen gemütlichen Abend vor dem Kamin vor. Sie nahm ihre Eurodet-Unterlagen, die sie im Ausbildungskurs für Detektive bekommen hatte, und dazu ein schönes Glas Rotwein. Es wurde Zeit, dass sie mal ein wenig an der theoretischen Ausbildung arbeitete. Idefix machte es sich zu ihren Füßen bequem.

Doch wenige Minuten später war es mit dem ruhigen Abend schon wieder vorbei.

Bertl Wagner schneite herein und erzählte Dorli, dass Leo Bergler ihn angerufen habe, wegen der Namen der beiden Weißrussen.

»So ganz nebenbei hat er fallen lassen, dass er sich heute ein Schreiduell mit Lupo geliefert hat, sodass der Kollege aus dem Nachbarbüro Nachschau halten kam, ob alles in Ordnung ist.«

»Du lieber Himmel! Warum haben die sich denn so befetzt?«

»Wenn man so zwischen seinen Worten den Subtext hörte, dann ging's wohl darum, wie Lupo einen Mafiapaten als Auftraggeber annehmen konnte.«

»Wie hätte Lupo das denn ahnen können? Da war a armer Vater, der seinen Sohn verloren hat. Und die Polizei, also ihr, habts eigentlich keinen Tau gehabt, was passiert war.«

»Das is leider richtig. Wir haben ja bis zum Auftauchen vom Bernauer an a Beziehungstat geglaubt.«

»Und wie geht's jetzt weiter?«

»Bergler sagte, er hat a Idee, wo der dritte Russe sein könnt. Und Lupo is nach der Schreierei abgezogen. Bergler meinte, der liegt jetzt zu Haus im Bett und tut sich selber leid.«

»Der Bergler is ein Depp. Lupo lässt nicht locker, bis er den dritten Mann g'funden hat. Er gibt sich ja selbst irgendwie die Schuld daran, dass die anderen sterben mussten, weil er vom alten Moretti den Auftrag angenommen und dadurch a paar Leut hingehängt hat. Und auf der anderen Seite will er unbedingt den überlebenden Gangster von den Dreien finden, bevor ihn die Killertrupps des alten Moretti erwischen.«

»Tja, Dorli, das is vielleicht unser letzte Chance, dass wir noch erfahren, was im Dezember wirklich passiert ist.«

Als Bertl gegangen war, versuchte Dorli, Lupo anzurufen. Doch er nahm nicht ab. Sie erreichte nur die Mailbox. Sie legte auf, ohne eine Nachricht zu hinterlassen.

Dorli versuchte es noch einmal mit ihren Unterlagen. Doch nach einer halben Seite Manuskript läutete schon wieder die Klingel.

Wer so spät noch kam?

Dorli schlüpfte in eine warme Jacke und lief zur versperrten Gartentür. Davor stand die Holzinger Anni.

»Anni! Is was passiert?«

»Ja? Weiß net?« Die Kräuterwaberl sah aus, als habe sie sich weder frisiert noch mit Plan angekleidet. Die Haare standen ihr wirr um den Kopf. Zu einer blauen Hose und einer roten Bluse trug sie eine giftgrüne Weste, die so groß war, dass sie sich darin einwickeln konnte. Darüber einen offenen grauen Mantel, der an ihr hing wie die Jacke an einer Vogelscheuche.

»Komm rein. Und beruhig dich einmal.« Dorli geleitete ihren späten Gast in die gute Stube und nötigte Anni, sich in den Sessel vor den Ofen zu setzen.

»Und jetz erzähl. Was ist so schlimm, dass du bei Nacht und Nebel zu mir rennst?«

»Du musst Lupo finden? Er ist in Gefahr?«

»Ich glaub, der liegt zu Haus im Bett.«

»Sicher nicht? Er liegt in an schrecklichen Haus in Wien, g'fesselt in an Eck. Und der Mann, der ihn niederg'schlagen hat, will ihn umbringen.«

»Anni, bist du sicher? Wie kannst du des wissen?« Dorlis Stimme zitterte.

»Ziemlich sicher. Weißt, manchmal hab i wirklich so was wie des Zweite G'sicht. I seh die G'fahr, aber net genau, wo. Oder i seh, wo, aber net was. I weiß nur, wenn i des so g'spür, dann passiert was Schlimmes.«

Dorli fischte ihr Handy aus der Hülle. »I probier no amoi, ob i Lupo erreich.«

Anni schüttelte den Kopf. Dorli landete wieder auf der Mailbox.

»Und was soll i jetzt tuan?«, flüsterte Dorli.

»Ka Ahnung. I hab so g'hofft, dass des, was i seh, no in der Zukunft liegt. Dass du dein Freund erreichst. Tuat ma so leid, Dorli?«

»Ach, Anni!« Dorli kniete sich neben die alte Kräuterwaberl und barg ihren Kopf an deren Schulter. »I kann überhaupt nix machen. Ka Ahnung, wo er is. Das is zum Aus-der-Haut-Fahren.« Anni tätschelte ihren Kopf. »Madel, du kannst nur des tuan, was Millionen Frauen immer schon g'macht haben, wenn ihre Männer in den Krieg zogen san: warten. Und vielleicht beten, wenn s' an was g'laubt haben.«

Dorli hob den Kopf. »Nein! Das ist mir zu wenig.« Sie schnappte ihr Handy. »Ich ruf Leo Bergler an und beschreib ihm das Haus. Vielleicht hat er a Ahnung, wo des is.«

»Kann wahrscheinlich net schaden?« Anni saß da wie ein Häufchen Unglück.

Dorli wählte, doch sie erreichte nur jemanden von der Vermittlung.

»Leo Bergler ist auf Außeneinsatz. Wollen Sie mir sagen, worum es geht?«

»Nein. Aber es ist ausgesprochen dringend. Haben Sie seine Handynummer?«

»Ja, aber die kann ich Ihnen nicht geben.«

»Hören Sie, es geht möglicherweise um Leben und Tod. Und den einzigen Zeugen in einem verzwickten Fall mit der Mafia.«

»Na gut, ich ruf ihn an. Und wenn er mit Ihnen sprechen möchte, dann ruft er Sie zurück. Geben Sie mir Ihre Nummer.«

»Die hat er. Aber ich sag sie Ihnen auch noch mal.« Dorli ratschte die Ziffern herunter. »Bitte machen Sie schnell!«

Erstaunlicherweise meldete sich Leo Bergler kurz darauf.

»Wo brennt's?«, wollte er wissen.

»Lupo ist in Gefahr. Er ist in Wien in irgendeinem halb verfallenen Haus. Gefesselt und kurz davor, umgelegt zu werden.«

»Woher wollen S' das denn wissen? Hat der Mörder bei Ihnen angerufen?«

Dorli schluchzte in den Hörer: »Ist des net völlig wurscht, woher i des weiß? Die Frage ist nur: Kennen Sie so a Haus?«

»Wissen Sie, wie viele solche Häuser es in Wien gibt? Tausende!
Wenn Sie mir jetzt noch verraten, wo ich suchen soll, dann klappt's
vielleicht. Sonst sehe ich keine Chance.«

»Anni«, flüsterte Dorli und hielt das Telefon zu. »Siehst du
irgendwas in der Nähe von dem schiachen Haus?«

Anni schloss kurz die Augen. »Ich seh auf beiden Seiten Wasser?
Donau und Donaukanal? Auf einer Seite is was mit Geld? Drei
Häuser weiter is a Puff? Aber von außen sieht ma des net? Und
weiter Richtung Donau was für Kranke?«

Dorli wiederholte die Sätze für Leo Bergler. Ohne Fragezeichen
hintendran. Wobei sie »etwas mit Geld« durch »eine Bank oder
ein Bankomat« ersetzte und »was für Kranke« frei interpretiere als
»entweder ein Arzt, eine Ambulanz oder eine Apotheke«.

»Na, sehr hilfreich«, knurrte Bergler. »Und woher wissen Sie
des eigentlich alles?«

»Das ist doch jetzt egal! Es geht um Lupos Leben! Bitte. Ich
weiß, dass Sie Lupo net leiden können. Aber ich weiß auch, dass
er in großer Gefahr is.«

»Ist ja gut. Hören Sie bitte auf zu weinen. Ich versuch's.« Dann
war die Leitung unterbrochen.

Lupo erwachte, als ihn ein Schwall kaltes Wasser ins Bewusstsein katapultierte. Sein Kopf hämmerte und dröhnte, die Augenlider waren tonnenschwer.

»Wach auf!«, ertönte eine harsche Stimme mit starkem Akzent.

Verdammt, wo bin ich?

»Hör zu, du blödes Arschloch. Entweder du machst jetzt die Augen auf, oder ich knall dich gleich ab.«

»Imümido.« *Ich bemühe mich doch*, wollte Lupo antworten. Doch heraus kam nur ein jämmerliches Gegrunze.

Er bemerkte erst jetzt, dass er an Armen und Beinen an einen Stuhl gefesselt war.

»Was willst du von mir? Jetzt rede, sonst kannst für immer den Mund halten.«

Lupo riss mit Gewalt die Augen auf.

»Na, geht doch. Also noch einmal. Was willst du von mir?«

Lupo nahm all seine Kraft zusammen. »Dich retten.«

Der Mann, etwa Mitte zwanzig, lachte freudlos auf. »Mich retten? Hast du sie noch alle?«

»Ihre Kollegen … sind tot«, presste Lupo mühsam hervor.

»Woher willst du denn das wissen?« Die Lippen kräuselten sich spöttisch.

»Aus der Zeitung.«

»Und wieso weiß ich nichts davon?«

»Falsche Zeitung gelesen«, murmelte Lupo. Sein wummernder Schädel zeigte ihm immerhin keine Doppelbilder mehr. Die Zunge gehorchte ihm noch nicht hundertprozentig. Der Kerl, der vor ihm stand, überragte ihn gut um einen Kopf. Dazu hatte er breite Schultern und Arme wie ein Boxer. Erinnerte ein wenig an Bär. Nur trug der um die Hüften einen Schwimmring, während dieser Mann vermutlich einen Waschbrettbauch besaß. Sein dunkles Haar war kurz geschoren.

»Langsam und von vorne. Wer soll wen umgebracht haben?«

Lupo versuchte, die Ereignisse der letzten Tage halbwegs chronologisch darzulegen. »Leider kenne ich die Namen der Leute nicht. Aber sie sind polizeibekannt.«

»Und du glaubst, die Mörder waren von der Moretti-Familie.«

»Die Polizei glaubt das auch.«

»Dann wird wohl Zeit, dass ich verschwinde.« Er richtete die Pistole auf Lupo und drückte ab.

Der hatte die ganze Zeit schon darüber nachgedacht, was er tun könnte, wenn es zum Äußersten kam. Als er die Einleitung des Abschiedssatzes des Russen hörte, wusste er, jetzt war es so weit. Er stieß sich mit aller Kraft mit dem Sessel nach hinten ab. Kurz schien der in der Luft stehen zu bleiben, und Lupo fürchtete, dass die Kugel schneller war, als er fallen würde. Doch dann sauste der Stuhl zu Boden, und Lupo spürte den kalten Zug, als die Kugel knapp an seinem Kopf vorbeizischte. Sekundenbruchteile später knallte er mit dem Schädel auf den Boden, und die Welt wurde schwarz und still.

Leo Bergler dachte nach. Seine Idee, wo sich der flüchtige Weißrusse aufhalten konnte, hatte sich leider als Irrtum erwiesen. Doch
noch war das ganze Einsatzteam bei ihm und wartete, ob er noch
andere Anweisungen hatte.

»Hört zu. Kennt einer von euch zwischen Donau und Donaukanal eine heruntergekommene Bruchbude? Es gibt in der Nähe
einen Bankomaten, ein paar Häuser weiter soll sich ein Geheimpuff
befinden. Und irgendwo in der Nähe könnte eine Apotheke oder
ein Arzt sein.«

Die Männer und Frauen berieten sich halblaut.

»Möglicherweise is so was in der Ausstellungsstraßen«, meldete
sich ein Beamter.

»Nein, das haben's vor einer Woche abgerissen«, antwortete
eine ungewöhnlich hübsche Blondine, der alle Männer hinter-
herglotzten, wenn sie nicht gerade im Einsatz waren. »Außerdem
ist dort in der Nähe weder eine Bank noch eine Apotheke.«

»Ich glaub, ich weiß, wo das sein könnte«, meldete sich ein ganz
junger Polizist. »Keine Ahnung, wie die Gasse heißt, aber ich kann
uns hinbringen.«

Leo Bergler war verunsichert. Woher wollte Dorli überhaupt
wissen, dass der detektivische Tollpatsch in der Tinte saß? Vor
allem, woher hatte sie die Beschreibung des Hauses? Und gleichzeitig war er ärgerlich auf sich selbst. Sein Einfall hatte sich als ein
Reinfall erwiesen. Möglicherweise war Lupo auf der richtigen
Spur gewesen und musste das jetzt büßen. Aber es war ohnehin
schon egal, ob er sich angesichts der Anforderung der Einsatztruppe
wegen eines Flops oder zweier verantworten musste.

»Na dann los«, kommandierte er.

Als sie in der Ennsgasse vor dem verfallenden Gebäude anhielten,
verdrückten sich einige finstere Gestalten in diverse Hauseingänge.

»Wunderbare Gegend«, kommentierte Leo Bergler. »Und der
Bankomat ist eine ganze Bank.«

»Hier ist das überall so. Verfallene Häuser, leere Geschäfte, zugenagelte Fenster. Geht man zweimal ums Eck, ist man in einem neuen In-Viertel. Da liegt noch alles, was die Wienerstadt ausmacht, dicht beieinander«, antwortete Blondie.

»Wie war dein Name?«, fragte Bergler. »Ich hab ihn leider vergessen.«

»Blondie«, riefen die Kollegen im Chor.

»Blödmänner«, eiferte sich die Hübsche. »Ich heiße Maria. Maria Smetacek.«

Smetacek! Hoffentlich war das ihr Mädchenname. Dann konnte man das durch Heirat noch korrigieren.

»Alles bereit?«, fragte Leo Bergler. »Dann wollen wir mal! Wir durchsuchen jeden Raum.«

Die Bude schien ausgestorben zu sein. Erst im ersten Stock fanden sie eine alte Frau, die auf dem Gang Wäsche auf einen Ständer hängte.

»Wissen Sie, wo hier Weißrussen wohnen?«, fragte Leo Bergler.

»Nix verstehn«, kam prompt zurück. Die Alte wollte sich in eine Wohnung verkrümeln. Bergler schnitt ihr den Weg ab.

»Okay, dann bitte Ihre Papiere.«

Die Frau zuckte zusammen. Sie deutete Richtung Treppe. »Dritter Stock, ganz rückwärts, links.«

»Na, geht doch!«

Die Polizisten polterten nach oben. Schlugen hart gegen die Tür und riefen: »Aufmachen, Polizei!«

»Ist doch eh offen, ihr Pfeifen!«, meinte Blondie, zog ihre Glock und schubste die Kollegen zur Seite. Sie stieß die Tür auf und sprang mit einem Satz mitten in den Raum. Die Kollegen folgten mit den Waffen im Anschlag. Die ehemalige Küche war leer. Es gab zwei weitere Räume. Einen direkt neben der Küche, mit einem Fenster zum Flur. Auch hier war niemand. Ein kleiner Durchgang führte in eine Art Wohnraum. Dort hing ein Mann gefesselt in einem Stuhl, der auf dem Boden lag. Entweder ohnmächtig oder tot. Blut sickerte aus einer Wunde am Kopf und tropfte von der Wange des Mannes auf den Boden.

»Scheiße!«, entfuhr es Leo Bergler. »Das ist der Detektiv.«

Maria Smetacek kniete schon neben Lupo und fühlte den Puls.

»Er lebt noch. Aber er hat ein paar ganz nette Beulen am Kopf.«

»Soll ich den Notarztwagen rufen?«, fragte einer aus dem Team. Mittlerweile stand Bergler neben Lupo. »Nein, seine Atmung ist stabil. Erst brauchen wir seine Aussage. Dann kann er sich ins Spital verkrümeln, wenn er will.«

Lupos Augenlider flatterten. »Dashabichgehört«, murmelte er. »Er weilt wieder unter den Lebenden. Dann bitte mal schnell aufwachen, Kumpel. Stellt vielleicht wer den Sessel auf?«

Lupo bedankte sich mit einem unartikulierten »Dnke«.

»Wo ist der Weißrusse?«

Lupo zuckte mit den Achseln. »Weg. Nachdem er mir noch eine Kugel in den Kopf jagen wollte.«

»Wann war das?«

»Sorry, konnte vorher nicht auf die Uhr schauen. Könnte mir vielleicht jemand die Fesseln abnehmen?«

»Ungern«, knurrte Bergler. »Solang Sie hier festsitzen, treiben Sie keinen Unsinn.«

Als Lupo wieder halbwegs verständlich sprechen konnte, lieferte er eine Beschreibung des flüchtigen Weißrussen.

Daraufhin organisierte Leo Bergler umgehend die Fahndung, mit besonderem Augenmerk auf Bezirke innerhalb des Gürtels und speziell in der Leopoldstadt und den angrenzenden Bezirken.

»Und Sie rufen jetzt Ihre Freundin Dorli an. Die hat uns nämlich hinter Ihnen hergehetzt. Sogar das Haus konnte sie beschreiben.«

»Aber Dorli weiß doch gar nicht, wo ich bin«, entgegnete Lupo entgeistert.

Bergler grinste dreckig. »Vielleicht hat sie einen tüchtigen Detektiv auf Sie angesetzt.«

60

Die Fahndung lief bereits seit einer Stunde, doch der Weißrusse war wie vom Erdboden verschluckt. Als Bergler die Hoffnung schon aufgeben wollte, kam über Funk eine Meldung.
»Ein Zeuge will ihn im Wurstelprater gesehen haben.«
»Nichts wie hin. Wir kommen nach!«, antwortete Bergler.
Schön langsam wäre ein kleiner Erfolg angebracht. Als Neuer hatte er sich ohnehin weit aus dem Fenster gelehnt, als er auf Dorlis Bitte hin zu dem Abbruchhaus gefahren war. Da wäre jetzt die Verhaftung eines Mitglieds der Ostmafia eine schöne Sache.
Als Bergler und seine Leute den Prater erreichten, wurden sie eben Zeugen, wie zwei Polizisten einen tropfnassen Mann zu einem Streifenwagen führten.
»Wieso schaut denn der Kerl aus wie eine halb ersoffene Ratte?«
»Er wollte vor uns flüchten und ist über mehrere Zäune und einfach geradeaus davon. Er hat aber nicht mit dem Auslaufbecken der neuen Wasserrutsche gerechnet. Dort ist er reingefallen und dann hat er um Hilfe gerufen. Superman kann nämlich nicht schwimmen.«
»Na, so ein Pech! Danke, Kollegen. Prima Arbeit.«

Als Petro Rakaschwili, so der Name des Verhafteten, in den Verhörraum gebracht wurde, hatte ihm jemand Kleider aus irgendeinem Depot besorgt. Die Jackenärmel waren zu kurz, und die Arme sahen aus wie abgebundene Würste. Die Hose endete ungefähr zehn Zentimeter über den Knöcheln. Aber die Kleidung war trocken und warm.
Erst hüllte er sich in Schweigen. Doch nach einiger Zeit gab er den Widerstand auf und gestand, dass er und zwei weitere Männer geschickt worden waren, um Livio Moretti dazu zu bewegen, das Zeug, das er an seine Kunden in der High Society verkaufte, von ihrem Boss zu beziehen. Livio war sich durchaus der möglichen Folgen bewusst, wenn er ablehnte.
»Aber er hat gesagt, er habe keine Wahl«, berichtete Rakaschwili.

»Scheint so, dass er die wirklich nicht hatte. Er bezog die Ware vermutlich von seinem Vater«, antwortete Bergler.

»Das dürfte der Grund gewesen sein, warum Sakko und Viktor den Befehl erhielten, ihn umzulegen.«

»Aber warum haben sie eine Woche vorher seinen Lebensgefährten umgebracht? Wollten sie Livio unter Druck setzen?«

»Eine Woche vorher waren wir noch gar nicht im Land. Von einem Freund weiß ich nichts.«

»Warum lügen Sie uns an? Das bringt doch nichts.«

»Eben. Warum sollte ich nicht die Wahrheit sagen?«

Bergler unterbrach die Befragung und überließ Rakaschwili einem Kollegen zur Klärung weiterer Details.

Aus seinem Büro rief er Lupo an. »Sind Sie im Spital?«

»Keine Zeit. Es geht mir eh gut.«

»Von wegen. Ihre Platzwunden gehören genäht. Sollten Sie wirklich machen lassen.«

»Deswegen haben S' mich aber nicht angerufen, oder?«

»Nein. Hören Sie, halten Sie es für möglich, dass Peter Bernauer von jemand anderem getötet wurde?«

»Das würde einiges erklären. Die verschiedenen Waffen, mit denen Moretti und Bernauer umgebracht wurden. Und mir fiele auch kein Grund ein, warum die Ostmafia Peter Bernauer das Licht ausgeblasen haben sollte.«

»Der Verhaftete behauptet, sie wären zu Bernauers Todeszeit noch gar nicht in Österreich gewesen. Das überprüfen wir noch.«

»Dann stellt sich die Frage: Von wem wurde Bernauer erledigt, und warum?«

Bergler nickte. Als ihm einfiel, dass Lupo das nicht sehen konnte, setzte er hinzu: »Allerdings.«

Kurz blieb es auf der anderen Seite der Leitung still. Dann sprach Lupo wieder. »Sie sollten den Russen fragen, ob seine Leute Leopold Sagmeister auf dem Kieker hatten. Und falls ja, wieso.«

»Gute Idee. Auch wenn Sie von Ihnen kommt.«

61

Als Lupo bei Dorli aufkreuzte, fiel sie ihm um den Hals.
»Gott sei Dank ist dir nix passiert!« Sie zog ihn ins Haus. Blickte
auf seinen Kopf. »Na ja, sagen wir fast nix. Das solltest du nähen
lassen. Wegen der Infektionsgefahr. Die Wunde klafft.«
»Später. Sag, wieso hast gewusst, wo ich bin? Das kapier ich
nicht.«
»Ich auch nicht. Die Weisheit stammte nicht von mir. Die
Holzinger Anni ist bei Nacht und Nebel hier aufgetaucht und hat
gesagt, dass du in höchster Gefahr schwebst. Sie hatte eine – wie
soll ich sagen –, eine Vorahnung.«
»Vorahnung ist gut«, antwortete Lupo. »Laut Bergler hast du die
Gasse, das Haus und sogar den Puff in der Nähe beschrieben.«
»Nach Annis Vision.«
»Ich muss mich bei ihr bedanken.«
»Sie sagt, die Gefahr ist noch nicht vorbei.«
»Aber der Mann ist doch in Polizeigewahrsam.«
»Diesmal droht sie von einer anderen Seite.«
»Moretti?«
»Vermute ich mal. Anni weiß es auch nicht. Nur, dass du immer
noch auf dich aufpassen musst.«
»Ein schöner Schmarrn, den ich uns da eingebrockt hab.«
»Eigentlich waren das Anni und ich. Und deswegen fühlt sie
sich auch besonders für dich verantwortlich.«
»Das muss sie aber nicht. Ich hätt ja auch Nein sagen können.«
Dorli zuckte mit den Achseln. »Hast du aber nicht. Willst du
einen heißen Tee? Ich habe mir vorhin einen Kräutertee gemacht,
den Anni mir gegeben hat. Ingwer-Zitrone. Wärmt bei der Kälte.«
»Gern. Es wird wirklich kalt. Und irgendwie riecht die Luft
nach Schnee.«
»Na, wenn du das als Stadtmensch schon riechen kannst, dann
kommt sicher welcher.«
»Schad. Dann wird's wohl eine Zeit lang nix mehr mit dem
Motorradfahren.«

»Umso schöner ist es dann im Frühling. Ich kann's kaum erwarten.«

»Der Weißrusse hat ausgesagt, dass sie Livio Moretti umgebracht haben. Aber nicht Peter Bernauer. Als der ums Leben kam, waren sie noch gar nicht in Österreich. Und das ist mittlerweile gesichert.«

»Hm. Sehr interessant.«

»Außerdem tat er total überrascht, als ihn die Polizei auf den Anschlag auf Sagmeister ansprach.«

»Und du glaubst net, dass ihm vielleicht seine Kumpels nur nix davon g'sagt haben?«

»Theoretisch möglich. Aber warum hätten sie ihn umlegen sollen? Er ist ziemlich sicher kein Giftler, hatte mit Livio weder vor noch nach dessen Ermordung etwas zu tun.«

Dorli legte den Kopf in den Nacken. »Vielleicht hat er am Weihnachtsmarkt etwas bemerkt, was er nicht hätte sehen sollen.«

»War er denn dort?«

»Keine Ahnung. Da waren jede Menge Leute. Livio ist aber sicher erst umgebracht worden, als die Stände schon zugesperrt hatten. Sonst hätte ihn die Marianne ja schon am Abend gefunden.«

»Wir müssten seine Frau fragen, wann er heimgekommen ist an dem bewussten Abend.«

»Ach, und du glaubst, dass sie sich da noch dran erinnert? Und selbst wenn, warum sollte sie dir das auf die Nase binden?«

»Heut machst ma wieder Mut.«

»Na, weil's wahr ist. Da müsst ma schon den Bertl vorschicken.«

»Glaubst du, das würde klappen?«

»Ich werd ihn fragen. Mehr als Nein sagen kann er nicht. Aber vorher werde ich dich verarzten.«

Dorli holte Desinfektionslösung, Nadel und Faden sowie einen Topf mit kochendem Wasser, in den sie eben den Faden tauchte. Lupo blickte misstrauisch auf die Utensilien in ihrer Hand.

»Und was wird des jetzt?«

»Ich näh deine Platzwunde zu. Du gehst ja doch nicht ins Spital, wie ich dich kenn.«

»Oh Mann. Kannst du das überhaupt?«

»Nö. Aber es wird net viel Unterschied sein, ob ma a ausg'stopfte Gans zunäht oder deinen Bluzer.«

Bevor Lupo protestieren konnte, kippte Dorli reichlich Desinfektionsmittel über seinen Schädel. Unwillkürlich schrie er auf. »Na komm, sei net so wehleidig. Und jetzt halt still, a wenn's a bisserl zupft. Sonst näh i dir womöglich das Ohrwaschel mit an.« »Sehr beruhigend. Du kannst einen wirklich richtig aufbauen.« Und dann sagte er gar nichts mehr. Denn er biss die Zähne fest zusammen, damit er nicht laut aufschrie, als Dorli die Nadel ins Fleisch stach.

62

Sagmeisters Frau konnte oder wollte zu den Fragen, die Bertl Wagner ihr stellte, nichts sagen. Ihre Antwort auf alle Fragen lautete: »Ich weiß es nicht. Ich hab geschlafen.«

Schließlich musste er sie gehen lassen. »Und jetzt?«, fragte er Lupo, der schweigend zugehört hatte. Da kam Hilfe aus einer unerwarteten Ecke.

Leo Bergler meldete sich bei Lupo. Der Weißrusse hatte ein Detail erwähnt, das vielleicht ein wenig Licht ins Dunkel bringen konnte. »Ich gebe jetzt wieder, was er gesagt hat.«

»Moment«, bat Lupo. »Ich stelle auf laut, damit Bertl Wagner mithören kann.«

»Sie stehen unter Polizeibeobachtung?« Man hörte direkt, wie Bergler spöttisch grinste. »Passt! Aber jetzt zu den Neuigkeiten. Die beiden Kumpel des verhafteten Russen waren auf der Jagd nach Livio. Rakaschwili stand beim Teich Schmiere und sicherte ihren Rückzug. Es war mehr als seltsam, dass Livio nach dem Schließen der Buden überhaupt noch auf dem Weihnachtsmarkt geblieben war. Er machte den Eindruck, als würde er auf jemanden warten. Wobei sich die Russen natürlich nicht angemeldet hatten. Sie hatten ihn schon den ganzen Tag beschattet. Wenn er wartete, dann auf jemand anderen. Während sie sich umsahen, ob die Luft rein war, beobachtete Rakaschwili einen alten Mann in einem langen schwarzen Mantel, der fast mit der Dunkelheit verschmolz. Er bewegte sich auf Livio zu. Die Schüsse, mit denen Livio erledigt wurde, waren kaum zu hören. Und selbst Rakaschwili konnte seine Männer nicht sehen, wiewohl er wusste, wo sie sich aufhielten. Aber der Alte schien etwas gemerkt zu haben. Als Rakaschwili sich umblickte, hatte ihn die Nacht verschluckt.«

»Das beweist, dass jemand Zeuge des Mordes an Livio gewesen sein muss. Vielleicht war das wirklich Sagmeister. Ist schwer vorstellbar, dass er einen Doppelgänger hat.« Lupo legte auf. »Und wenn er es war, frage ich mich, was er mit Moretti zu tun hatte.«

Bertl Wagner bemerkte treffend, dass die Jungs dann wohl aus ihrer Sicht einen triftigen Grund gehabt hätten, den Mann zu beseitigen, falls sie ihn erkannt beziehungsweise später wiedererkannt hatten. »Jetzt müssen wir den alten Sagmeister nur noch dazu bringen, dass er uns ein bisschen was über den Abend erzählt, an dem Livio ermordet worden ist.«

»Ich probier es mal auf die sanfte Tour«, meinte Lupo. »Ich bin nicht von der Polizei, da muss er keine Angst haben, dass ihm jemand was am Zeug flicken will.«

»Okay.« Bertl Wagner streckte ihm die Hand zum Abschied entgegen. »Wenn er nix sagt, dann werden wir ihn nochmals wegen des Attentats auf ihn zur Zeugenaussage bitten. Und dann noch ein paar Zusatzfragen stellen.«

63

Während Lupo und Bertl Wagner nachforschten, ob Leopold Sagmeister an dem bewussten Abend am Weihnachtsmarkt gewesen war, verfolgte Dorli andere Pläne. Sie wartete vor dem Kindergarten auf Agnes Sagmeister. Lange hatte sie darüber nachgedacht, wie sie das Mädchen dazu bringen könnte, mit ihr über die Beziehung ihres Vaters zu den Bernauers zu reden. Am Ende entschied sie sich, sich als Lupos Assistentin auszugeben. Des Detektivs, der immer noch im Auftrag von Livio Morettis Vater den Mörder seines Sohnes suchte.

Dorli sprach Agnes an, und sie vereinbarten, sich in einem Café in Pottenstein zu treffen.

Allein der Geruch, der durch das Lokal zog, stimmte Dorli fröhlich. Frisch gerösteter Kaffee aus der zischenden Maschine, Apfelstrudel und Zimt, ein wenig Parfüm, dazu das Murmeln der Gäste und das Rascheln von Zeitungen.

»Danke, dass Sie mit mir sprechen«, eröffnete Dorli die Befragung. »Ehrlich gesagt kommen wir mit den Ermittlungen nicht wirklich voran.«

»Das tut mir leid. Aber ich wüsste nicht, wie ich Ihnen helfen könnte.« Agnes Sagmeister strich sich mit einer verlegenen Geste das Haar aus dem Gesicht.

»Immerhin sind Sie mit Markus Bernauer verlobt. Das bedeutet wohl, dass Sie beabsichtigen, zu heiraten. Da setze ich voraus, dass Sie die Familie gut kennen.«

»So gut auch wieder nicht.« Agnes wurde rot.

»Ach, wieso denn das?«, fragte Dorli.

Die Richtung, die das Gespräch nahm, war Agnes Sagmeister sichtlich unangenehm. »Mein Vater ...«, setzte sie an, doch beendete den Satz nicht.

»Mag Ihr Vater Markus nicht? Er ist doch ein sehr netter junger Mann.« Schon als sie diesen Satz aussprach, kam Dorli sich fies vor. Aber sie wollte das Mädchen zum Reden bringen.

»Markus ist nicht das Problem. Mein Vater mochte seinen

Vater nicht. Wegen seines Andersseins. Wegen dem, was er seiner Familie angetan hat. Er hat versucht, mir Markus auszureden. Als das nicht geklappt hat, hat er irgendwann resigniert. Aber wir haben immer gewusst, dass er Peter Bernauer nicht in der Familie haben wollte.«

»Wäre das später für Sie und Markus nicht schwierig geworden? Zum Beispiel, wenn Sie Kinder bekommen würden?«

»Markus und ich haben gehofft, dass mein Vater mit der Zeit einsichtiger werden würde. Aber das Gegenteil war der Fall. Als wir uns verlobt haben, wollten wir, dass die Familie unsere Freude teilt.« Agnes schwieg mit gesenktem Kopf.

»Was ist passiert?«, fragte Dorli.

»Mein Vater hat gesagt, wenn der Schwule zur Feier kommt, brauchen wir ihn gar nicht einzuladen.«

»Ach du meine Güte. Wie haben Sie das Problem dann gelöst?«

Agnes lächelte. Ihr Lächeln war bezaubernd. Dorli konnte verstehen, dass ein junger Mann sich in dieses Mädchen verlieben musste.

»Wir haben zweimal gefeiert. Das war zwar nicht das, was wir uns vorgestellt haben, aber auch sehr nett.«

»Haben Sie auch Livio Moretti kennengelernt?«

»Oja. Er war hinreißend. Ein charmanter Gastgeber, ein begabter Maler und Bildhauer. Er hat während unserer Feier eine Skizze von Markus und mir angefertigt und versprochen, uns zur Hochzeit das Gemälde zu schenken. Er nannte es ›Die liebenden Hände‹. Denn im Mittelpunkt des Bildes standen unsere Hände, ineinander verschlungen. Markus und ich nur im Hintergrund, ein wenig verschwommen, wie auf einer unscharfen Fotografie. Das Bild werden wir wohl nicht mehr bekommen.«

»Wer weiß. Vielleicht sind Livios Erben gar nicht so wild auf das Bild.«

»Selbst wenn, werden sie es wahrscheinlich verkaufen. Livios Gemälde sind sehr teuer.«

»Bei der Verlobungsfeier ging das ja noch«, bemerkte Dorli.

»Aber heiraten können Sie wohl nicht zweimal.«

»So schrecklich es ist, was passiert ist, aber es hat uns eine Entscheidung abgenommen.«

Nun gut. Das war der angenehme Teil. Dann wollen wir das Mädchen einmal schocken.

»Können Sie sich vorstellen, dass Ihr Vater Peter Bernauer erschossen hat?«, fragte Dorli.

Agnes wurde blass. »Wieso ... nein ... Das können Sie doch nicht ernst meinen.«

»Es war ja nur eine Frage.«

»Ich glaube, ich sollte jetzt besser gehen.« Agnes stand auf.

»Eine Frage noch: Wann ist Ihr Vater in der Nacht des Mordes an Livio Moretti nach Hause gekommen?«

»Sie sind verrückt«, flüsterte Agnes. »Selbst wenn er Peter Bernauer umgebracht hätte, weil er ihn nicht in der Familie wollte, was sicher nicht der Fall war, was hätte er denn für einen Grund haben sollen, Livio zu ermorden?«

Agnes drehte sich um und verließ fast im Laufschritt das Lokal. Dorli konnte sehen, dass sie sich über die Augen wischte.

Ihr war leicht übel. Sie hatte jetzt ein entzückendes junges Mädchen mit schrecklichen Fragen traktiert. Allerdings waren dabei auch ein paar sehr interessante Details zutage getreten. Wie die doppelte Verlobungsfeier. Wenn Sagmeister Peter Bernauer absolut nicht in der Familie haben wollte, könnte er schon auf die Idee gekommen sein, ihn zu beseitigen. Falls er das getan haben sollte und Livio Verdacht geschöpft hätte, hätte er sich dann mit dem potenziellen Mörder seines Partners zu so später Stunde in einer menschenleeren Gegend getroffen? Wohl kaum. Er war ja nicht blöd. Aber warum war Livio dann dort, noch dazu ohne Waffe? Denn eine Waffe wurde nicht gefunden. Aber was wäre, wenn die Mörder Livio seine Waffe abgenommen hätten, als er tot war?

So viele Was-wäre-wenn-Fragen, auf die es keine Antwort gab. Es war einfach zum Verzweifeln.

64

Lupo besuchte Sagmeister am Samstagmorgen zu Hause. Er stellte sich vor und bat um eine kurze Unterredung.

»Ich wüsste nicht, was ich Ihnen sagen könnte«, erwiderte Leopold Sagmeister auf Lupos einführende Worte. »Wissen Sie, wir haben den Mörder schon gefasst. Aber es gibt uns immer noch Rätsel auf, wer das Attentat auf Sie durchgeführt hat. Vor allem auch, aus welchem Grund.«

»Na ja, ist ja jetzt eh egal. Dank der wahnsinnigen Bikerin, die mich in den Wald geschmissen hat, ist mir nix geschehen. Und wenn die Polizei den Kerl schon verhaftet hat, was soll dann noch passieren?«

Was brabbelte der Kerl da von einer wahnsinnigen Bikerin? Das war doch Dorli gewesen.

»Ach, das interessiert mich jetzt. Wieso war die Frau wahnsinnig?«

Sagmeister schilderte den Vorfall. Lupo wurde beim Zuhören schlecht. Das hatte sich bei Dorlis Schilderung des Vorfalles ganz anders angehört. *Na, die kann was erleben!*

Lupo musste das Gehörte erst verdauen. Doch er fasste sich schnell. Wenn er aus Sagmeister noch etwas herauskitzeln wollte, hieß es jetzt flott reagieren.

»Leider können wir nicht sicher sein, dass die Gefahr mit der Verhaftung dieses Mannes schon vorbei ist. Die waren ja zu dritt. Und von den anderen fehlt jede Spur.«

»Ich dachte ...«, Sagmeister schluckte. »Ich dachte, das sind die, die erschossen aufgefunden wurden.«

»Kann sein ja, kann sein nein. Scheint hier einen Bandenkrieg zwischen italienischer und Ostmafia zu geben. Aus irgendeinem Grund müssen Sie zwischen die Fronten geraten sein. Fällt Ihnen dazu etwas ein?«

»Selbstverständlich nicht.«

»Waren Sie denn nicht auf dem Weihnachtsmarkt, als Livio Moretti umgebracht wurde?«

»Sicher. Aber das waren mindestens hundert andere Leute auch.«
»Die sind aber nach Hause gegangen, als die Standeln zugesperrt
haben.«
»Was wollen Sie mir da unterstellen?«
»Jemand hat ausgesagt, dass Sie zur Tatzeit noch beim Teich
herumgeschlichen sind.«
»So ein Blödsinn. Wer immer das behauptet, der war entweder
besoffen oder blind.«
»Wann sind Sie denn nach Hause gekommen?«
»Gegen Mitternacht. Sie können meine Frau fragen.«
Lupo nahm es zur Kenntnis, ohne Sagmeister darauf hinzuwei-
sen, dass seine Frau der Polizei schon erzählt hatte, dass sie nichts
sagen könne, weil sie geschlafen hatte. Schien so, als würde das
Ehepaar nicht gerade rege miteinander kommunizieren.
Lupo bedankte sich für die Auskünfte. Er sah wenig Sinn darin,
den Mann weiter zu befragen. Denn er musste ihm gar nichts sagen.
Schon gar nicht etwas, womit er sich eventuell selbst belastete. Das
musste er nicht einmal bei einer Vernehmung durch die Polizei.
Er erhob sich. »Passen Sie bitte in der nächsten Zeit noch beson-
ders gut auf sich auf. Solange nicht alle Beteiligten hinter Schloss
und Riegel sind, könnten die Täter einen neuerlichen Versuch
unternehmen, Sie aus dem Weg zu räumen.«
Sagmeisters Mund verzog sich zu einem schmalen Strich. »Das
sollen die Armleuchter probieren. Seit damals hab ich immer mein
Jagdgewehr im Auto.«
Na klar, das würde sicher helfen. Denn die kamen ja wie im
Wilden Westen mit den Waffen im Anschlag über die Dorfstraße!
Aber Lupo verkniff sich jeden Kommentar.
Jetzt war Bertl Wagner gefordert. Und mit Dorli würde er ein
ernstes Wort reden müssen. Ein sehr ernstes Wort!

65

Plötzlich war der Winter hereingebrochen. In der Nacht waren zwanzig Zentimeter Schnee gefallen. Idefix fand das super. Dorli weniger. Denn egal, wie man sich fortbewegte, ob zu Fuß oder per Auto, alles war mühsam und eine einzige Rutschpartie. Abgesehen davon, dass der Tag mit einer Stunde Schneeschaufeln vor dem Haus begann.

Zum zweiten Mal binnen kurzer Zeit kam Dorli zu spät ins Amtshaus. Diesmal war allerdings noch niemand vor ihr eingetroffen. Ein wenig später erschien Iris. Bevor sie noch etwas anderes als »Guten Morgen« sagen konnte, meinte Dorli »Vergiss es. Heute kann keiner pünktlich sein«.

Draußen hörte man endlich den Schneepflug über die Straße kratzen.

»Wird Zeit. Die haben heute ja endlos gebraucht«, maulte Dorli. »Der Autobus ist auch nicht gefahren. Die Kinder konnten nicht in die Schule.«

»Was die sicher unendlich bedauert haben.« Iris lächelte und deutete nach draußen, wo eben ein paar Stöpsel, die ihre Schlitten hinter sich herzogen, zum nächsten Hügel unterwegs waren.

Dorli musste auch lachen. »Wenn wir wegen Schnee schulfrei hatten, war das auch immer ein Fest. Damals kam das noch öfter vor.«

In dem Moment krachte und knirschte es auf der Straße. Dorli und Iris starteten zu den Fenstern und zogen die Vorhänge zur Seite. Das Bild, das sich ihnen bot, war sensationell.

Ein Wagen war direkt auf die Schaufel des Schneeräumfahrzeugs gekracht und pickte jetzt mit seiner Schnauze fast in der Fahrerkabine. Der Lenker des Schneepfluges sprang eben aus seinem Fahrzeug und fuchtelte mit beiden Händen durch die Luft. Mehrere Passanten eilten herbei. Vor allem, um zu sehen, wer der Dillo war, der in den Pflug gekracht war.

»Wer ist denn so deppert, dass er frontal in den Schneepflug rauscht?«, fragte Iris.

»Das ist das Auto vom Kofler«, sagte Dorli. »Hoffentlich ist er noch ganz und hat sich nicht die Birn ang'haut.«

»Mei, ob da no was passieren könnt?«, erwiderte Iris und lächelte spitzbübisch. Und dann brachen sie beide in Lachen aus.

Mittlerweile hatten draußen ein paar Leute versucht, den Wagen des Bürgermeisters von der Schneeschaufel runterzubringen. Doch es ging nicht. Irgendwas klemmte.

Dorli griff zum Hörer und rief ihren speziellen Freund an, den Bauern Vinzenz Kogelbauer.

»Hallo, Kogelbauer. Sag, kannst mit dein Traktor vorbeikommen und den Kofler retten?«

Sie hörte kurz zu und erwiderte dann: »Sein Auto pickt aufm Schneepflug oben, und die Leut bringen's net runter.«

»Wäre das nicht eine Sache für die Feuerwehr?«, fragte Iris.

»Prinzipiell ja. Aber bis die da san, ist der Kofler da oben scho erfroren. Der Vinz geht jetzt nur rüber in sein Stadl, schmeißt den Traktor an und is in drei Minuten da.«

Und so war es auch. Der Kogelbauer besah sich die Situation. Dann holte er eine Kette und hängte den Haken irgendwo am Heck von Koflers Wagen ein. Er sprang wieder in seinen Traktor, gab einmal Gas und die Stoßstange knallte auf die Straße. Der Wagen parkte immer noch auf dem Pflug.

Der Kogelbauer stieg fluchend vom Traktor. Schrie irgendetwas nach oben zum Bürgermeister. Der deutete dem Kogelbauer einen Vogel und gestikulierte wild. Der Kogelbauer kroch halb unter das nunmehr stoßstangenlose Gefährt, fand vermutlich die Abschleppöse und hängte den Haken dran. Als er jetzt Gas gab, krachte das Gefährt Koflers auf die Straße.

Unter dem schadenfrohen Gejohle der Dorfjugend sprang der Bürgermeister aus dem Auto und landete unsanft auf seinen vier Buchstaben. »Bist du deppert, Kogelbauer! Reißt ma die Stoßstangen a no ab«, schrie der Bürgermeister.

»Wennst lang blöd daherredst, kannst des nächste Mal auf der Schaufel bleiben«, antwortete der ungerührt. »Warst halt net so bled g'fahren!«

Das war eben wahre Freundschaft! Dorli grinste schon wieder von einem Ohr zum anderen.

210

Auf der anderen Seite kroch Barbara Schöne aus dem Wagen, und ihr erging es nicht viel besser. Sie rutschte, griff nach der offenen Tür, konnte sich nicht halten und landete ebenfalls auf dem harten Boden der eisigen Realität.

»Mein Gott! Die Tussi hat doch glatt Stöckelschuhe an bei dem Wetter«, rief Iris.

»Tja, Schönheit muss eben leiden!«, ätzte Dorli. »Aber abgesehen von einem blauen Hintern scheinen die beiden das Abenteuer gut überstanden zu haben.«

»Nur der Haussegen dürfte schief hängen«, meinte Iris und deutete nach draußen, wo Barbara Schöne eben mit den Fäusten auf den Bürgermeister eindrosch.

»Pack schlägt sich, Pack verträgt sich. Das vergeht.« Dorli ließ die Vorhänge wieder vor das Fenster fallen. »Immerhin hat heute die Redewendung ›den Bürgermeister auf der Schaufel haben‹ eine ganz neue Bedeutung bekommen.«

Dorli und Iris kicherten und mussten sich zu ernsten Gesichtszügen zwingen, als Willi Kofler und eine durchnässte und ziemlich derangierte Barbara Schöne die Amtsstube betraten.

Draußen schob der Kogelbauer mit seinem Traktor das Autowrack auf den Parkplatz vor dem Bürgermeisteramt.

Kofler und Schöne verschwanden im Zimmer des Bürgermeisters.

»I hab glaubt, du warst vorige Wochen Reifen umstecken. Möcht wissen, was du den ganzen Tag machst!«, schrie der Kofler.

»I hab's vergessen. Kann ja passieren. War ja bis jetzt so schen.«

»Und hättest dann net wenigstens heute in der Frua was sagen können, du blede Urschel?«

»Na, glaubst, i wollt z'Fuaß gehen?«

»Das wirst jetzt länger machen müssen. Denn des Auto is hin. Und im Moment hab i kan Cent über für irgendwas außer der Reih.«

Dorli und Iris wechselten einen bedeutungsvollen Blick.

»Ob das die junge Liebe aushalten wird?«, flüsterte Dorli.

Iris zuckte mit den Schultern. »Hast du net g'sagt: Pack schlägt sich, Pack verträgt sich?«

66

Lupo hatte beschlossen, Sagmeister zu beschatten. Irgendetwas an dem Kerl war seltsam, ohne dass er es greifen konnte. Und solange es nicht wenigstens einen kleinen Beweis dafür gab, dass er zu später Stunde noch im Schlosspark war, würde auch Bertl Wagner nichts aus ihm herausbringen.

Die Fahrverhältnisse waren grenzwertig. Der Schneefall hatte den ganzen Tag nur wenig nachgelassen. Kaum hatte der Pflug geräumt und Salz gestreut, begann der Wind den Schnee bereits wieder auf die Straße zu verfrachten, und was vom Himmel fiel, tat ein Übriges dazu, dass man nur im Schneckentempo weiterkam. Während Sagmeister beim Friseur saß, gönnte sich Lupo einen Mittagstisch in einem kleinen Gasthof. Der Parkplatz war selbst für sein Auto zu klein, weil der Pflug dort den Schnee hingeschoben hatte, für den sonst anscheinend nirgends Platz war. Lupo parkte daher ein Stück weiter in einer Nebenstraße.

Als Lupo zu seinem Auto zurückkehrte, war wunderbarerweise davor ausgeschaufelt worden, sodass er problemlos wegfahren konnte. Vermutlich ein Anrainer, der für jemanden Platz schaffen wollte. Was für ein Glück!

Als Lupo wieder auf Beobachtungsposten war, kam Sagmeister die Straße entlang. Er sah sich furchtsam nach allen Seiten um, bevor er in sein Auto kletterte. Ganz so selbstbewusst, wie er sich ihm gegenüber gegeben hatte, mit Gewehr im Auto und »die sollen nur kommen«, war er also doch nicht. Im Gegenteil, der Kerl schien mächtig Angst zu haben. Wovor? Und warum?

Lupo folgte Sagmeister, der über Buchau Richtung Berndorf fuhr. Sein Auto verhielt sich ungewöhnlich. Jedes Mal, wenn es ein wenig bergab ging, schlitterte er mehr oder minder ungebremst dahin. Was vermutlich an den Straßenverhältnissen lag. Der Schneematsch auf der Fahrbahn machte sie zu einer Rutschbahn.

Auf der langen abschüssigen Strecke nach Hernstein passierte es dann. Den Abschluss dieses Straßenstücks bildete eine neunziggrädige Linkskurve. Lupos Auto wurde trotz niedrigen Ganges immer schneller. Die Bremsen griffen nicht, ja schlimmer noch, Lupo schien ins Leere zu treten. Die Kurve würde er in diesem Tempo nicht schaffen. Nicht bei diesen Straßenverhältnissen. Er versuchte, die Handbremse dazu anzuziehen, was nur zur Folge hatte, dass der Wagen jetzt noch ein wenig seitlich zu rutschen begann. Hier half wohl nur mehr Karosseriebremsung als letzter Ausweg. Himmel! Sein alter Polo war doch kaum mehr den Schrottpreis wert. Aber er fuhr und fuhr und fuhr. Vermutlich nicht mehr lange. Lupo durfte nicht länger zögern.

Die Kurve kam immer schneller näher. Zähneknirschend schlug er voll nach rechts ein, hoffnungsvoll stieg er noch einmal in die Eisen. Der Wagen wurde nicht langsamer, aber er schlitterte in die hohe Schneewechte am rechten Straßenrand. Durch den Schwung schob er sich etwas darüber hinaus den leichten Hang hinauf, um dann endlich, mit einem letzten resignierenden Knacken, stecken zu bleiben.

Der Motor winselte noch einmal auf und starb dann ab. Lupo war in den Gurt gefallen, sodass er kurzzeitig keine Luft bekam. *Verdammter Mist!* Sein wunderbarer Begleiter für viele Jahre war hinüber. Ohne Hilfe würde er ihn nicht einmal aus dem Schneehaufen herausbringen. Und Sagmeister war über alle Berge!

Lupo klopfte seine Taschen nach dem Handy ab. Es war zum Glück nicht herausgefallen und funktionierte. Er rief Dorli an und schilderte ihr, wo er steckte.

»I schick dir den Kogelbauer. Der hat heute einen Großeinsatztag mit der Bergung von der Straße abgekommener Autos.«

»Er muss es aber gleich zu einer Werkstatt schleppen. Denn irgendwas war mit den Bremsen. Ich will wissen, warum das Auto nicht gebremst hat.«

»Das sind eh bloß ein paar Meter. In Hernstein befindet sich eine Werkstatt. Es kann nur sein, dass du ein bisserl warten musst. Heute ist, wie gesagt, viel los.«

Lupo stand am Straßenrand und hüpfte auf der Stelle, damit er nicht auskühlte. Was einerseits eine gute Idee war, um warm zu bleiben. Andererseits nicht so gut, denn irgendwo unter dem Schnee musste sich etwas Eis verborgen haben. Mit einem Mal rutschten seine Beine weg, und er landete in derselben Wechte, in der sein Auto steckte. Wütend und auf allen vieren kroch er aus dem Schneehaufen und klopfte seine Kleider ab. Oben im Schuh war auch Schnee gelandet, der jetzt schmolz und in seine Socken sickerte. Was Lupos Laune nicht gerade hob.

Endlich kam der Traktor in Sicht.

»Hast an Abschlepphaken?«, erkundigte sich der Kogelbauer.

Was für eine Frage! Als hätte er jemals schon seinen alten Polo abschleppen lassen müssen.

»Keine Ahnung«, antwortete er wahrheitsgemäß.

»Na net, dass di dann aufregst, wenn die Stoßstangen abreißt.«

Kaum hing der Polo am Haken, kam Dorli angefahren und las den frierenden Lupo auf.

»Wieso warst du denn bei dem Sauwetter in der Gegend?«

»Hinter Sagmeister her. Der ist jetzt natürlich über alle Berge.«

Dorli nickte. »Willst gleich zur Werkstatt?«

»Ja.«

Dorli zuckelte hinter dem Traktor des Kogelbauern her. In der Werkstatt schoben sie gemeinsam mit dem Chef und einem Mechaniker den Polo über eine Wartungsgrube. Der Werkstattbesitzer stieg mit einer starken Lampe hinunter und beleuchtete den Unterbau des Wagens.

Plötzlich pfiff er durch die Zähne. »Kommen S' runter, das müssen Sie sich anschauen!«, rief er.

Lupo und Dorli quetschten sich über die schmale Treppe in die Grube hinunter.

»Da«, der Mann deutete auf eine Stelle, »und da«, auf eine andere, »wurde eindeutig an der Bremsleitung manipuliert.«

»Aber das ist doch gar nicht möglich«, stammelte Lupo. »Ich bin doch heute Früh ganz normal ...« Er verstummte, und ein Schatten legte sich über sein Gesicht.

»Was ist denn?«, fragte Dorli.

»Das muss dort passiert sein, wo ich mittags geparkt hab. Da war nachher der Schnee vor dem Auto weggeschaufelt. Und ich Depp hab mich noch drüber gefreut.«

»Das konntest ja wirklich nicht annehmen.«

Der Werkstattbesitzer winkte ab. »Das muss nicht heute passiert sein. Die Schnitte waren gerade so tief, dass die Leitung irgendwann bei einer Vollbremsung brechen musste. Möglicherweise verlieren Sie seit Tagen ein wenig Bremsflüssigkeit. Aber zu wenig, als dass es Ihnen wirklich aufgefallen wäre.«

Lupo wurde blass. »Dann hab ich heute wahrscheinlich Glück im Unglück gehabt. Denn an jedem anderen Tag wäre ich sicher schneller unterwegs gewesen. Zum Beispiel auf der Autobahn. Und wenn ich dort nicht im Schnee stecken geblieben wäre, wär das vielleicht auch anders ausgegangen.«

»Moretti«, murmelte Dorli mit finsterer Miene.

»Sicher nicht selber. Aber vermutlich hast du recht. Er will die letzten Spuren verwischen, die zu ihm führen könnten.«

67

Dorli nahm Lupo mit nach Hause.

»Du brauchst einen Wagen. Kannst meinen nehmen. Ins Gemeindeamt kann i zu Fuß gehen. Wenn i einkaufen muss, ruf i di an. Dann musst halt vorbeikommen.«

Zwei Herzen schlugen in Lupos Brust. Da war dieses großzügige Angebot, das auf jeden Fall stand, bis die Werkstatt festgestellt hatte, ob es überhaupt lohnte, Lupos Wagen zu reparieren. Andererseits war er eigentlich unheimlich böse auf Dorli wegen ihres Motorradstunts bei Sagmeisters Rettung und ihrer kleinen Unschärfe, eigentlich schon Lüge, als sie ihm davon erzählte, aber das Wichtigste verschwieg. Und was, wenn noch einmal ein Anschlag auf ihn verübt wurde?

Dorli deutete Lupos langes Schweigen vermutlich als Zögern. »Wenn es dir lieber ist, kannst auch hier wohnen, dann ist es leichter für uns beide.«

»Ach, Dorli. Danke für dein großherziges Angebot. Das nehme ich wirklich gerne an, weil ich sonst nicht weiß, wie weiter, solange nicht feststeht, ob man meinen Oldtimer noch reparieren kann.«

Dorli lächelte. »Ich dachte schon, du wirst jetzt ablehnen. Warum hast denn so lange gebraucht, bis du Ja g'sagt hast?«

»Weil ich dich nicht in Gefahr bringen will.«

»Gemeinsam werden wir viel eher damit fertig. Und Idefix ist ja auch noch da!« Dorli lächelte ihn strahlend an.

»Und weil ich außerdem erst furchtbar mit dir schimpfen wollt. Wie soll ich das nun tun?«

»Warum wolltest du denn schimpfen?«

»Rat mal. Ich habe mich neulich mit Sagmeister unterhalten.«

»Ach du Schei..., äh, Schmarrn.«

»Bitte, mach so etwas nie wieder.«

»Ich versprech dir, den Sagmeister werd ich nie mehr retten.«

»Dorli!«

»Na okay, keine Stunts ohne vorherige Bewilligung.«

»Sag, machst du dich eigentlich lustig über mich?«

Dorli schaute total unschuldig drein. »Wie kommst du denn auf die Idee?«

»Weil ich dich schon ein paar Tage kenn.«

»Dann weißt du auch, dass ich nichts versprechen kann. Wenn es die Situation erfordert, um ein Menschenleben zu retten, und ich trau es mir zu, dann werde ich es wieder tun. Ich kann nicht anders.«

Lupo nahm Dorlis Gesicht in seine Hände. »Dann pass wenigstens gut auf dich auf.«

»Das kann ich versprechen!« Dorli lief in die Küche. »Und jetzt etwas Heißes, süß wie die Sünde und alkoholisch aufgepeppt?«

»Kann heute nicht schaden.«

»Tja, aber dann muss ich noch einmal mit Idefix raus. Leider liebt er Schnee, daher wird es eine größere Runde werden.«

»Wenn du für mich trockene Socken hast, begleit ich euch.«

Es fielen immer noch dichte weiße Flocken, als sie mit dem Hund loszogen. Die Bäume sahen aus wie mit Schlagobers und Staubzucker überzogen, der ganze Ort vermittelte Märchenstimmung.

»So hätte es zu Weihnachten aussehen sollen«, seufzte Dorli. »Lilly und Peter waren total traurig, dass wir nicht einmal rodeln oder Ski fahren gehen konnten.«

»Dafür können sie das jetzt in den Semesterferien«, antwortete Lupo.

Er fasste Dorlis Arm. Er genoss diesen Abendspaziergang mit dem übermütig dahinspringenden Hund und Dorli an seiner Seite. Es war lange her, dass er sich in Gesellschaft eines anderen Menschen so wohlgefühlt hatte.

68

Am nächsten Tag informierten Dorli und Lupo Bertl Wagner über ihre Ergebnisse der Befragung von Agnes und Leopold Sagmeister.

Bertl Wagner hatte inzwischen auch schon von Leo Bergler erfahren, dass die Weißrussen zwar Livio liquidiert hatten, aber der überlebende Mann nicht einmal wusste, wer Sagmeister war. Allerdings hatte es einen Unbekannten im Schlosspark gegeben, der möglicherweise Zeuge der Hinrichtung geworden war. »Falls die Weißrussen Sagmeister wiedererkannt hätten, wäre ein Anschlag auf ihn eine natürliche Folge gewesen. Davon wollte der dritte Russki aber nichts gewusst haben«, beendete Bertl Wagner seine Zusammenfassung.

»Was jetzt?«, fragte Lupo.

»Ich werde Sagmeister nochmals vorladen, als Zeugen. Und vielleicht provozieren wir ihn auch mit einer Gegenüberstellung.«

»Der dritte Russe ist doch in Wien«, merkte Lupo an.

»Na und? Das weiß doch der Sagmeister nicht. I stell ihm da a paar Bauern hin. Er wird keinen erkennen, nehme ich jetzt an. Aber ich werd ihm nachher sagen, dass der Russe ihn erkannt hat. Wenn Sie wollen, können Sie zuhören. Vielleicht fällt Ihnen was auf.«

Das war ein unerwartetes Angebot. Zu Anfang des Falles war Bertl Wagner ja nicht sehr angetan davon gewesen, dass Lupo mitmischen sollte.

»Sind Sie sicher?«, fragte er deswegen nach.

»Ich red jetzt Klartext. Und ich würde das jederzeit offiziell dementieren. Aber wir haben in diesem Fall absolut nix weitergebracht. Alle Erkenntnisse kamen von euch oder vom großen Guru im BKA. Wir haben uns nicht gerade mit Ruhm bekleckert. Außerdem mach ich das Angebot nicht aus reiner Menschenliebe. Ich erwarte mir auch was davon. Nämlich, dass Ihnen vielleicht auffällt, wenn der Kerl irgendwo flunkert, die Zeitleiste nicht passt, so was in der Art.«

»Mach ich gerne.«

»Dann werden wir den Burschen für Nachmittag zu uns bestellen.«

69

Als Sagmeister am Nachmittag auf der Polizeiinspektion eintraf, war er sichtlich verärgert. »Was wollen S' denn jetzt noch von mir wissen? Ich hab doch eh schon alles zigmal erzählt.«

»Wir haben einen der Attentäter gefasst. Wir würden gern eine Gegenüberstellung machen«, erklärte Bertl Wagner.

»Aber ich hab die im Auto doch kaum gesehen. Stand ja mit dem Rücken zur Straße, bis mich die Bikerin umgerissen hat.«

»Schauen Sie sich die Männer gut an. Wenn Sie ihn nicht erkennen, müssen wir ihn freilassen.«

Sagmeister schluckte. Lupo war sich hundertprozentig sicher, dass er irgendetwas wusste, gesehen hatte, jedenfalls am Tatort gewesen war. Ein Unschuldiger würde sich nicht derart schuldbewusst verhalten.

Bertl Wagner führte Sagmeister zu einer Glaswand. Dahinter standen, gut ausgeleuchtet, sechs Männer. Jeder trug eine Nummer in der Hand.

»So, Herr Sagmeister. Sehen Sie sich die Herrschaften genau an. Nehmen Sie sich Zeit. Sie können Sie nicht sehen.«

Sagmeister trat vorsichtig näher, als hätte er Angst, einer von denen könnte durch die Scheibe kommen. Sein Kopf ruckte von einem zum anderen, wieder zurück, die ganze Reihe entlang.

Irgendwie konnte einem Sagmeister leidtun. Er hatte jetzt eine schwierige Entscheidung zu fällen. Beschuldigte er einen Mann falsch, würde das schnell auffallen. Zudem hätte es das gleiche Ergebnis, wie wenn er den Mann nicht identifizieren konnte. Er wusste, die Polizei würde ihn auf freien Fuß setzen. Damit könnte der sich wieder auf die Jagd nach ihm machen. Und nicht immer würde eine Dorli bereitstehen, um ihn zu retten.

Bertl Wagner ermunterte Sagmeister mit einem forschen »Na? Erkennen Sie einen wieder?«.

Sagmeister schluckte erneut. Seine Bewegungen waren fahrig, seine Hände zitterten etwas. »Ich ... ich weiß es wirklich nicht.«

»Na gut, dann gehen wir wieder in mein Büro.«

Kurz darauf trat ein Beamter ein und flüsterte Bertl etwas ins Ohr. Er wandte sich wieder an Sagmeister.

»Das wundert mich jetzt aber sehr. Herr Sagmeister, sind Sie sich absolut sicher?«

»Nein. Sagte ich ja schon. Ich stand mit dem Rücken zu dem Auto. Ich konnte nichts sehen. Am Hintern hab ich noch keine Augen.«

»Interessanterweise hat einer von denen etwas gesagt. Er meinte, Sie wären in der Mordnacht zu der Zeit im Schlosspark gewesen, als Livio Moretti umgebracht wurde. Er hat Sie gesehen. Dann hat er Schüsse gehört und ist davongelaufen.«

»Also das ist doch die Höhe! Wie kann jemand so etwas behaupten? Ich war um die Zeit gar nicht dort.«

»Ich habe von keiner bestimmten Zeit gesprochen«, entgegnete Bertl Wagner.

»Na, es ist ja wohl klar, dass der erst umgebracht werden konnte, nachdem die Stände geschlossen hatten.«

»Richtig.«

»Da war ich aber schon zu Hause. Fragen Sie meine Frau.«

»Das haben wir getan, Herr Sagmeister. Sie kann nichts dazu sagen. Sie meint, sie habe geschlafen, als Sie heimkamen.«

Sagmeister bekam einen roten Kopf. »Diese blöde ...«

»Der Zeuge behauptet, Sie hätten einen schwarzen langen Mantel getragen. Darunter hätte man jede Waffe der Welt verbergen können.«

»Ihr verdammter Zeuge irrt sich. Ich war nicht da. Warum auch? Livio war nicht mein Bier.«

»Aber Peter Bernauer. Der demnächst der Schwiegervater Ihrer Tochter geworden wäre. Der Großvater Ihrer Enkel.«

»Die schwule Sau? Niemals!«

»Deswegen mussten Sie ihn aus der Welt schaffen.«

Sagmeister schwieg und schwitzte. Seine Gesichtsfarbe wechselte langsam von Rot auf Violett. Sein linkes Auge zuckte. Er wischte sich mit der Hand über Stirn und Augen.

»Und warum ist nicht der verdächtig, der mich gesehen haben will?«, knurrte er.

»Weil er für die beiden, die Livio Moretti erledigt haben, Schmiere gestanden ist.«

»Verdammter Arsch. Ich hätte ihm eine Kugel ver... Oh mein Gott!«

Sagmeister schlug die Hände vors Gesicht.

»Herr Sagmeister, damit haben Sie soeben zugegeben, dass Sie dort waren, noch dazu bewaffnet. Wir haben übrigens Ihr Jagdgewehr sowie alle anderen Schusswaffen aus Ihrem Haus beschlagnahmt. Ich nehme an, eine davon wird sich als Tatwaffe im Fall Bernauer herausstellen.«

Sagmeisters Haltung straffte sich. Die Nervosität war mit einem Mal wie weggeblasen.

»Warum wollten Sie Livio eigentlich treffen?«, fragte Bertl Wagner.

»Weil der Hund mich erpressen wollte. Er sagte, er habe Beweise, dass ich Peter umgebracht hab. Ich sollte mich stellen. Was natürlich völlig lächerlich war.«

»Da wollten Sie ihn treffen und ihm das erklären?« Bertl Wagner lächelte. »Sie entschuldigen, dass ich daran zweifle. Sie wollten ihm eine Kugel verpassen. So wie Sie das im Nachhinein auch gerne mit dem Zeugen getan hätten.«

Im Gesicht des Mannes arbeitete es. Seine Brauen zogen sich finster zusammen. »Die schwule Sau hat nichts anderes verdient.«

»Herr Sagmeister, wollen Sie nicht einen Rechtsanwalt beiziehen?«, fragte Bertl Wagner pflichtschuldig.

»Nein. Warum denn auch? Ich bin kein Mörder, das müssen Sie mir glauben. Ich kann keiner Fliege etwas zuleide tun. Doch manchmal gilt es, noch Schlimmeres zu verhindern. Dabei wäre das alles nicht notwendig gewesen. Aber hat wer auf mich gehört? Niemand! Dann geben Sie bitte nicht mir die Schuld. Das war der reinste Selbstmord! Das können Sie mir ruhig glauben. Ja, lachen Sie nur. Das Lachen wird Ihnen schon noch vergehen. Haben Sie Kinder? Nein? Dann bleibt Ihnen viel erspart. Wissen Sie, das Leben ist so ungerecht. Da sitz ich jetzt vor Ihnen und muss mich für etwas rechtfertigen, was so einfach nicht richtig ist. Wenn der Gesetzgeber versagt, dann muss man als guter Christenmensch und Bürger auch mal das Gesetz in die eigenen Hände nehmen.

Da sind die Amerikaner viel weiter als wir. In Europa sind wir ja so tolerant. Alles ist erlaubt.«

Bertl Wagner hob die Hand und versuchte dem Redestrom Sagmeisters Einhalt zu gebieten. Doch der war nicht zu bremsen. Einmal in Schwung gekommen, musste er sich wohl alles von der Seele reden. Bertl ließ resigniert den Arm sinken.

»Die Jugend ist verdorben. Aber nicht aus eigener Schuld. Schauen Sie sich doch die sogenannten Vorbilder an. Sie saufen, dröhnen sich mit Negermusik und allen möglichen gottlosen Substanzen zu. Und was tut die Regierung? Zählt die Toten und meint, es sei eh nicht so schlimm wie in anderen Staaten. Als ob das eine Ausrede für die laxe Moral in dem Land wäre, dass andere noch schlechter dastehen. Nackte auf der Bühne, sogar in alten Kulturinstitutionen wie dem Burgtheater. In jeder Illustrierten, in jeder Zeitung. Nicht bloß die berühmten Oben-ohne-Fotos von operierten Brüsten. Nein, richtige Nackerte, Männer und Frauen. Keine Moral, keine Werte. Und jetzt wollen sie die Homo-Ehe auch noch einführen! Ein schmieriger Bub mit Bart, künstlichem Busen und in Frauenkleidern, aufgetakelt wie eine vom Strich, vertritt unser Land bei so einem Schlagerwettsingen. Ja geht's noch? Da kommt einem ja das Kotzen!«

»Herr Sagmeister ...«, setzte Bertl Wagner an.

»Ich komm vom Thema ab, meinen Sie? Sie irren sich. Genau das ist das Thema. Wir leben in einer verkommenen Gesellschaft. Liebe, Ehre, Treue und christliche Werte zählen heute einfach nichts mehr. Das ist das Problem!«

Erschöpft lehnte sich Sagmeister im Sessel zurück.

Bertl Wagner stand auf: »Herr Sagmeister, Sie sind verhaftet. Sie stehen im dringenden Verdacht, Peter Bernauer ermordet zu haben.« Und zu einem Polizisten: »Bitte bringen Sie Herrn Sagmeister in eine Zelle.«

Doch dann stoppte er den Beamten mit einer knappen Handbewegung kurz vor der Tür. »Eines würde ich doch noch gerne erfahren. Wie konnten Sie wissen, wann Peter Bernauer dort vorbeifahren würde, wo Sie ihn erledigt haben? Und wieso wussten Sie, auf welchem Weg er kommen würde?«

Sagmeister drehte sich zu ihm um und lachte freudlos. »Nichts leichter als das. Er wollte sich mit seinem Sohn treffen. Sie verabredeten sich immer im selben Lokal. Und der Zeitpunkt? Ich habe dem Portier von der Veranstaltungshalle, wo er geprobt hat, hundert Euro gegeben, damit er mich anruft, wenn Bernauer wegfährt. Der Rest war ein Kinderspiel.«

70

Dorli lud aus Freude über den positiven Abschluss des Moretti-Falles alle Beteiligten zu einem Umtrunk. Lupo, nach wie vor autolos, war ohnehin vor Ort. Für Bertl Wagner und Oberleutnant Leo Bergler musste sie einen Termin finden, an dem beide dienstfrei hatten und außerdem auch Lust, sich bei Schnee und Wind in die unwirtliche Natur zu wagen. Nur die Holzinger Anni wollte nicht kommen: »Ich kenn die doch nicht? Was soll ich mit denen reden? Wir trinken einmal ein Glaserl miteinander?«

Die Überraschung des Abends lieferte Leo Bergler. Er kam mit einer hübschen Kollegin namens Maria. Und wenn Dorli nicht vollkommen falschlag, dann flirtete er mit der hübschen jungen Frau auf Teufel komm raus.

Bertl Wagner erschien als Letzter und entschuldigte sich damit, dass er den Kleinen noch wickeln musste.

»Außerdem hat meine Frau auf ihr Recht gepocht, im Austausch einen Mädelsabend freizubekommen.«

»Die Idee hättest du auch so haben können«, entgegnete Dorli gut gelaunt. Berglers Freundin Maria nickte zustimmend.

»Igitt! Dass ihr Weiber immer zusammenhalten müsst!«

Dorli grinste. Dann wandte sie sich an Leo Bergler. »Müssen wir uns jetzt immer noch vor Morettis Schergen fürchten?«

»Schwer zu sagen. Wahrscheinlich nicht. Er hat sicher auch seine Spitzel bei der italienischen Polizei. Mit Sicherheit weiß er, dass Petro Rakaschwili bereits in seine Heimat abgeschoben wurde. Die anderen zwei Weißrussen sind tot. Und wir haben bisher nicht einmal den leisesten Schimmer, wer seine Beauftragten hier in Österreich sind. Was sollte es ihm also bringen, noch irgendwen umzulegen? Selbst Lupo kann ihm nicht mehr gefährlich werden. Er hat ja nix in der Hand. Im Gegenteil, Moretti müsste befürchten, dass nun, da die Polizei ahnt, dass es seine Killer waren, vielleicht doch noch Beweise auftauchen könnten, wenn nicht alle schnell in der Versenkung verschwinden.«

Lupo mischte sich ins Gespräch: »Können wir ihm denn gar nichts anhängen? Mich kramperlt das nämlich schon ungemein, dass der mich so fies benutzt hat.«

»Leider nein. Es ist wie immer, wenn er in etwas verwickelt ist: Die Beweislage ist viel zu dünn. Wir gehen zwar davon aus, dass er die Fäden gezogen hat. Aber wir können es nicht beweisen.«

»Wir können nur beweisen, dass er Lupo beauftragt hat, den Mörder seines Sohnes zu finden«, ergänzte Dorli. »Aber das war sein gutes Recht als Vater.«

»Und was danach alles passierte, hat mit ihm nichts zu tun. Das ist seine Rechtfertigung.« Leo Bergler zuckte wenig begeistert mit den Achseln. »Und wir haben für unsere Vermutungen keinen einzigen Beweis. Wir wissen bis heute nicht einmal, wer Sakko und Viktor umgelegt hat.«

Dorli nahm ihr Weinglas in die Hand. »Ach Leute, vergessen wir einmal, was nicht geklappt hat. Tatsache ist doch, dass durch die Zusammenarbeit aller hier Anwesenden der Fall Bernauer/Moretti geklärt werden konnte. Darauf hebe ich mein Glas!«

Unter zustimmendem Gemurmel stießen alle miteinander an und machten sich dann über die Schinkenkipferln her, die Dorli gebacken hatte.

Dorli blickte lächelnd in die Runde. »Waren wir nicht wie die vier Musketiere? Alle für einen, einer für alle?«

Leo Bergler seufzte. »Mädel, bleiben Sie bitte auf dem Teppich. Wir sind keine Freunde. Das war eine Zweckgemeinschaft.«

»Die aber allen geholfen hat«, ergänzte Bertl Wagner. »Ohne euch alle«, und damit wies er in die Runde, »hätten wir wahrscheinlich bis heute keine Spur in den beiden Mordfällen. Ja, wir wüssten wahrscheinlich nicht einmal, dass es nicht ein Fall, sondern zwei getrennte Morde mit verschiedenen Tätern waren.«

Lupo strich sich verlegen das Haar aus dem Gesicht. »Für mich war das schon fast eine Musketier-Sache.« Er wandte sich an Leo Bergler. »Wenn Dorli nicht bei Ihnen angerufen und Sie bestürmt hätte, mich zu suchen, würde ich vielleicht heute noch gefesselt in dem Loch liegen.«

»Die Vorstellung hat einen gewissen Scharm«, ätzte Leo Bergler.

Die blonde Maria lächelte und meinte: »Glauben Sie ihm nix. Das Machogehabe ist nur Tarnung. In Wirklichkeit ist er –«

»Genug!«, unterbrach Leo Bergler sie. »Du untergräbst die Autorität der Kripo.«

»Damit Ihre Freude noch größer wird, darf ich Ihnen sagen, dass ich gerade einen Detektivkurs besuche«, warf Dorli ihm an den Kopf.

»Muss das sein?«, stöhnte Bergler. »Um mit Kaiser Franz Joseph zu sprechen: Mir bleibt auch nix erspart!«

Bertl Wagner schüttelte sich. »Hättest das nicht für dich behalten können? Jetzt is der ganze schöne Abend im Eimer.«

»Mein Gott, seid ihr alle lieb zu mir.« Dorli zog sich schmollend in die Ecke ihres Fauteuils zurück.

»Und was sagen Sie dazu, Lupo?«, fragte Leo Bergler.

»Da ich es nicht verhindern kann, finde ich mich damit ab.« Das trug ihm von Dorli einen Stoß mit dem Ellbogen ein.

»Bevor du mit dem Kurs fertig bist, müssen wir noch an deiner Gewaltbereitschaft arbeiten, Dorli.«

Und dann brachte sich Lupo in Sicherheit, bevor Dorli ihn nochmals schubsen konnte.

»So, ihr Lieben.« Dorli ergriff ihr Glas. »Jetzt wäre ich dafür, dass wir uns endlich alle miteinander duzen. Irgendwer dagegen?«

Die Männer schwiegen. Maria sagte: »Das find ich super!«

»Also dann: Auf Du und weiterhin gute Zusammenarbeit.«

Leo Bergler verdrehte die Augen. »Von mir aus«, grummelte er.

»So viel Begeisterung hab ich gar nicht erwartet.« Dorli feixte. »Aber ich hab ein Druckmittel in der Hinterhand. Wenn du nicht Ja gesagt hättest, würde ich Idefix wieder Leo nennen!«

»Oh Mann!«, stöhnte Bergler. Und Bertl Wagner grinste sich eins.

Lupo stand auf, ging in die Küche und holte ein zweites Tablett mit Schinkenkipferln. Als er wieder ins Wohnzimmer kam, diskutierten die drei Beamten über Wachzimmerschließungen, Budgetkürzungen und anderes Ungemach, das letztlich die Arbeit der Polizisten erschwerte und in der Bevölkerung als Unfähigkeit der Polizei wahrgenommen wurde.

Dorli blinzelte Lupo zu und flüsterte: »War ja doch eine gute Idee, alle an einen Tisch zu bringen.«

»Seh ich auch so. Besonders, weil der arrogante Schnösel endlich a Freundin hat.« Er deutete auf Bergler, der sich eben zu Maria neigte, die ihm etwas ins Ohr flüsterte. Woraufhin er ihr zart über die Wange strich.

»Obwohl – so a Fesche hat er wirklich net verdient!«

Dorli verdrehte die Augen. »Männer!«

Epilog

Zwei Wochen nach dem Treffen der vier Musketiere holte Lupo Dorli mit seinem neuen alten Auto ab, und sie fuhren in ein kleines, feines Lokal. Lupo hatte einen Tisch bestellt, denn Dorli hatte ihm klargemacht, dass in diesem gemütlichen Restaurant normalerweise kein Platz zu ergattern war, wenn man nicht reserviert hatte. Der Schnee war zwischenzeitlich wieder geschmolzen, aber das Wetter spielte alle möglichen Schattierungen von Grau und Schwarz durch. Nebel, Regen, finstere Tage, an denen man von morgens bis abends das Licht brennen lassen musste. Über jeder Ansiedlung lag der Geruch von Hausbrand.

Als sie das Auto abstellten, fragte Dorli: »Bist du sicher, dass heute nicht Ruhetag ist? Der Parkplatz is ja so leer.«

Lupo zuckte die Schultern. »Ich denke, das hätten sie mir gesagt, als ich angerufen hab wegen der Reservierung.«

Es war geöffnet. Die warme Beleuchtung, die schön geschmückten Tische und die freundliche Begrüßung durch die Wirtin brachten es mit sich, dass man sich in der Sekunde wohl und geborgen fühlte.

»Seltsam«, flüsterte Dorli Lupo zu. »Ist der Dritte Weltkrieg ausgebrochen und uns hat keiner was gesagt? Hier ist es doch sonst immer rappelvoll?«

»Wenn es dich so interessiert, frag halt die Wirtin«, meinte Lupo lakonisch.

Das tat Dorli dann aber doch nicht.

Sie bestellten erst einmal Sekt mit Orangensaft als Aperitif, stießen miteinander an und sahen sich dabei tief in die Augen. Die romantische Szene wurde rüde unterbrochen, als ein Rosenverkäufer die Eingangstür aufriss und mit einem riesigen Strauß roter Rosen eintrat.

Dorli winkte ab, aber Lupo stand auf und erstand eine der langstieligen roten Blüten. Er wechselte noch ein paar Worte mit dem Verkäufer, dann kehrte er an den Tisch zurück.

Aus unsichtbaren Lautsprechern perlte sanfte Musik in den

Raum. Lupo legte die Rose auf den Tisch, griff in sein Sakko, zog ein Schächtelchen heraus, nahm die Rose wieder in die Hand und sank vor Dorli auf die Knie. Dorli blickte ihn verwundert an.

»Was machst denn da?«, stammelte sie.

»Geliebte Dorli. Willst du meine Frau werden?«

Mit diesen Worten überreichte er ihr die rote Rose und klappte das kleine Etui auf. Darin lag ein Ring.

Dorli war so total überrascht und überfahren, dass sie erst einmal einen Schluck Sekt nahm. Lupo kniete immer noch vor ihr und erwartete eine Antwort.

»Also ich … ich weiß überhaupt nicht, was ich sagen soll …«

»Wie wär's mit *Ja*?«, fragte Lupo.

Jetzt erwachte Dorli endlich aus ihrer Erstarrung. »Steh auf, du dummer Kerl. Ja, ich will. Aber dazu hättest du nicht knien müssen.« Sie zog Lupo in die Höhe und küsste ihn auf den Mund.

Er entwand sich Dorlis Umarmung und schrie: »Sie hat *Ja* gesagt!«

In dem Moment wurde die Tür des Lokals aufgerissen, und herein strömte der halbe Ort und die ganze Verwandtschaft. Und jeder von ihnen trug eine rote Rose in der Hand, die er Dorli überreichte.

Die Wirtin hatte mittlerweile schon einen Sektkübel organisiert, worin die Rosen eingefrischt werden konnten.

»Mann, Lupo, was ist dir denn da eingefallen?«

Lupo zog Dorli fest an sich. »Ich wollte, dass alle bezeugen können, dass du Ja gesagt hast. Damit du es dir nicht am Ende noch überlegst.«

»Dummkopf. Wer würde mich denn noch nehmen?«

»Ach, irgendwer findet sich doch immer. Selbst alte Schachteln kriegen manchmal einen passenden Deckel!« Und als er Dorlis Blick sah, setzte er hinzu: »Nicht schlagen. Nicht heute!«

»Du bist wirklich ein unverbesserlicher Kindskopf. Wer soll das eigentlich alles bezahlen?«, fragte sie mit einem besorgten Blick in die Runde, wo alle bereits fleißig bestellten.

»Freundlicherweise übernimmt die Kosten dafür ein gewisser Andrea Moretti.«

Dorli blickte ihn an, als hätte er Chinesisch gesprochen.

»Na ja, er hat bar bezahlt. Eine große Summe im Voraus. Die Geschäftsbeziehung ist zu Ende, und ich hab keine Kontonummer von ihm, kann ihm also nichts zurückgeben. Aber ich denke, nach allem, was er uns antun wollte, hat er das Recht, uns als Wiedergutmachung heute einzuladen.«

»Hm. Lernt man so was auf der Akademie für Detektive? Dann sollte ich mir das vielleicht doch noch mal überlegen.«

Lupos Antwort ging in einem gewaltigen Stühlerücken unter.

»Ein Prosit auf Dorli und Lupo!«, rief Bär.

»Das gibt a Bikerhochzeit, eh kloa!«, schrie ein anderer der Devils.

»Ich will Brautjungfrau werden«, piepste Lilly, als Lore mit ihren beiden Kindern zu ihrem Tisch kam und Dorli und Lupo fest umarmte.

»Bin i froh, dass wir di endlich unter die Hauben bringen«, schnurrte Lore.

»I a. Weil jetzt wirst endlich aufhören, mi dauernd mit irgendwelche Hornochsen verkuppeln zu wollen.«

»Eh kloa, weil jetzt hast jo an!« Lachend stob Lore davon.

Dorli und Lupo hoben die Gläser und prosteten den versammelten Freunden zu.

»Küs-sen, küs-sen!«, skandierten die Devils.

»Verdammt anstrengend, so eine Verlobung«, meinte Lupo.

»Wegen des Küssens?«

»Natürlich net. Aber mir zittern jetzt noch die Knie, was i tan hätt, wenn du net Ja g'sagt hättest!«

Dorli grinste. »Hätt i ausprobieren sollen!«

Was Lupo mit einem Klaps auf ihren Allerwertesten quittierte.

Dann endlich erfüllten sie den Wunsch der Devils und küssten sich. Lange. So lange, bis auch Dorlis Knie zitterten. »Glaubst, fallt des auf, wenn wir verschwinden?«, flüsterte sie Lupo ins Ohr.

»Du bist unmöglich«, raunte er zurück. »Aber erst essen wir was. I hab vor Aufregung den ganzen Tag nix runtergebracht.«

Glossar

a – ein, eine, auch
a wengl – ein wenig
adjustiert – ausgerüstet, dienstmäßig gekleidet
afoch – einfach
allan, allanige – allein
amoi – einmal
an – einen, einem
ana – einer, eine
angebissen sein – grantig sein
anzige – einzige
auf der Schaufel haben – auf den Arm nehmen
ausbanlt – zerlegt zur Wiederverwertung
baba – servus
Bahöö – Wirbel
Bankomat – Geldautomat
bled – dumm, blöd
Bluat – Blut
Blunzen sein – egal sein
Bluzer – Kopf
brauchat – bräuchte
Briaf – Brief
Burgamasta – Bürgermeister
daham – zu Hause
de – die
deppat – dumm
derf – darf
dermal – dieses Mal
des – das
Deschek – Idiot vom Dienst
di – dich, dein
die Gurken anbringen – die Tussi loswerden
Dillo – Pfeife, Dumpfbacke
do – doch, hier, da

eahna, eana – ihnen
eam – ihm
einepurrt – reingefahren
einerauscht – hineinfährst
eineschauen – hineinschauen
einschichtig – in Einzellage, weitab vom Ort
Eisen – Motorrad
Faschiertes – Hackfleisch
fia – für
fliagt – fliegt
Frustbustel – frustrierte alte Jungfrau
Fuaß – Fuß
gangen – gegangen
Gas an! – Gib Stoff!
geh daune – geh zur Seite
geht ma des Geimpfte auf – bin ich fassungslos
geigeln – unsicher fahren, wacklig fahren
G'frast – Nichtsnutz
g'mant – gemeint
gnua – genug
Grantscherm – übellauniger Mensch
grean – grün
Greibel – abwertend für Motorrad (auch Auto)
griaß di – grüß dich
Gschamsterer – Liebhaber
G'schpusi – Verhältnis
G'schrapperln – Kinder
g'schrian – geschrien
g'sternt – gestürzt
guat – gut
Gurken – dumme Frau; Motorrad
Habschi – Freund
hackenstad – arbeitslos
Häfen – Gefängnis
Häferl – große Tasse
ham – haben
hamma – haben wir

233

haßen – heißen
hatschert – hinkend
Hawara – Freund
Heh, die – Polizei
herumsuderst – herumjammerst
Hochschaubahn – Achterbahn
Homerl – abfällig für Homosexueller
Hoppalas – dumme kleine Zwischenfälle
Hüf – Hilfe
i – ich
in der Pendeluhr schlafen – lahmarschig sein
ins Narrenkastel schauen – geistig abwesend sein
is – ist
Jessas! – Jesus!
jo – ja
ka – keine, keiner
kan, kane – keinen, keine
Kästen – Schränke
keinen Tau – keine Ahnung
Kieberei – Polizei
Kikeritzpatschen – kleines Kaff
klan – klein
klescht – knallt
kloa – klar
kramperlt – ärgert
Kräuterwaberl – Kräuterweiblein
kriag'n – bekommen
Langos – Hefeteigfladen, im Frittiergerät gebacken, mit Knoblauch
  bestrichen
Lepschi, auf … gehen – ausgehen
liaba – lieber
ma – meine Güte; mir
Mentscherl – Mädchen
mi – mich
mieselsüchtig – traurig, depressiv
mitdackeln – mitlaufen
muass – muss

Muli – Maultier; steht hier für einen maulfaulen Menschen
Murl – Mohr
ned, net – nicht
neich – neu
nimmer – nicht mehr
Notaus – Notfallschalter am Bike, der den Motor abdreht
Oasch – Arsch
oide – alte
pfiat di – auf Wiedersehen
pickte – klebte
piefkinesisch – deutsch
Rafen – Reifen
Reiben – Motorrad
Rennerei – Joggen, Laufen
riachst – riechst
ruaf – rufe
Sack – Tasche
san – sind
sche – schön
Schebbern, alte – alte Frau
schiach – hässlich
Schippel – Menge
Schlagobers – Sahne
Schmafu – Unsinn
Schmarrn – Blödsinn
scho – schon
Schurl – Georg
se – sich
simma – sind wir
Stadl – Heuschober
Stan – Stein
Standel – Verkaufsstand
stanzen – entlassen
Staubzucker – Puderzucker
sternt – hinhaut, stürzt
Strotter – Obdachloser
suacht – sucht

sudern – jammern

taff – supertoll

terrisch – taub

Tiachel – Halstuch

tiaf – tief

Tinnef, a – nichts

Trafik – Tabakladen, Zeitungskiosk

Trutscherl, Trutschen – einfältige Frau

tuan – tun

tummeln – beeilen

Typisierung – Einzelgenehmigung für nicht modell-typische Veränderungen

ui jegerl – au weh

umadum – herum

umananderg'schwanzelt – unsicher gefahren

vergogelt – verspekuliert, versemmelt

verreckt – gestorben

vüle – viele

warat – wäre

waßt – weißt du

waun – wenn

Wepsen – Wespe

wia – wie

wird's grean – wird es haarig

wü – will

wurscht – egal

z'erscht – zuerst

ziagn – ziehen

Zinshaus – Haus mit Mietwohnungen

z'ruckg'schmissen – zurückgeworfen

zuag'froren – zugefroren

zuag'legt – stärker geworden

zualegen – zulegen

zwa – zwei

Danksagung

An einem Buch arbeitet nicht nur der Autor, da gibt es viele hilfreiche Hände, rauchende Köpfe und Fachleute, die zu speziellen Themen gerne Auskunft geben. In diesem Fall geht mein Dank an:

– Susanne Eder, die meiner Kräuterwaberl, der Holzinger Anni, ein wenig Kontur verliehen und ein Keltisches Kreuz gelegt hat.

– Einen Mitarbeiter von Eurodet (Europäische Detektiv-Akademie), den ich hier nicht namentlich nenne, weil er von meinen wenigen Fragen ziemlich genervt war, sich auf der anderen Seite aber darüber aufregte, dass die Autoren so viel Blödsinn über Detektive schreiben. Ah ja. Immerhin hat er mir verraten, wo ich im Internet Informationen zur Ausbildung von Detektiven finden kann.

– Andreas Gruber, der seit Jahren mit seiner konstruktiven Kritik und gelegentlich humorvollen Kommentaren wesentlich zum Gelingen meiner Krimis beiträgt.

– Franz Swoboda, der Lupo ein wenig seiner eigenen Erlebnisse beim Motorradfahren mit auf den Weg gegeben hat. Außerdem hat er mich bei meinen Vorstellungen, was möglich ist und was nicht, auf den Boden der Realität gebracht. (Frage: »Geht das so?« Antwort: »Ja, aber nur im Film. In Wirklichkeit gäbe es dabei zwei Tote.«)

– Manfred Wasshuber, der immer und oft mehrmals bei einer Story als Erstleser herhalten muss. Er hat keine Chance, zu entkommen, er ist mit mir verheiratet.

– Die Kolleginnen Eva Holzmair und Jennifer B. Wind, die alles kritisch beäugt und wohltuend sachlich kommentiert haben. Sie sind übrigens schwer dafür, dass die Holzinger Anni auch im nächsten Band vorkommen sollte.

– Das Team von Emons, das wieder von der Geschichte überzeugt war.

– Carlos Westerkamp, der mich wie immer mit viel Liebe und Geduld unterstützt hat und diesem Krimi mit seinem Lektorat den letzten Schliff verpasste. Und das war diesmal Schwerstarbeit! Er hat meine Buchstabensuppe einmal kräftig umgerührt, neu sortiert und dafür gesorgt, dass ein lesbarer Text daraus wird. Vielleicht hat er sogar davon profitiert? Zumindest theoretisch kann er jetzt Motorradfahren.

– Der größte Dank allerdings gebührt Ihnen, liebe Leserinnen und Leser. Durch Ihr Interesse halten Sie die Akteure am Leben. Wenn ich Ihnen spannende bis heitere Stunden mit Dorli, Lupo und Idefix bescheren konnte, dann freut mich das sehr.

Veronika A. Grager
SAUPECH
Broschur, 208 Seiten
ISBN 978-3-95451-073-3

»Spannend wird es durch verschiedene Erzählstränge. Ein guter Schuss Humor ist durch reichlich Lokalkolorit und mehr als eine skurrile Wendung auch gegeben. Ein rasantes Leseerlebnis.« Alpentourer

www.emons-verlag.de

Veronika A. Grager
SAUTANZ
Broschur, 272 Seiten
ISBN 978-3-95451-262-1

Ein Toter im Neusiedler See, der ein wahrer Engel zu sein schien und sich dann als zweifelhafte Figur entpuppt: Was für Gemeindesekretärin Dorli und ihren Freund, den Wiener Privatdetektiv Lupo, als nette Segelpartie beginnt, entwickelt sich zu einem Fall, der nicht zu knacken ist. Bis ihnen endlich der Durchbruch gelingt, muss noch jemand sterben – und Dorli gerät in höchste Gefahr.

www.emons-verlag.de